食全食美 3

風 文創 094

尋找失落的愛情 著

目錄

風
文創
094

風
文創
094

第一百一十章　巧笑嫣然

剛吃了午飯，翠環就笑吟吟地過來了。接觸了幾次過後，翠環對寧家人的態度比一開始客氣有禮多了，先是盈盈行了一禮，然後才笑著說道：「寧大廚，少爺已經寫好推薦信了，馬車也備好了，若是有空，下午就可以去拜見于夫子。」說著，遞了一封信過來。

寧有方連連笑道：「有空有空，當然有空，多謝容少爺了。」

寧汐瞄了信封一眼，心裡暗暗一驚。她本人對書法當然不擅長，可邵晏文才出眾，對書法也很有造詣，一手小楷端正漂亮。邵晏寫字的時候，她經常在一旁研墨，看慣了邵晏的字跡之後，再看別人的字，總覺得不夠清雋。

而這信封上的字跡，卻是完全不同的風格，龍飛鳳舞，瀟灑至極。字如其人，從這樣的字跡，不難看出寫字之人的傲氣。不過，字寫得真好看，容瑾也確實有驕傲的資格。

寧汐微微一笑，移開了目光。

寧暉又興奮又激動，恨不得現在就出發才好。

寧汐笑著提醒。「哥哥，既然是去拜見夫子，還是去換身好一點的衣服吧！」所謂人靠衣服馬靠鞍，第一次會面還是得講究一些才好。

寧暉興沖沖地點點頭，迅速地回屋去換衣服。來洛陽之前，阮氏為他準備了兩身新衣服，雖然布料不算特別好，到底是簇新的衣服，一穿上身，立刻精神多了。

寧汐笑嘻嘻的圍著他轉了一圈，擠眉弄眼地笑道：「哥哥，原來你也挺英俊的嘛！」寧暉本就是個俊秀少年，穿著新衣，越發顯得神采飛揚。

寧暉被誇得渾身舒暢，咧嘴一笑，神氣地說道：「那是當然。」

翠環在一旁聽了，噗哧一聲笑了起來。

寧暉這才想起旁邊還有外人在，頓時紅了臉。

寧汐忍住笑，一本正經地打圓場。「時候不早了，哥哥還是快點出發吧！對了，爹，去的時候得備些禮物吧！」空著手去拜見夫子，也太沒禮貌了。

寧有方被這麼一提醒，立刻點點頭，正打算去和阮氏商議一番，就聽翠環脆生生地說道：「見面禮少爺已經備好了，寧大廚就不用操心了。」

寧有方一愣，連忙推辭。「已經很麻煩容少爺了，怎麼好意思再……」

翠環掩嘴笑道：「寧大廚，你可不知道于夫子的脾氣，他這人對金銀俗物一概不感興趣，倒是對字畫很入迷。少爺的庫房裡不知放了多少名人字畫，隨便送一幅，都夠他高興許久的。對我們少爺來說，只是舉手之勞罷了，你就別放在心上了。」

雖然翠環掩飾得很好，可語氣裡還是隱隱流露了幾分傲氣。她從骨子裡還是有些瞧不起寧家人的，只不過眼看著容瑾對寧家上下另眼相看，也只得客氣了幾分。

寧汐瞄了她一眼，沒有吭聲。

寧有方顯然受寵若驚了，不停地搓著雙手。「容少爺實在是太客氣了，我得先去謝一聲。」

翠環抿唇一笑。「少爺今兒個一大早就被王家少爺約出去喝茶了，只怕不到晚上是不會回來的。寧大廚若是想道謝，也得等少爺回來再說。」

寧有方滿心感激地點了點頭，扭頭看了寧汐一眼。「汐兒，妳要不要跟著一起去？」

當然要去！寧汐笑咪咪的點了點頭，卻聽翠環笑盈盈的提醒道——

「寧姑娘，妳要不要進去換身衣服再走？」穿得這麼隨意，也太不尊重于夫子了吧！

如果換在平時，寧汐壓根兒不會理睬這樣的提議，不過今天出去，是要陪著寧暉去拜師的，確實應該稍微收拾一下……

寧汐笑道：「你們稍微等我一下。」迅速的跑回了自己的屋子裡。

阮氏為她做了不少的新衣，她一直不肯穿，今天總算是派上用場了。

挑了件淡綠色的薄薄衫子，配著月牙白的長裙，腰間繫一根長長的淺綠色腰帶，再繫上一個淺粉色的香囊。長長的頭髮梳成了兩個小髮髻，簪上一朵精緻的淺粉色絹花，其餘的髮絲柔順的披在肩上，再戴上一對小小的珍珠耳環，越發映襯得俏臉光潔如玉。雖然未施脂粉，可眼眸亮若繁星，紅唇嬌嫩如花瓣，那抹淺淺的微笑更是如春日第一朵含苞的花朵，悄然吐露芬芳和美麗。

寧汐靜靜的看著鏡中既熟悉又陌生的美麗少女，心裡掠過一陣淡淡的唏噓。已經很久沒有這樣精心的裝扮過自己了……

「妹妹，妳別磨蹭了，快點……」寧暉興沖沖的跑了過來，在見到那個清新美麗的身影時，聲音頓時戛然而止。寧汐本就生得漂亮脫俗，再這麼稍微一收拾，竟然連他都有些驚豔了。

寧汐瞄了傻愣愣的寧暉一眼，莞爾一笑。「哥哥，你發什麼呆？快些走吧！爹肯定等急了。」

寧暉回過神來，笑著點點頭，拉著寧汐的手一起走了出去。

翠環正等得不耐，待見到精心收拾過一番的寧汐翩然出現，笑容頓時有些僵住了。這還是那個舉止隨意、不修邊幅的小丫頭嗎？只是換了身漂亮的衣服、梳了個新髮式而已，怎麼就像換了個人？

寧有方和阮氏都是眼前一亮。尤其是阮氏，喜孜孜的打量寧汐幾眼，由衷地讚道：「這才像個姑娘家嘛！」瞧瞧多漂亮多有氣質，比那些所謂的大家閨秀貴族小姐也絲毫不差。

寧汐抿唇一笑，在家人欣賞的目光中，忽地找到了久違的自信和歡愉。

翠環總算回過神來，走上前來不情願地讚了幾句，那分微妙的嫉妒被隱藏得很好。

寧汐微微一笑。「我們這就出發吧！再不走，可就遲了。」

出了院子，眾人一起向容府的大門口走去。說來也巧，剛走沒幾步，就碰到了出來逛園子散心的容瑤。翠環不敢怠慢，連忙上前行禮問安。

容瑤漫不經心地嗯了一聲，眼角餘光早已瞄到了寧汐。頓時，那一天的羞辱和憤怒又一齊湧上了心頭，臉色陰晴不定起來。

寧有方雖然不樂意見到這位刁蠻任性的容四小姐，可既然這麼碰上了，也只能陪著笑臉上前打招呼。

容瑤從鼻腔裡哼了一聲。「寧大廚可別這麼客氣，我可擔當不起。」

寧有方碰了個釘子，笑容有些訕訕。

寧汐最見不得有人撂臉色給寧有方看，笑容淡了下來，眸光一閃，就待譏諷幾句。寧有方像是察覺到她的舉動似的，急急地回過頭來，連連朝她使眼色。剛承了容瑾這麼大的人情，轉臉就和人家的妹妹鬧騰，實在說不過去啊！

寧汐只得將到了嘴邊的話又嚥了回去。

容瑤打量寧汐一眼，眼裡迅速地閃過一絲嫉恨，說出口的話卻更難聽了。「果然有幾分姿色。不過，我三哥可是京城最出名的美少年，就憑妳這副模樣，再過上十年我三哥也不可能看得上妳。」

這種話對一個少女來說可是赤裸裸的羞辱了！

寧有方臉色一變，眼裡隱隱的冒出怒氣。

寧汐反而鎮定得多，嫣然一笑應道：「多謝四小姐提醒。我對自己的身分記得一清二楚，絕不會生出攀高枝的妄想。」

她和容瑾？容瑾和她？他們根本就不是一個世界的人，一絲可能都沒有。容瑤若是以為這樣就能羞辱打擊到她，可就大錯特錯了。

寧汐的笑容實在太過坦然，容瑤看得滿心不快，卻又挑不出刺來，別提多窩火了。

寧有方咳嗽一聲。「我們還有些事，就先走了。」

容瑤哼了一聲，昂著頭走開了。經過寧汐的身邊時，有意無意地斜睨了一眼。

待容瑤走遠了，寧有方才領著一雙兒女繼續往外走。不過，出來時候的好心情已經被破壞了大半。

寧暉皺著眉頭，低聲問道：「妹妹，這就是容府的四小姐嗎？」雖然有幾分姿色，可實在不討人喜歡，趾高氣揚，說話更是令人討厭。

寧汐扯了扯唇角。「是啊，這可是容府裡最受寵愛的四小姐。」

寧暉輕哼一聲，想說些什麼，瞄了前面的翠環一眼，總算又忍住了。

到了容府的大門口，馬車果然已經備好了。比起上一次那輛奢華氣派的馬車，這一次的馬車總算稍微小一點，不過，精緻小巧猶有過之。

翠環笑著說道：「寧大廚，車伕會直接把你們送到于夫子的學館裡，你到時候拿著少爺的信去找于夫子就行了。禮物也備好了，就在馬車裡。」

寧有方忙笑著道了謝。

馬車約莫行了小半個時辰，總算到了于夫子的學館。說學館，其實也就是一處雅致的院子，上面掛了個匾額，寫著「墨香書院」幾個字。

這麼顯眼的馬車停在學館門口，自然引起了學館裡面的一陣騷動。

一個年約三十五、六歲的清瘦男子走了出來，看了馬車一眼，不由得「咦」了一聲，這不是容府的馬車嗎？

寧有方連忙笑著上前。「請問于夫子在嗎？」

那個男子淡淡地應道：「我就是。」果然有幾分倨傲之氣。

寧有方不敢怠慢，忙笑著將容瑾寫的信遞了過去。「這是容少爺的信，麻煩于夫子先看看。」

于夫子接過信，卻沒有立即就打開，反而瞄了寧暉一眼，輕哼了一聲。「容瑾這小子，又來給我添麻煩了。」

寧有方尷尬地笑了笑，寧暉卻很乖覺地走上前去，恭恭敬敬地給于夫子鞠了一躬。「還請夫子收下我這個學生。我一定會用功苦讀的。」

態度倒還算誠懇！于夫子「嗯」了一聲，臉色好看了不少，打開書信看了起來，待看到最後一句時，臉上總算有了笑意。

寧汐最是機靈，忙笑著將那幅捲好的字畫遞了過去。「于夫子，這份薄禮還請您笑納。」

于夫子也不客氣，伸手接了過去，打開看了兩眼，滿足地嘆了口氣。「這幅字畫我跟他要了幾次，他一直捨不得給，這次倒是爽快。」說著，不動聲色地打量來人，笑著問道：「恕我冒昧問一句，你們和容瑾很熟嗎？」以容瑾的性子，居然肯為一個毛頭小子寫了這封推薦信，想來一定關係匪淺吧！

寧有方侷促的一笑，一時也不知該怎麼解釋和容瑾之間的關係。

寧汐甜甜地一笑。「于夫子，我爹是個廚子，暫時借住在容府。」

廚子？于夫子又是一愣，雖然沒有輕視的意思，卻更驚訝了。忍不住細細地打量寧有方和寧暉幾眼，待見到寧汐那張如花的笑顏時，心裡忽然有所了悟，眼裡閃過一絲笑意，語氣忽然變得溫和多了。「別站在門口了，進去說話吧！」

寧暉精神一振，忙笑著應了，隨著于夫子一起進了學館。

學館並不算大，卻很清幽安靜。裡面偶爾傳出一些讀書聲。走進去一看，就會發現這裡的學生並不多，只有五、六個，都在十六、七歲，最大的約莫二十左右。見有陌生人進來了，也依然故我的繼續看書，最多偶爾偷看寧汐幾眼。

寧汐心裡暗暗點頭，以容瑾眼高於頂的性子，能入他的眼，這位于夫子必然有些過人之處。這幾個學生衣著考究，顯然都出身良好，寧暉在這樣的環境裡讀書，自然是件好事。

于夫子領著寧有方等人到了隔壁的書房裡坐下，簡單地說了幾句，就開始考較起了寧暉。問題看似簡單隨意，卻一個接著一個，越來越刁鑽古怪。只過了片刻，寧暉的額頭就開始冷汗涔涔了。

寧汐有些擔憂地看了寧暉一眼，這位于夫子信手拈來，寧暉思考的時間卻越來越長，到後來，竟是想了半天也應答不上來了。

「于夫子，你打算把人嚇跑嗎？」門口忽地響起一個熟悉的懶洋洋的聲音。

寧汐心裡一動，翩然轉身。

第一百一十一章 別叫我容少爺了

果然是容瑾來了。也不知道他是什麼時候來的，就這麼漫不經心的站在門口，眼裡露出一絲戲謔。

容瑾微微瞇縫著的眼眸定定的落在寧汐的身上，迅速地閃過一絲亮光，旋即若無其事的移開了目光，笑著對于夫子說道：「怎麼，你還信不過我嗎？我介紹來的人你也不放心？」

于夫子不客氣地白了容瑾一眼。「我一向只收五個學生，你又不是不知道。」

容瑾笑了笑，閒閒的走了進來，很自如地找了個位置坐下。「人家收學生是多多益善，你倒好，拚命把學生往外攆。就你這副臭脾氣，以後遲早餓死不可。」

于夫子傲然地哼了一聲。「收得多教不好，又有什麼用。」

容瑾低低地笑了起來，難得的恭維了幾句。「是是是，誰不知道于夫子學問深厚，教出的學生更是一個比一個有出息。」

于夫子被讚得飄飄然，笑著斜睨了容瑾一眼。「好了，你也別拍我馬屁了。衝著你的面子，這個學生我就收下了。」

寧暉喜出望外，眼眸閃出喜悅。「多謝夫子，多謝夫子。」

于夫子笑了笑。「你先別急著謝我，我這兒規矩可緊得很，每個月底都考較一次，要是不合格，就請另拜名師吧！」

寧暉連連點頭應了。

于夫子又正色地說道：「在我這學館裡讀書，規矩比較多。第一條就是要住進來，衣食住行都由自己打理，不能帶人進來伺候……」

這樣的規矩對那些富家公子哥兒自然有些苛刻，可對寧暉來說，卻是再普通不過的事情，答應得分外乾脆。

于夫子見寧暉眉目清秀、言詞恭敬有禮，心裡暗暗滿意。

容瑾笑著插嘴道：「既然拜了師，就早些過來吧！」

于夫子稍微思忖片刻，便點頭應道：「也好，正好後院還有住處，現在回去收拾東西，今晚就住進來也無妨。」

寧有方精神一振，連連笑著應了。

容瑾隨口吩咐道：「小安子，你陪著寧大廚回去一趟，把行李都收拾好了帶過來。」

小安子利索地應了，陪著寧有方一起坐馬車回容府收拾東西。于夫子則領著寧暉到隔壁，把他正式介紹給其他幾位學生認識。

寧汐這才發現，不知什麼時候，書房裡竟然就剩她和容瑾兩個人了。

容瑾悠閒自得地坐在那兒，目光有意無意地落在她的身上。雖然他沒露出笑容，可寧汐卻敏感的察覺到他的心情似乎不錯。

寧汐想了想，才笑著打開了話匣子。「這次可要多謝容少爺了，為我哥哥找了這麼好的一個夫子，真不知道該怎麼感謝你才好。」

雖然不清楚于夫子到底有多大名氣，可看他收學生的嚴格架勢，一定有些真才實學。如果沒有容瑾出面，只怕寧暉一時半會兒也找不到這麼好的夫子。

容瑾淡淡的笑了笑。「妳先別急著謝我，于夫子教學出了名的嚴苛，每個月考較一次，要是不如他的意，立刻就得捲鋪蓋走人。妳哥哥要是不用心學，只怕連一個月都熬不過去。」

寧汐自信地笑道：「我哥哥讀書這麼刻苦用功，一定能行的。」那張甜美的笑顏閃著晶瑩的光芒，讓人看一眼就移不開目光……

容瑾瞄了寧汐一眼，很隨意的說道：「妳今天穿這身新衣服還算好看。」

寧汐幾乎不敢相信自己的耳朵。「你、你剛才是在誇我嗎？」早習慣容瑾的高傲刻薄了，忽然冒出這麼一句來，實在太不適應了。

容瑾沒有接這句話，自顧自地扯開話題。「對了，妳不是說要謝我嗎？這樣吧，今天晚上在于夫子這兒，妳親自動手做一桌菜，就算拜師宴了，怎麼樣？」

寧汐正要點頭，忽然瞄到了長長的裙襬，有些為難地說道：「不是我不樂意，只是今天穿的這身衣服，不太適合下廚……」這樣鮮嫩的顏色，稍微沾上點油星都洗不乾淨。

容瑾笑了。「我還以為多大的事，這樣吧，妳只管穿這身衣服下廚，明天我送一身新的衣裳給妳。好了，就這麼定了。」

寧汐下意識地覺得不妥當，待要張口拒絕，就見容瑾長身而起。「走，我先帶妳到廚房去。于夫子對吃也是很挑剔的，妳可得早些做準備。」說著，就出了書房。

寧汐只好跟了上去。心裡暗暗打定主意，若是容瑾真的派人送衣服來，她可是堅決不會要的。

容瑾走路慢悠悠的，不疾不徐，薄薄的絳色衣衫被微風輕輕吹起。

寧汐看了一眼，就收回了目光。容瑾此人實在太過危險，還是離得稍微遠一點為妙。就算再有自制力，可看著這麼一個俊美不似凡人的少年在眼前晃悠，想不心蕩神馳都難啊！

走到一片竹林邊，容瑾忽然停住了腳步，側過臉淺淺一笑。「寧汐。」

這是他第一次直呼她的名字。那短短的兩個字在他的唇齒間碰撞，然後緩緩的吐了出來，像是呢喃低語，更像是情不自禁的呼喚。

不知怎麼的，寧汐忽然覺得臉頰有些發熱，強自鎮定的應道：「容少爺，你叫我幹麼？」

容瑾低低地笑了，漫不經心地應道：「沒什麼，就是忽然想叫妳一聲。還有，以後妳別叫我容少爺了。」

空氣中流淌著一絲若有若無的曖昧，這樣的氣氛讓寧汐渾身都覺得不自在，故意笑道：「你本來就是容府三少爺，我不叫你容少爺叫什麼？」總不能叫容瑾吧！

容瑾的唇角微微翹起，眼底掠過一絲笑意。「我比妳大兩歲，妳就叫我容哥哥吧！」

寧汐自然不肯。「這怎麼可以，要是被別人聽見了，肯定會取笑我想攀高枝了。」哥哥妹妹什麼的稱呼，可不是隨便就能亂喊的。

攀高枝？容瑾的笑容一頓，旋即若無其事的笑道：「我們認識這麼久，也算朋友了。要不，私底下妳就叫我的名字吧！」

寧汐顯然還是不情願，婉言拒絕。「我還是叫你容少爺吧！」

她和容瑾見面的時候總有別人在場，哪有什麼「私底下」。要是真的被人聽見她直呼容瑾的名字，還不知有多少人會眼熱嫉妒呢！

每次看到寧汐這麼婉言拒絕陸子言的時候，容瑾都在心裡嘲笑不已。可現在輪到自己了，才知道這滋味果然不好受……

容瑾笑不出來了，聲音有些冷冷的。「算了，妳愛怎麼稱呼都隨妳。」綳著俊臉往前走。

寧汐悄悄鬆了口氣，不遠不近地跟了上去，正好維持三、四步左右的距離。

雖然某人的臉色不太好看，氣氛也有些尷尬，可她還是覺得，現在比之前要自在多了。她寧願對著容瑾的臭臉，也不想去揣測他的笑容背後到底隱藏著什麼心思……

學館的廚房自然不算大，可各式灶具卻是一應俱全。櫃子裡放了些常見的食材，雖然不算太豐富，可做一桌簡單的宴席也勉強夠了。

寧汐一進廚房，立刻輕鬆自如多了，東瞧瞧西望望，一副好奇寶寶的樣子。然後又去撥弄缸裡養著的兩條活魚，歡快地笑了起來。

正逗弄得津津有味，容瑾的聲音忽然在耳邊響了起來。「小心點，別被魚給咬到了。」那聲音離得很近，分明就是湊在她的耳邊說的，絲絲熱氣直往她的臉頰吹拂過來。

寧汐的手指顫了一顫，不著痕跡的挪了一步，這才笑著應道：「你放心好了，要是它們敢咬我，我今天就把它們給清燉紅燒了。」

容瑾好整以暇的瞄了寧汐微紅的俏臉一眼，心情總算又好了起來。「好，今晚就吃魚了。」

在人家的地盤上打著人家的魚的主意，容瑾一絲愧色也沒有。

寧汐頑皮之心大起，朝容瑾笑了笑。「吃魚肉倒是行，不過，我可不會殺魚。要不，你把兩條魚殺了吧！」養尊處優的公子哥兒要是會殺魚才是怪事。

果然，容瑾不假思索地搖了搖頭。

寧汐笑著調侃道：「容少爺，你該不是想讓我這個弱女子殺魚吧！」

容瑾斜睨了她一眼，不客氣的反唇相稽。「做廚子哪有不會殺魚的。」分明是在找藉口來捉弄他的吧！

寧汐無辜的眨了眨大眼。「我跟著爹做了一年多學徒，可從來沒做過這些骯髒事情。」

容瑾哼了一聲。「本少爺更沒做過好不好？」他生性有些潔癖，不要說是殺魚這樣的骯髒事情了，就連椅子上稍微沾些灰塵也是不肯坐的。

寧汐揶揄道：「是是是，知道你是錦衣玉食的少爺，肯定做不來這種粗活的，算了，還是等我爹來再說吧！」反正她是不會去殺魚的。

容瑾聽到這樣的話不樂意了，辯駁道：「喂喂喂，妳可要搞清楚，本少爺是不愛做這些事，不代表我做不來。」不想做和不會做可完全是兩碼事好不好。

第一百一十二章　殺魚

「那好，既然你會，就做給我看看。」寧汐笑嘻嘻的給容瑾設套。「光說不練就是騙人的。」

容瑾果然禁不起激，哼了一聲。「今天讓妳開一回眼界。」迅速的捋起了袖子，露出光潔的胳膊。

寧汐難得捉弄容瑾一回，心裡別提多得意了，連忙閃開了一點。

要想從這麼大的一口缸裡撈兩條滑不溜丟的魚，可不是件容易的事。別看容瑾現在一身光鮮亮麗，還不知道等會兒會怎麼狼狽呢！

想到這兒，寧汐得意地笑開了。可還沒等笑容綻開，就在看到接下來的一幕時瞪大了眼睛。

容瑾站在水缸邊，猛然探手入水，還沒等寧汐看清他是怎麼動作的，一條活蹦亂跳的魚已經被抓了出來。好俐落的動作，好帥氣！

那條可憐的魚被牢牢的握住了魚頭，便使勁的甩起了魚尾巴，濺起的水珠自然大部分都到了容瑾的身上。

容瑾嫌惡的皺眉，手下滑不溜丟的黏膩手感，更讓他有將這條魚扔回缸裡的衝動。可在眼角餘光瞄到寧汐驚嘆不已的小臉時，心裡忽然有一種無法言語的愉快和滿足。算了，勉強忍一回好了。

容瑾隨手拿起一旁的刀，用刀背用力的敲一下，剛才還活蹦亂跳的魚頓時被敲暈了。

寧汐笑嘻嘻的拍手道好。「容少爺果然厲害。」

容瑾傲然的抬頭挺胸。「這點小事當然難不倒我。」

「是是是，那是當然。」寧汐笑咪咪的繼續拍馬屁。「那就請容少爺一併把這條魚殺了吧！」

容瑾的俊臉黑了一半，悶哼了一聲，卻沒有再說什麼，將魚拿到了外面，拿起刀殺了魚，又強忍著那股腥氣，將內臟都處理了。雖然已經很仔細很小心了，衣角不免還是沾染了一些魚鱗。手上更是腥氣四溢，滿是血污。

寧汐早端了乾淨的水過來，殷勤的笑道：「容少爺辛苦了，快些洗洗手吧！」

容瑾繃著臉洗了手，俊臉拉得長長的，一絲笑容也沒有。待聞到自己身上那股揮之不去的腥氣之後，臉就更黑了。

寧汐忍住笑意，一本正經的誇道：「剛才我真是小瞧你了，原來你逮魚殺魚都這麼厲害呢！」

容瑾臉色稍稍好了些，卻在聽到下一句話的時候又黑了臉——

「對了，缸裡還有一條，你一併捉出來殺了吧！」

寧汐只當沒看見容瑾咬牙切齒的樣子，愉快地又補充了一句。「記得處理得乾淨點。」

為什麼他會蹲在這兒殺這該死的魚？他可是堂堂容家三少，風度翩翩文采風流譽滿京城，為什麼要做這種骯髒事情？

容瑾瞪著另一條該死的魚，俊臉有些扭曲，手裡的動作卻絲毫未停，迅速地給魚刮鱗剖腹。

等處理完了之後，他一連洗了三次手也去不掉那股子血腥氣。衣服上更是散發出淡淡的血腥味，容瑾嫌惡得簡直想吐了。可當他看到寧汐眉眼彎彎的笑著，不知怎麼的，那股悶氣忽然不翼而飛了。

這種心情很陌生很奇怪，但是他一點都不討厭這樣的感覺！

容瑾俊朗的眉宇悄然舒展開來，烏墨的眸子裡閃過一絲微不可見的溫柔。「好了，魚都殺好了，妳要是做得不好吃，我今天可饒不了妳。」

寧汐淘氣的眨眨眼。「你就放心好了，今晚保准讓你大飽口福。」說著，將兩條洗乾淨的魚拿進廚房裡，放到砧板上。先將其中一條劃上幾刀，裡外都抹上鹽醃漬入味。

至於另一條更大的魚嘛……

寧汐稍微思忖片刻，就有了主意，俐落的將魚頭剁了下來，然後將魚從中間剖開，去掉魚骨，再將魚肉剔除。她的手不大，卻異常的靈巧，低頭專注的樣子，認真極了。

容瑾漫不經心的倚在門邊看著寧汐忙碌，唇角微微翹起。

廚房裡很安靜，只有刀落在砧板上的叮叮咚咚的聲音。

于夫子遠遠的走了過來，見到這一幕，意味深長地笑了。故意輕手輕腳的走近，然後拍了拍容瑾的肩膀。

一向警覺的容瑾，竟然沒留意到于夫子的靠近，待那隻手落到肩膀的時候，反射性地閃開並擰住來人的胳膊。「誰？」

于夫子「哎喲」一聲叫了起來。這小子下手也沒個輕重，胳膊都被擰疼了。

容瑾這才反應過來，訕訕地鬆了手。「你怎麼一聲不吭的就過來了，把我嚇了一跳！」

于夫子哼了一聲，翻了個白眼。「是是是，都怪我，我應該老遠就嚷一聲，免得打擾到容三少爺和寧姑娘。」

容瑾難得地尷尬了，咳嗽一聲，一時也不知該說些什麼好。

寧汐忙放下手裡的刀湊了過來，殷勤地問道：「夫子，您的胳膊還疼嗎？」

被這麼一個笑容甜美的小姑娘這麼殷勤的看著，于夫子也不好意思再嚷疼了，笑了笑。「沒事，不疼了。對了，你們怎麼到廚房這兒來了？」而且缸裡的兩條魚都到砧板上了……

寧汐遲疑了一下，瞄了容瑾一眼。

容瑾閒閒地應道：「今天是寧暉拜師的好日子，當然要擺桌拜師宴慶祝一下，也不用往酒樓跑了，大廚是現成的。」含笑的眸子定定的落在了寧汐的俏臉上。

顯然，他口中的大廚指的不是別人，就是這個清新脫俗的小姑娘。

于夫子一愣。「寧姑娘也是廚子嗎？」

寧汐笑著道：「我爹是大廚，我現在還是學徒，沒正式出師呢！待會兒可要獻醜了，于夫子不要嫌棄才好。」

于夫子朗聲一笑。「好好好，那我就等著一飽口福了。對了，容府的馬車已經來了，住處也安排好了，他們正在收拾安頓。我先過去看看，待會兒讓廚娘來幫妳打下手。」

寧汐笑咪咪的點頭應了，又跑了過去忙活起來。于夫子走後不久，果然有個廚娘過來幫著打起了下手。

再過了片刻，小安子也跑過來了，殷勤的笑著湊到了容瑾身邊。「少爺，小的回來了。」

咦？少爺身上這是什麼味道？還有，衣角上的那幾點暗紅色的印跡是什麼？小安子忍不住脫口而出道：「少爺，你剛才做什麼了？」該不會是他頭腦中想的那樣吧！

容瑾淡淡地瞄了小安子一眼。

小安子立刻不敢多嘴了，眼睛卻骨碌碌的亂轉，往廚房裡看去。

寧汐正在將剔好的魚肉剁成細膩的魚肉糊，又切了細細的蔥末，再放些鹽調味，然後耐心的用筷子攪拌。而一旁的爐子上，魚頭和魚骨已經丟進鍋裡，正在熬製魚骨湯，廚房裡飄出一陣陣香氣。

小安子陶醉的深呼吸一口，忽然聽容瑾隨意的吩咐道：「去幫忙理菜洗菜去。」

小安子一愣，下意識的問了句。「少爺，你是在吩咐小的去嗎？」

容瑾斜睨了他一眼，沒好氣地說道：「不是你去，難道要本少爺去嗎？」

他今天做了件這輩子都不可能做的事，身上的味道很難聞，手上似乎還留著那份黏膩的感覺，實在不算愉快。依著他平日的習慣，此刻早該騎馬回府洗澡換衣服去了。

可此時，看著寧汐忙忙碌碌的嬌俏身影，他的心裡湧動著前所未有的微妙情緒，只想這麼站在這裡……

小安子自然不清楚容瑾心裡的那份微妙的悸動，笑嘻嘻地湊到了寧汐身邊，殷勤地問道：「寧姑娘，有什麼要做的，只管吩咐。」

寧汐莞爾一笑，倒也不客氣。「好，你去把那邊籃子裡的菜都拿出去洗了。」

小安子爽快地應了一聲，利索地去做事了。

天色漸漸暗了下來，廚房裡點燃了幾支燭檯，倒也還算明亮。寧汐做了道糖醋魚之後，又開始做起了清湯魚丸。

清湯魚丸做起來，比一般的肉丸子要難得多了。魚肉本就細嫩，比起豬肉少了黏性，若是手法不好，魚丸一下鍋很容易走形。想做出圓溜溜美觀的魚丸，對廚子的手法要求可是很高的。

鍋中的魚骨湯已經處理過了，乳白色的湯底冒著騰騰的熱氣，看起來分外的誘人。

寧汐洗乾淨了雙手，聚精會神的站在爐灶邊，隨手從盆裡撈出一些魚肉糊，白嫩的小手不知怎麼動了幾下，就擠出了一個圓溜溜的魚丸，順著鍋邊緩緩的滑入湯裡，過了片刻，就漂了起來。

寧汐很滿意地點點頭，手裡不停地忙碌著，不一會兒，鍋裡就漂起了一個個白嫩的魚丸。

容瑾不知什麼時候湊了過來，閒閒的說道：「這道清湯魚丸肯定很好吃。」

寧汐噗哧一聲笑了，故意往外張望，自言自語。「今天太陽從西邊出來了嗎？容少爺還沒嚐一口，竟然就開始誇菜餚美味了。」

容瑾傲然一笑。「我親手殺的魚，味道怎麼可能不好。」

一旁的小安子頓時激動了，說話都不利索了。「少、少爺，你今天殺魚了？」

之前雖然隱隱猜到了，可一想到容瑾的性子，小安子根本不敢確定。現在從容瑾的口中聽到這句話，猜想終於得到了證實。

小安子的激動和驚訝就別提了，嘴巴張得老大，都能塞個雞蛋了。

第一百一十三章　一顯身手

少爺啊少爺，你明明是有潔癖的好吧！你生平最討厭的就是血腥味了好吧！你怎麼可能去殺魚啊啊啊啊！

小安子的潛臺詞在一臉震驚的神色中表露無遺。

容瑾有些不耐的瞪了小安子一眼。「大驚小怪，難道我就不能殺魚嗎？」

小安子立刻陪笑。「能能能，當然能。奴才多嘴，奴才這就去做事。」腳底抹油立刻溜了。

寧汐被逗樂了，笑道：「小安子哥哥真是伶俐又風趣。」能伺候難纏又傲氣的容瑾，小安子果然比普通的小廝要聰明伶俐多了。

小安子哥哥？容瑾瞇起了眼眸，淡淡地說道：「我倒覺得，他白長了一張聰明臉，根本不懂看臉色說話做事。要不是看在他伺候我五、六年的分上，早打發他去看門了。」

「少爺，你怎麼能這麼說奴才？」壓根兒沒溜遠的小安子委屈不已的插嘴。「奴才對你可是一直忠心耿耿，可昭日月，你可千萬不能不要奴才……」

容瑾卻哼了一聲，白了小安子一眼。「不會用成語就別亂用。」什麼忠心耿耿，還可昭日月，以為在演什麼苦情大戲嗎？

小安子苦著臉委屈地辯駁。「少爺才高八斗，奴才跟在您身邊久了，自然也學會用幾句成語了。」

容瑾又是好氣又是好笑，懶得再理他了。

寧汐早已被逗得笑了，那笑聲清脆如銀鈴般溢滿整個廚房。容瑾凝視著笑得歡快的寧汐，嘴角微微勾了起來。

就在此刻，寧有方的聲音從外面傳了過來。「汐兒，飯菜準備得怎麼樣了？」話音未落，寧有方和寧暉一起走了進來。

寧汐俏皮地笑了笑。「準備得差不多了。爹，今天您就別動手了，這裡交給我好了。」

寧有方朗聲一笑。「好好好，今天就看妳的了。」

寧暉拜了師，心情正好。再聞到廚房裡撲鼻的香氣，頓時覺得飢腸轆轆，覥著臉笑道：「妹妹，我肚子好餓，有什麼讓我先填填肚子？」

寧汐笑道：「正好鍋裡的魚丸熟了，先盛一碗給你解解饞。」利索地舀了勺魚丸放入碗裡，又舀了勺熱熱的魚湯。

寧暉聞著撲鼻的香氣，只覺得肚子更餓了，忙用勺子舀了一個圓圓白白嫩嫩的魚丸放入口中，頓時被那鮮嫩無比的口感擊中了，誇張地讚道：「真香，真好吃！」

他這邊吃得歡快，容瑾的臉色可不好看了。

哼，他在這兒等了半天，怎麼第一口倒讓寧暉嚐去了？眼角餘光瞄到寧汐又盛了一碗，容瑾的臉色才算好看了一些，還算這丫頭有點良心……

「爹，您也來嚐嚐。」寧汐笑咪咪的朝寧有方招手。

寧有方來回折騰了半天，也覺得肚子空空如也，笑著接過碗，邊吃邊點頭。

容瑾的臉徹底黑了。暗暗的咬牙，不著痕跡的瞪著笑得甜蜜蜜的寧汐。

大概是他的氣場太強了，寧汐總算察覺到了那兩道灼熱的視線。忙笑道：「容少爺，你餓了嗎？要不要也來一碗嚐嚐？」

容瑾哼了一聲。「妳說呢？」

寧汐忍住笑意，又盛了一碗過來，特地將勺子放在了碗中，笑盈盈的端到了容瑾的面前。「容少爺，湯熱，你慢點吃。」

容瑾對衣食住行都很講究，從來沒站在悶熱的廚房裡吃過東西，可現在忽然覺得這麼站著吃東西也別有一番風味。魚丸鮮嫩可口，魚湯更是鮮美香濃。那股美妙的滋味在口中蔓延開來，然後緩緩地滑入喉嚨。

寧汐一臉期盼的看著容瑾。「怎麼樣?味道如何？」

容瑾勉強點了點頭。「還算過得去。」

算了，想聽他說句人話可不容易。寧汐抿唇笑了笑，又繼續忙起了其他的菜式。

肉類的食材較少，大多是蔬菜，所以炒菜比較多。等忙出了十幾道菜式，小安子和寧暉便忙著將菜都端到了飯廳裡。學館裡人不多，於是所有人都圍坐在一起，美美的吃喝起來。

寧有方雖然捨不得寧汐忙碌，可今天卻是寧暉拜師的大日子，他這個做爹的不露面實在不合適，只得叮囑寧汐幾聲，然後也去了飯廳。

寧汐這一年多來，早已將寧有方的廚藝學了個八九不離十。平時大多做些冷盤和主食，幫著打下手，做大廚可是正兒八經的第一回，自然拿出了全副精神，力求將菜餚做到最好。

小安子今天充當了一回跑堂，忙著跑來跑去，時不時的眉開眼笑的讚道：「寧姑娘，剛才做的那道蠶豆羹，大家都誇好呢！」

寧汐嫣然一笑。那蠶豆羹做起來並不複雜，只要將鮮嫩的蠶豆切碎了放進湯裡，再打上蛋花勾芡就行了，最關鍵的就是湯底要鮮。好在廚房裡本就有一些雞湯，再對上魚骨湯熬製一會兒，味道就很鮮美了。

等菜上得差不多了，寧汐又琢磨起了主食。環顧一圈，廚房裡也沒什麼特別的食材，只有一大盤中午吃剩的米飯。

寧汐的目光又落到了那一碗大大的蝦仁上，立刻有了主意。

將胡蘿蔔、黃瓜、洋蔥切成丁，打上兩個雞蛋備用。鍋熱了之後，放入黃亮的菜籽油，然後放入蝦仁煸炒，再放入胡蘿蔔丁、黃瓜丁、洋蔥丁，加入鹽等調味料，炒熟的時候迅速的裝盤。然後，將雞蛋放入鍋中煎炒，再放入米飯，炒熱了之後，再將先前的蝦仁之類的配料一起倒入鍋中翻炒，最後一起盛盤。熱騰騰香噴噴的蝦仁炒飯好啦！

寧汐嚐了一口，很是滿意地點了點頭。炒飯本就香氣撲鼻，再加上蝦仁的鮮，配上胡蘿蔔、黃瓜、洋蔥的清爽，既好看又好吃啊！搭配上香甜的玉米稀飯，大功告成！

小安子來端菜的時候，直流口水。

寧汐噗哧一聲笑了起來。「好了好了，你先把這個端過去，然後就到廚房來和我一起吃，我都給你留好了。」

小安子立刻來了精神，迅速的將蝦仁炒飯和玉米粥都端上了桌。正想退下去，忽然聽容瑾說道：「寧汐忙了半天，肯定早就累了，你去叫她過來一起吃飯。」

「寧姑娘」忽然變成「寧汐」了？小安子心裡偷笑，臉上卻一本正經地應了。

等跑到廚房，跟寧汐這麼一說，寧汐卻猶豫了一會兒，然後笑道：「哪有廚子上桌一起吃飯的，算了，我還是留在廚房這兒隨便吃一點吧！」

容瑾今天一直怪怪的，讓她有些莫名的心慌意亂，還是保持點距離比較好……

小安子雖然不清楚寧汐心裡的彎彎繞繞，卻很清楚這麼回去覆命的話，又要被容瑾用目光殺一記了。忙陪著笑臉道：「寧姑娘，妳就行行好，別為難我了。少爺的脾氣妳不是不知道，要是我就這麼回去告訴他了，他肯定饒不了我。」

對著這麼一張討好陪笑的臉，寧汐也不好意思推拒了，只得笑著點了點頭，稍微整理一下，就隨著小安子一起去了飯廳。

剛一進飯廳，桌子周圍所有人的目光一起唰的看了過來，既有驚豔，又有不敢置信。這麼一桌美味可口的菜餚，就是這個弱質纖纖的嬌美少女做出來的嗎？

寧汐忙活了半天，臉蛋紅撲撲的，額頭還有些汗珠，眼眸卻異常的明亮，唇角含笑。翩然走了過來，恭恭敬敬地向于夫子施了一禮。「夫子，小女子今日獻醜了。」

于夫子朗聲一笑。「寧姑娘可千萬別謙虛，今天我算見識到什麼叫美味佳餚了。」

明明都是廚房裡常見的普通食材，可經過寧汐的妙手烹製，卻成了一道道美味。每吃一道菜，便驚嘆一次，心裡想著實在太好吃了，下面的菜餚絕不可能比這更好，然而到了下一道菜上來的時候，之前的想法立刻就被推翻了。原來，下一道竟然更好。

最後的蝦仁炒飯更是這桌宴席的一大亮點，成了最完美的收場。

寧汐抿唇一笑，不由得看了寧有方一眼，俏皮地眨眨眼，像是在問——她今天的表現如何？

寧有方露出會心的微笑，用力地點點頭。這是寧汐第一次真正的獨力掌廚，他雖然對女兒深具信心，可也有些忐忑，唯恐寧汐緊張之餘會失手。可沒想到，寧汐竟然表現得這麼出色。就算他親自下廚，也不會比她更好！寧有方的眼裡滿是驕傲。

寧暉咧嘴一笑，使勁地誇道：「妹妹，妳今天做的菜真是好吃極了。」旁邊的幾個少年一起跟著點頭，灼灼的目光不約而同的落在了寧汐的俏臉上。

寧汐嫣然一笑。「哥哥，以後要是有空，我就到學館裡做菜給大夥兒一起吃。」

此言一出，幾個少年都興奮地紅了臉，就連于夫子都呵呵的笑了。「那以後我們可都有口福了。」

容瑾定定地看著寧汐，卻見她笑咪咪的和眾人寒暄說話，自始至終都沒看他一眼。

容瑾輕哼了一聲，剛才的好心情忽地一掃而空，久未出現的刻薄言詞又冒了出來。「第一次掌廚，表現平平，從頭到尾都沒一道菜能讓人記住，實在是一大敗筆！」

第一百一十四章 難題

寧汐的笑容一僵。

雖然容瑾的話語非常刻薄，可她不得不承認他說的是事實。站到爐灶前掌廚，和在一旁打下手確實完全不同。菜譜自己定，食材配料都得一一想好，再忙著鍋灶上的事情，的確很容易顧此失彼。

為了保證每道菜餚的口味，她根本沒時間細細地琢磨做一道讓人驚豔的好菜。所以，今天晚上的菜餚整體水準雖然不錯，可確實沒有讓人眼前一亮的……

飯廳不算大，容瑾的聲量也不算高，可眾人還是聽了個一清二楚，頓時都靜了下來。

容瑾淡淡地說道：「如果妳只想做個普通廚子，有這樣的手藝也就差不多了。不過，妳要是想做一個真正的大廚，這點手藝就別拿出去丟人了。」

寧暉聽得火冒三丈，霍然站了起來。「容少爺，我很感激你替我介紹了于夫子做老師。不過，如果你再這麼繼續侮辱我妹妹，我絕對不能容忍！」

容瑾挑了挑眉，眼底沒有一絲笑意。「如果連這點中肯的意見都聽不進去，那以後就別出來做廚子，早點嫁人生子不是更好？」

「你……」寧暉氣得臉都青了，不自覺的握緊了拳頭。

「暉兒，別胡鬧！」

「哥哥！」寧有方和寧汐都是一驚，幾乎同時拉住了寧暉。

一時之間，桌子上的氣氛異常的尷尬凝滯。

于夫子咳嗽一聲，笑著打圓場。「好了，寧姑娘忙了半天，一定又累又餓，還是先坐下來再說吧！」

寧汐深呼吸口氣，擠出一絲笑容來。「多謝夫子，那我就不客氣了。」順勢拉著寧暉一起坐了下來，暗暗的捏了捏寧暉的胳膊。今天可是拜師的第一天，要是鬧騰開來，于夫子心裡一定很不高興，以後在學館裡還怎麼待下去？

寧暉抿緊了嘴唇，按捺住心底的火氣，坐了下來。

容瑾看似鎮靜自若，可在瞄到寧汐強顏歡笑的小臉時，心裡忽地一沈。生平第一次，他開始為自己的口舌犀利毒辣產生了一絲的悔意……

寧汐卻抬起頭來，直直的看入他的眼底，認真地說道：「容少爺，多謝您點醒了我，我確實不該沾沾自喜。這是我第一次掌廚，第一次自己安排菜單，第一次自己決定所有的食材和配料，所以有些手忙腳亂，沒能做到最好，以後我一定會繼續努力，好好的鍛鍊，做一個真正的好廚子。」

那雙清澈美麗的眼眸閃耀著璀璨的光芒，比所有的寶石都耀目。

容瑾面無表情的看了寧汐一眼，隨意的「嗯」了一聲，就移開了目光。

寧汐笑著瞄了眾人一圈，俏皮地說道：「大家怎麼都不動筷子了，難道都吃飽了嗎？我可忙了半天，肚子好餓呢！」

于夫子笑道：「誰說我吃飽了，這麼好吃的菜餚可不是天天都能吃到的，今天非得多吃點。」率先拿起了筷子。

各人紛紛響應，宴席上的氣氛又重新熱鬧起來。

寧汐不客氣地指揮寧暉為他挾菜，埋頭吃得不亦樂乎。自始至終，她都沒有再看過容瑾一眼。至於容瑾現在想些什麼，跟她又有什麼關係？他們本就不是同一個世界的人，就算偶爾有了交集，也不算什麼。再說，她也沒時間精力去揣測他陰晴不定的心思。

各人酒足飯飽了之後，便各自散去休息。

寧有方正打算再道謝幾句，于夫子卻淡淡的一笑。「時候不早了，你們就先回去吧！寧暉今天就住下了，以後每隔半個月可以回去一次。至於你們，若是實在想他了，也可以來探望。不過，最好不要來得太多，免得影響了他讀書。」

寧有方忙笑著應了。

寧汐依依不捨地扯著寧暉的衣袖，低低地說道：「哥哥，我和爹這就回去了。」

寧暉心裡也有些酸酸的，擠出笑容安撫道：「你們就放心好了，我一定會用功讀書，絕不會讓夫子和你們失望的。」

寧汐用力地點點頭，終於和寧有方出了學館。

容瑾騎著疾風先回去了，馬車的速度要慢得多，等回了容府的時候，已是子時一刻了。

阮氏等得心焦，見寧有方和寧汐一起回來，總算鬆了口氣，忙問起了學館的事情。

寧有方下午回來過一趟收拾東西，可時間倉促，根本沒說詳細，現在有時間了，自然要問個明白。

寧有方笑道：「妳就放心吧！那位于夫子收學生很嚴格，聽說他每年只肯收五個學生，而且必須過了童生試他才肯收。到來年的鄉試，他教的學生幾乎全都能考中，所以于夫子的名頭非常響。這次要不是有容少爺從中說情，暉兒也沒這個好運氣。」

阮氏聽得滿心歡喜，連連點頭笑道：「是啊，容少爺對我們一家實在是太好了。以後若有機會，我們可得好好報答人家才是。」

寧汐啞然失笑，調侃道：「娘，容府家大業大，什麼都不缺。我們拿什麼報答人家？」

阮氏嗔怪地看了寧汐一眼。「話可不是這麼說，說不定將來有一日，容少爺會有求於我們呢！」說到這兒，自己也笑了。

是啊，堂堂容府三少爺，能有什麼事情需要求他們的？這個天大的人情，也只能記在心裡了。

第二天，寧有方親自去找容瑾道謝。寧汐本想跟著一起去，可不知怎麼的，一想到容瑾那張似笑非笑的俊臉，就覺得有些不自在，因此便沒跟去，留在院子裡，幫著阮氏做了半天的瑣事。

寧有方很快地回來了，臉上抑制不住的激動。

寧汐笑著打趣道：「爹，是不是有什麼好事了？」

寧有方爽朗的一笑。「容少爺說，百味樓的薛大廚已經有回話了，比試的時間就在三天之後。」

這次的比試，和上次稍有不同。為了公平起見，連食材都是各自準備。聽說百味樓還特地請了幾位有名氣的食客做評判。這風聲一傳開，已經有不少人躍躍欲試，打算去百味樓觀戰了。

寧汐一聽，也有些興奮激動。「爹，打鐵要趁熱。這次一定要贏過薛大廚，到時候你的名頭可就無人不知無人不曉了。」動靜鬧得越大，看熱鬧的人就越多。不管哪一方勝了，都大大的有好處。

寧有方咧嘴笑了。「是啊，還有三天，我可得好好琢磨琢磨，那位薛大廚可故意給我出了難題。」

「什麼難題？」寧汐好奇地追問。

寧有方笑著應道：「具體的菜式自己定，不過，必須以海參為原料。」

海參？寧汐愣住了，蹙起了眉頭。

海參是八珍之一，口感獨特，很有營養，而且有滋補的功效，所以在貴族男子中很受歡迎。但凡是有點名頭的酒樓，都會有擅長料理海參的廚子。

寧有方善於烹製魚翅，對海參的做法雖然也有涉及，卻不算很擅長。

寧汐想了想，問道：「爹，這位薛大廚指名要以海參入菜，是不是因為他很擅長烹製海參？」

寧有方點了點頭。「聽容少爺說，這薛大廚最拿手的就是烹製海鮮，所以才會特地選了海參為比試的題目。」

地了。

寧汐撇了撇嘴。「他倒是一點都不肯吃虧。」特地挑了自己最拿手的，自然立於不敗之地了。

寧有方倒是很坦然，笑道：「我本就是上門挑戰，借著人家的名頭來打響自己的名聲，人家肯搭理我已經不錯了，這方面吃點虧也在所難免。好在還有三天，我趁著這三天好好的琢磨一下，準備兩道就行了。」至於原料什麼的，當然不必擔心。海參雖然昂貴，卻也不算罕見，容府裡各類名貴食材都有，更不乏上好的海參。

寧有方這麼沈著冷靜，寧汐也跟著放心了不少，腦子裡迅速的回想起翻了不知多少次的那本神秘食譜來。那位不知名的御廚，在食譜上記錄了各種珍貴食材的烹製方法，還有半頁專門寫了海參的做法，至少也有五、六種……

寧汐試探地問道：「爹，您想好做什麼菜式了嗎？」

寧有方苦笑一聲，搖了搖頭。「哪有這麼快，我還沒開始想。」這可比不得平時做菜，得拿出最佳的水準才行。雖然做過不少海參的菜式，可到底哪一道才算最好，他也有點拿不準。

寧汐笑了笑，湊到寧有方耳邊低語了幾句。

寧有方的眼眸頓時亮了起來，用力的點了點頭。

當天下午，容瑾就派小安子送來了一盒尚未泡發的海參。海參被整整齊齊的放在木製的錦盒裡，略呈褐色，背部隆起幾行大小不等、排列不規則的圓錐形肉刺。

寧有方自然識貨，笑著嘆道：「這可是最上等的刺參，就這麼一盒，也不知要花費多少。」

小安子忙笑道：「少爺說了，這一盒是留給寧大廚這兩日練習菜式用的，等真正比試的時候，自然有更好的海參。」

寧有方笑著點點頭。等送了小安子出去之後，立刻就到廚房忙了起來，寧汐自然也跟了進去。父女兩個，在廚房裡整整待了兩天。

第一百一十五章　意外

其間，容瑾也派小安子來過幾次，卻沒有多問什麼，每次來的時候倒是帶了不少新鮮的食材配料過來。

忙碌了兩天之後，寧有方終於把比試的菜式定了下來，心裡輕鬆了不少。

寧汐俏皮地笑道：「爹，我們整天都待在廚房裡，又悶又熱，出去走走吧！」

寧有方不假思索地點頭應了。這兩天寧汐也夠辛苦的，不停地提供點子，還得負責品嚐挑毛病。說起來，絲毫不比他輕鬆啊！

父女兩個有說有笑地出了廚房，正打算出門，忽然見到孫掌櫃進來了，身後居然還跟了一個。

寧汐立刻笑著跑了過去。「張大哥，你怎麼來了？」來人竟然是多日沒見的張展瑜。

張展瑜微微一笑。「這麼多日子沒見師傅了，今天特地央求孫掌櫃帶我過來看看。對了，師傅，明天就得去百味樓比試了，都準備好了嗎？」

寧有方笑道：「準備得差不多了，正打算出去轉轉。既然你來了，一起出去吧！」

張展瑜笑著點了點頭，再加上孫掌櫃，一行四人出了後門。

孫掌櫃好奇地打聽。「寧老弟，你明天打算做什麼菜式？」

寧有方故意賣關子，不肯細說，含糊地應道：「反正得以海參為原料，能做出來的菜式來來去去也就那幾種。」

孫掌櫃笑了笑，識趣地扯開了話題。

張展瑜有意無意的落後幾步，瞄了寧汐一眼，笑著說道：「汐妹子，妳這些日子住在容府，感覺怎麼樣？」剛才雖然只是匆匆的打量幾眼，可也能看出寧汐的住處要比以前好得多了。女孩子一定都會喜歡住在那樣的環境裡吧……

寧汐笑著應道：「我可沒覺得怎麼好。雖然吃的住的都比以前好，可也少了份自在，我倒是想找機會搬出去呢！」如果不是借住在容府，她又何必要受容瑤的窩囊氣？

「妳真的不想留在容府嗎？」張展瑜的眼眸一亮，語氣有些急切。

寧汐啞然失笑。「張大哥，你說話可真是越來越奇怪了。非親非故的，我留在容府幹麼？」不過是借住一陣子，以後遲早得走的。

張展瑜心裡暗暗鬆口氣，臉上有了笑意。「那就好，我還怕妳見過了容府的榮華富貴之後，就捨不得走了。」更何況，還有那麼一個風華無雙的美少年容瑾……

寧汐聳聳肩。「容府再好，跟我也沒什麼關係。等鼎香樓正式開業了，我就想法子搬出容府。」

「好，那我等著妳搬出來。」張展瑜的笑容分外的燦爛愉快。

寧汐笑道：「到時候我可不想再去容府的別院住，最好是另外買個院子住下。也算在京城安家立戶了。張大哥，到時候若是不嫌棄，你就和我們一起住好了，反正你也沒別的親人在京城了。」

張展瑜凝視著寧汐的俏臉，溫柔的應道：「汐妹子，在我心裡，妳和師傅都是我的親人。只要你們不嫌棄我，我巴不得能跟你們住在一起。」

寧汐甜甜地笑了。

出了巷子之後，到了一條熱鬧的街道上，寧有方笑著指了指前面的茶樓。「我們去茶樓裡坐坐，今兒個我請你們喝茶吃點心。」

寧汐精神一振，第一個舉手贊成。「那可太好了。我正好有些餓了，至少可以吃兩盤點心。」

四人有說有笑的一起向茶樓走去。寧汐走得稍微快了些，調皮地回頭扮了個鬼臉。「你們快點嘛……」

寧有方正要回話，笑容忽然頓住了。

不知從哪兒冒出來一輛馬車，忽然這麼行駛了過來，離寧汐只有幾步之遙。

「汐妹子，快些閃開！」張展瑜驚駭地喊了起來。

寧有方的動作更快，猛地衝上前去推開寧汐。毫釐之差，寧汐避開了馬車，寧有方卻被疾馳而來的馬車撞了個正著，摔倒在地上，翻滾了幾圈便暈了過去。

寧汐被這一連串的變故嚇懵了，待見到寧有方一動不動的躺在地上，不假思索地撲了過去，眼淚頓時湧了出來。「爹……」

孫掌櫃和張展瑜也都被這突如其來的變故弄懵了，蹲在寧有方身邊，俱是一臉焦急。

那輛惹禍的馬車也停了下來，一個梳著雙丫髻的丫鬟模樣的少女探頭看了一眼，不滿的說了句。「這是從哪兒冒出來的，走路不長眼睛嗎？」

寧汐心裡的火氣蹭的冒了出來，顧不得擦眼淚，握著拳頭站了起來。「妳在罵誰不長眼睛？」

那個丫鬟睜著大大的杏眼，不甘示弱地說道：「當然是在說你們，沒見到我們楚府的馬車過來嗎？早該閃開才是……」

寧汐忍住破口大罵的衝動，冷冷地說道：「不管妳是哪位貴人府上的，京城腳下總有王法吧！馬車撞到人，連個交代都沒有就隨意的謾罵，這也是你們府上的規矩嗎？」

周圍的路人漸漸的圍攏了過來，竊竊私語的聲音越來越大。

「這馬車是楚大人家的，上面坐的，該不會就是楚大小姐吧！」

「聽說楚大小姐擅長詩詞書畫，是個美人兒，怎麼身邊的丫鬟這麼囂張？撞傷了人還這副口氣……」

「就是就是……」

那個丫鬟還待嘴硬，就聽馬車裡傳來一個文雅的少女聲音。「青兒，怎麼了？」

叫青兒的丫鬟立刻將頭湊了進去，將事情稟報了一遍。馬車裡的少女頓時掀起了車簾，蹙眉說道：「快些去看看人傷得怎麼樣了。」

此言一出，青兒也不敢再繃著臉了，不情願地點了點頭。

聽到這樣的話，寧汐的心情總算好了些，也無心去打量對方什麼模樣，急急地跑到了寧有方的身邊。

寧有方面色蒼白，雙目緊閉，還在昏迷中，額頭上一片血跡，令人觸目驚心。

寧汐哽咽著喊道：「爹，您怎麼了？您醒醒……」眼淚撲簌簌地落了下來，心裡別提多自責難過了。如果不是她剛才不小心，寧有方也不會因為救她被馬車撞傷了。

那個叫青兒的丫鬟走了過來，瞄了寧有方一眼說道：「我們小姐說了，先送到最近的醫館裡看看。不用擔心，醫藥費我們會出的。」

寧汐狠狠地瞪了青兒一眼。「誰要妳的醫藥費！」

青兒被噎了一下，不甘示弱地反擊。「不過是輕輕撞了一下，難道還要訛詐我們不成？我可告訴妳，我們楚府可不是好欺負的。」

張展瑜霍地站了起來，握緊了拳頭。「別逼著我動手，要是妳再敢說一個字，就算是女子我也照打不誤。」

青兒被嚇得臉色煞白，總算閉了嘴。

此時，馬車上的少女也款款走了下來，見寧有方昏迷不醒的樣子，也被嚇了一跳，連忙說道：「附近就有醫館，快些把這位壯士扶上馬車送過去。」

青兒一聽這話頓時急了。「小姐，這可是您的馬車，哪裡能讓男人隨意坐……」

那個少女嗔怪的看了她一眼。「事急從權，哪裡講究這麼多。動作快些，別耽擱了救人。」說話總算還能入耳。

寧汐用袖子胡亂抹了眼淚，用力的扶起寧有方，孫掌櫃和張展瑜一起搶上來，一左一右抬了寧有方上了馬車。

那個少女猶豫片刻，沒上馬車，卻吩咐車伕。「你送他們到最近的醫館去，記得報上我們楚府的名號。」

車伕不敢怠慢，忙點頭應了，駕著馬車就去了最近的醫館。

寧汐掏出帕子為寧有方按住額上的傷口，那帕子迅速地紅了一片。寧汐的手微微顫抖起來，淚花在眼眶裡直打轉。

張展瑜的眼圈也紅了，低聲安撫道：「汐妹子，妳別哭，師傅不會有事的。」

孫掌櫃也附和道：「是啊，肯定就是些皮肉傷，養幾天就能好了。」

正說著，醫館已經到了。那個車伕也過來幫忙，將寧有方一起抬進了醫館裡。醫館裡的大夫見這陣仗，忙過來為寧有方診治。先清洗了額頭上的傷口，然後用止血的藥粉止了血，再細細檢查了一圈。待按到右胳膊的時候，寧有方疼得呻吟了一聲。

那大夫臉色有些凝重。「胳膊脫臼了，要重新接上。」

寧汐倒抽一口冷氣，反射性的問道：「是不是很疼？」

大夫笑了笑，輕描淡寫地說道：「肯定會有點疼，不過，總比胳膊斷了強得多。等接好之後，養個十天八天也就好了。」

十天八天？寧汐的臉色一白，忽然想起一個很重要的問題來。明天就得去百味樓和薛大廚比試了，寧有方此刻卻傷了胳膊，這可怎麼辦才好？

算了，此刻最要緊的是寧有方的身體。至於其他的事情，待會兒再說吧！

大夫沈聲吩咐孫掌櫃和張展瑜兩人將寧有方的上衣脫了，然後開始為寧有方接上胳膊。

寧汐不敢多看，別過了臉。

寧有方在昏迷中忽然感到一陣劇痛，生生地被疼醒了，額上直冒冷汗，低低地呻吟了一聲。

寧汐驚喜地轉過臉來，急急地問道：「爹，您終於醒了，好些了嗎？」

寧有方擠出一絲笑容。「放心，爹沒事。」卻忍不住倒抽一口冷氣。

第一百一十六章　又一個愛慕者

那個大夫用乾淨的闊長布條將寧有方的胳膊一圈一圈的纏繞起來，固定好了之後，叮囑道：「回去之後一定要好好休息，十天之內不能做任何重事。」

寧有方本來懨懨無力，一聽這話頓時急了。「這怎麼行？我明天還得去百味樓……」已經約好了廚藝比試，不去怎麼行？

大夫皺起了眉頭，不悅地說道：「胳膊脫臼可不是小事，要是不注意休養，以後這條胳膊廢了可別怪我。」

寧汐連忙陪笑。「一定會好好休養的，大夫您別生氣，我爹就是這副急脾氣。」

大夫輕哼了一聲，又開了個方子。「照著方子抓藥，一天三頓，喝上三天左右也就行了。十天之後記得到這兒來，我再複診一下。」

寧汐一連串的應了。張展瑜立刻接過了方子，到隔壁的藥鋪裡抓藥去了。

寧有方頭還有些昏昏沈沈的，一時也沒力氣說話，可一想到明天，心裡便焦慮起來。

寧汐自然清楚他的心思，低聲安撫道：「爹，您先別急。身子要緊，您先好好休養，至於明天的事，總能想出法子應付的。」

寧有方苦笑一聲，長長地嘆了口氣。這麼好的機會若是錯過了，以後想再上門挑戰，人家肯理才是怪事。本來還想著一鼓作氣打響名頭，偏偏來了這麼一齣……

看著寧有方沒精打采的樣子，寧汐心裡難受極了。沒人比她更清楚寧有方好強的性子，這兩天緊鑼密鼓地準備著，就是想在明天的比試中大放異彩，可在這緊要關頭偏偏胳膊受了傷……

寧汐抿緊了嘴唇，心裡暗暗下了決心，臉上卻擠出笑容來。「爹，你別亂動胳膊，我們先回去再說。」

孫掌櫃也溫和地安撫道：「誰也沒料到會發生這樣的意外，東家老爺知道了，也不會怪你的。你安心的休養，等身體好了再說。」

寧有方苦笑著點點頭。到了這個分上，想逞強也不可能的了。

張展瑜抓好藥過來了，正打算上前付出診費，就見那個車伕略有些傲然地說道：「所有的出診費先都記下，等明天到我們楚府去取就是了。還有，剛才抓藥花費的銀子，到時候一併去拿……」

寧汐早憋了一肚子火氣，此刻再也忍不住了，冷笑一聲。「果然財大氣粗，撞了人賠些銀子就行了是吧！那好，現在就出去，用馬車撞你一下，醫藥費全部由我來出怎麼樣？」

論口舌，那個車伕哪裡是寧汐的對手，頓時脹紅了臉。

就在此時，馬車的主人翩然走了進來，正是那個文雅的少女，身後跟著丫鬟青兒。看她一臉行色匆匆，顯然是一路走了過來。

少女歉然地一笑。「這位姑娘，下人不會說話，妳別往心裡去。說起來，今天這事大半都要怪我。我急著有事，就命車伕快些，沒承想發生這樣的意外，真是對不住了。」

正所謂伸手不打笑臉人，這個少女如此的客氣，倒讓寧汐不好繼續再發火了，輕哼一聲別過了臉去。

青兒低聲咕噥了一句。「小姐，我們又不是成心的，幹麼這麼低聲下氣……」

少女不悅地擰起了眉頭，訓斥道：「放肆，有妳這麼說話的嗎？要是讓人聽見了，還以為我們楚府仗勢欺人。妳在我身邊也有兩年了，就學到了這些嗎？」

青兒被自家小姐難得嶄露的脾氣嚇住了，淚花在眼眶裡直打轉。

寧汐已經不止一次聽到楚府這兩個字了，心裡一動。這個姓氏似乎有點耳熟，似乎在哪裡聽過……這個少女容貌姣好，穿著得體，談吐文雅，顯然是名門貴女之流，倒還算通情達理，說話也很入耳。

只見她又訓斥了青兒幾句，才轉過頭來說道：「不知你們住在哪兒，我現在就讓馬車送你們回去，改日一定登門探望。」

寧有方打起精神來，擠出一絲笑容。「不用這麼麻煩了，我們自己回去就行了。」

那少女卻異常堅持。「你傷得這麼重，走回去怎麼行，還是送你們回去吧！」

寧有方還待再推辭，寧汐已經接過了話頭。「也好，那就麻煩送我們到容府的後門吧！」寧有方傷得這麼重，哪還有力氣走回去。

容府？那個少女笑容一頓，試探著問道：「哪一個容府？」

寧汐扯了扯唇角。「楚小姐，京城最出名的容府妳該不會不知道吧！」京城數來數去，也不過就那麼一個容府最有名氣，簡直是在明知故問。

楚小姐的眼眸忽然亮了一亮，不假思索地說道：「容府離這兒不遠，現在就送你們回去吧！」奇怪，一聽到容府，楚小姐立刻更熱情了，竟然一起上了馬車，堅持要送他們到容府。

寧汐懶得去揣測這位楚小姐的心思，一路上忙著照應寧有方。

楚小姐不動聲色地打量寧汐兩眼，忽地淺笑著問道：「你們一直住在容府裡嗎？」看她的穿戴，分明不是什麼閨閣千金，可偏又住在容府裡，難道是容家的哪一門遠親？

寧汐點了點頭，並未多看楚小姐一眼。

楚小姐又試探著問道：「妳和容三少爺一定熟識吧！」

容三少爺？寧汐抬起頭來，直直的看了楚小姐一眼。「楚小姐想問什麼，直接問好了，不用這麼拐彎抹角的。我們不是容府的親戚，我爹是個廚子，暫時借住在容府裡。至於容三少爺，我們自然是認識的。怎麼，楚小姐也認識容三少爺嗎？」

難怪她總覺得楚這個姓氏有些耳熟，原來這位楚小姐就是容玨曾提起過的容瑾的愛慕者之一……不過，這位楚小姐倒是比張敏兒和王嬌嬌看起來順眼得多了。容貌雖然不算最漂亮，可談吐文雅，散發著一股書卷氣，名門貴女的氣質修養顯露無遺。

提到容瑾，楚小姐的臉微微一紅。故作鎮靜的應道：「以前曾見過幾次，只是不知道他還記不記得我了。」

寧汐淡淡的一笑住了嘴，並未繼續說下去。

楚小姐的目光卻在寧汐的身上徘徊不去，也不知在琢磨些什麼。

馬車停了下來。寧汐往外看了一眼，蹙起了眉頭。「怎麼在這兒停下來了？」她剛才明明說了後門口好吧！從大門口進去，可得走上好遠的一段路呢！

楚小姐微微一笑，並未解釋什麼，一旁的青兒搶著說道：「我們楚府的馬車當然得走正門。」後門大多是留著下人進出的好吧！那一絲輕視表露無遺。

寧汐可沒心情和她鬥嘴，眼角餘光都懶得朝青兒看一眼，和張展瑜一起扶了寧有方下馬車。

說來也巧，正在此時，容府的大門忽地開了。一個俊美無倫的少年翩然走了出來，正是容瑾，一旁的少年當然是陸子言了。

兩人正有說有笑的從容府裡走出來，待見到門口的馬車時，都是一愣。再看到馬車旁狼狽不堪的寧有方時，更是一驚。

「寧大廚，你的胳膊怎麼了？」陸子言第一個搶了上來，急急的問道。寧有方額頭上有傷不說，胳膊更是纏上了一層又一層布，看起來頗為嚇人。

寧有方無奈地苦笑。「被馬車撞了一下，就成這樣了。」

陸子言嘆了口氣。「明天就得去百味樓了，怎麼又偏偏出了這樣的岔子。」

雖然沒有責怪之意，可寧有方卻有些羞愧的垂下了頭，低聲說道：「都怪我不小心，明天怕是不能去百味樓比試了。」

寧汐忙安撫道：「爹，今天的事怎麼能怪您，該怪我不小心才對。要不是為了救我，您也不會受傷了。」

陸子言聽得一愣，追問起了事情的經過。

一旁的孫掌櫃接過了話茬兒，將事情的原委說了一遍，待聽到寧有方十天之內都不能做重事的消息，陸子言心裡頓時一沈，忍不住看了容瑾一眼，這可怎麼辦才好？

容瑾皺了皺眉頭，旋即又舒展開來，淡淡地說道：「寧大廚不用擔心，先好好休養身體吧！明天的事情，就交給我處理。」

不知怎麼的，聽到這樣雲淡風輕的話，寧有方的慌亂無措卻陡然平息了許多，點點頭應了。

寧汐本想說什麼，眼睛餘光瞄到那位楚小姐含羞帶怯的眼神，頓時把到了嘴邊的話又嚥了回去。有外人在場，那件事還是等會兒再說吧……

等了半天，也沒見容瑾正眼看自己一眼。那位楚小姐終於按捺不住了，微笑著走上前來。「容三少爺，你還記得我嗎？」

容瑾瞄了滿眼期盼的楚小姐一眼，扯了扯唇角。「是楚小姐吧！」奇怪，她來做什麼？

楚小姐眼裡閃過一絲亮光，羞澀地笑了笑。「叫我雲柔就行了。今天都怪我，因為有些事急著回去，就催促著車伕把車趕得快一些。沒承想無意中傷到了貴府的客人，真是對不住了。」

容瑾挑了挑眉，淡淡地應了句。「既然是無心之舉，也不能怪妳，妳不用放在心上。」

楚雲柔連忙說道：「因為我的緣故，才使得寧大廚受了傷，請讓我略表點心意。」

寧汐冷眼旁觀兩人說話，心裡忽然冒出一絲莫名的酸意。

第一百一十七章　讓我去！

自從認識容瑾以來，寧汐還從未見過他對哪個女子如此的隨和客氣呢！上一次遇到的那個張敏兒和王嬌嬌，也都是世家貴女，可容瑾從頭至尾都懶得搭理她們，對這個楚雲柔，卻客氣多了……

寧汐忍不住細細打量楚雲柔一眼，不得不承認，這個楚雲柔的氣質涵養都極好，聲音更是悅耳動聽。這樣的美人兒，難怪容瑾捨不得繃著臉了。

接下來，自然要請這位楚雲柔小姐入府坐上片刻。

寧汐不想去湊熱鬧，朝張展瑜招招手。「張大哥，和我一起扶我爹回去吧！」

張展瑜穩穩的一笑，點頭應了，攙扶著寧有方往裡走。寧汐很自然的攙扶著另一邊，一行三人，看起來分外的親暱。

容瑾瞄了一眼，忽然覺得這和諧的一幕莫名的有些刺眼，眼眸微微瞇起，卻是什麼也沒說，只低聲吩咐了小安子幾句。

小安子忙笑著應了，跑到容府的庫房裡找了些補品，然後又回去向容瑾覆命不提。

寧有方回了院子之後，在椅子上坐了下來，一臉的疲乏。阮氏問清了事情的始末，頓時紅了眼圈，心疼地看了寧有方一眼。

寧汐的眼裡也閃著淚光，哽咽著說道：「娘，都怪我不小心。要不是為了救我，爹也不會受傷了……」

寧有方打起精神來安撫道：「汐兒，我沒什麼大礙，休息幾天就沒事了。」孫掌櫃在一旁嘆口氣。「明天百味樓是去不成了，倒是有點可惜了。」這句話戳中了寧有方的心口，他的臉色頓時黯淡了下來。

寧汐用袖子擦了眼淚，深呼吸口氣，堅定地說道：「誰說去不成的？爹，明天我替您去！」

眾人聽了這話都是一愣，一起向寧汐看了過來。

寧汐定定地看著寧有方。「爹，這兩天我一直陪您練習烹製海參，您打算做的兩道菜，我早已經學會了。明天的比試照舊，我替您去。」讓我替您贏了那位薛大廚！

屋子裡靜靜的，沒有人說話。

寧有方默然片刻，才緩緩地說道：「汐兒，妳天分出眾，又有靈氣，是個好苗子，爹相信妳以後一定是個好廚子。不過，對方可是成名多年的大廚，就算是爹親自去了，也沒有穩贏的把握。」

孫掌櫃不由得點頭附和。「是啊，汐丫頭，這可不是鬧著玩的。薛大廚成名多年，又擅長做海鮮，可不是那麼好對付的。妳爹受了傷，不能去比試，只要解釋一下，也不算臨陣退縮，還是改日再約吧！」

張展瑜也皺著眉頭勸道：「汐妹子，我知道妳是為了師傅好。不過，這事還是慎重考慮為好。」

說來說去，還是對寧汐不放心。這也難怪，寧汐畢竟還是個十三歲的小姑娘，只做了一年多學徒，誰放心讓這樣一個小姑娘代替寧有方挑戰薛大廚？

寧汐卻很堅持。「爹、孫掌櫃，你們說的這些，我也都想過了。爹要是明天不去，薛大廚確實不好說什麼。不過，只怕以後再邀約挑戰，他也不肯理了。外人不知道內情，說不定會以為爹是故意找藉口推脫不敢去。所以，明天這場比試非去不可，不能失約！」

寧有方嘆口氣。「話是這麼說，只是……」

「爹怕我輸對不對？」寧汐忽地笑了，眼裡閃爍著無比的自信。「這樣吧，待會兒我就下廚，把明天比試的菜餚做出來給您嚐一嚐。只要您能挑出毛病來，我就打消這個主意，怎麼樣？」

「好！」一個熟悉的聲音忽然在門邊響了起來。

寧汐一愣，反射性的看了過去，卻是容瑾和陸子言連袂而來。剛才說好的，當然是容瑾。奇怪，他不是在陪那個楚雲柔說話嗎？怎麼這麼快就有時間過來了？

容瑾定定地看著寧汐，深幽的眼眸閃著讚許。「我也覺得這個主意不錯。」

寧汐的眼眸亮若星辰，唇角浮起笑意。「你真的覺得我可以嗎？」沒想到，最信任她的竟然是容瑾！這一刻，她的心裡忽然湧動著莫名的澎湃和激動，連帶著那張傲氣的俊臉都覺得順眼多了。

容瑾微微一笑，肯定地點頭。「妳當然可以。」

陸子言慢了一拍，懊惱不已，此刻忙笑道：「就讓寧汐妹妹試試吧！說不定真的可以代替寧大廚去百味樓。」

兩位東家都這麼說了，寧有方自然沒有再反對的道理，笑著點頭。「也好，既然這樣，今天晚上就請兩位少爺做個評判。等汐兒把兩道菜都做出來了，你們都嚐一嚐。」

寧汐俏皮地笑了。「爹，您可真小氣，就做兩道菜，哪夠這麼多人吃的。怎麼著也得湊合著做上一桌宴席吧！」

眾人都被逗笑了。

張展瑜自告奮勇地說道：「汐妹子，我替妳打下手。」

寧汐笑咪咪地點了點頭。「那就麻煩張大哥了。」論手藝論默契，張展瑜可都是最好的人選了。

張展瑜笑了笑，眼裡的那抹溫柔，讓「某人」看著刺眼極了，偏偏又找不出任何合適的理由讓張展瑜閃一邊去，翹起的唇角頓時沒了弧度。

寧汐自然沒留意這些，興致勃勃的和張展瑜一起去了廚房。

所有食材應有盡有，都被洗得乾乾淨淨的，還有上午熬製的高湯，倒是省了不少的事。張展瑜做慣了二廚，動作很利索，不一會兒就做好了六道冷盤，又忙著切菜配菜。寧汐則站在爐灶前，專注地忙活起來。

過了片刻，小安子笑嘻嘻地出現了。「寧姑娘，少爺讓我看看有什麼要幫忙的。」

寧汐一愣，旋即笑道：「這兒有我和張大哥就行了，沒什麼可忙的，你還是回去伺候容少爺好了。」

小安子陪笑道：「這可不行，少爺既然吩咐我過來，我要是就這麼回去，肯定挨罵不可。寧姑娘，妳行行好，隨便指派點事情讓我做就行。」

寧汐被逗笑了。「好吧，那你把那邊的幾個冷盤先端上桌。」小安子俐落地應了一聲，麻溜的端著冷盤走了。

張展瑜忽地笑著抬起頭，若有所指地說道：「容少爺倒是挺熱心的。」竟然還特地派小安子過來「幫忙」，哼，只怕是別有用心吧！分明是不想讓他和寧汐獨處吧……

寧汐專注的盯著鍋裡的菜餚，壓根兒沒留意張展瑜說什麼，隨意的嗯了一聲。

張展瑜正想再說什麼，眼尖的瞄到小安子又跑了過來，只得閉了嘴。

小安子壓根兒沒覺得自己的存在讓張展瑜覺得礙眼了，笑嘻嘻的站在寧汐的身邊，深深的嗅了一口，陶醉地嘆道：「寧姑娘，妳的手藝可真好，聞著可真香！」

寧汐抿唇一笑，卻沒搭話。做菜的時候最忌分心，一個閃失，火候不到或是過了，菜餚就失了幾分味道了。

小安子卻不懂這些，兀自絮絮叨叨說個不停。

張展瑜終於忍不住了，咳嗽一聲。「麻煩你把這籃子白菜拿到井邊洗一洗。」

小安子樂顛顛地跑過來，不忘問一句。「都洗完嗎？」這籃子也太大了吧！裡面足足放了五、六顆白菜，要掰開洗乾淨，可得費些功夫。

張展瑜一本正經的點頭。「是啊，一定要洗乾淨，麻煩你了。」

等小安子提著籃子走了，廚房頓時恢復了原本的安靜祥和。火苗舔著鍋底的聲響，鍋碗瓢盆的動靜，還有刀切在砧板上的咚咚聲響，交織成了令人安心的樂章。

張展瑜低頭忙著，偶爾抬頭看寧汐一眼，哪怕看的只是寧汐的背影，心裡也覺得暖洋洋的。

不知不覺中，張展瑜手裡的動作漸漸停了，怔怔地看著寧汐。

寧汐，這些日子妳住在容府，我住在別院裡，每天連見面的機會都沒有。我天天在想著妳，妳可有想過我嗎？

寧汐轉過頭來，疑惑地問道：「張大哥，你在叫我嗎？」

張展瑜一愣，待反應過來，臉陡然脹紅了。原來不知不覺中，他竟然喃喃的喊出了她的名字。好在天色已經暗了，廚房裡雖然燃著燭檯，卻不算特別明亮，把他臉上的紅暈遮掩了過去。

張展瑜定定神，笑著應道：「我就是想問問，妳打算怎麼做海參？」

提到這個，寧汐甜甜的笑了。「這兩天，我和爹一直在研究海參的做法。做了不下十道，最後定了兩道。待會兒你等著看好了。」

她一定不知道自己笑起來的時候是多麼的慧黠可愛，似一股和煦溫暖的春風，吹進人的心田，讓人沈醉其中無力抗拒……

張展瑜默默的想著，笑著點了點頭。

就在此刻，小安子滿頭大汗氣喘吁吁地拎著籃子進來了，大聲嚷道：「白菜洗好了，可真是累死我了。」之前的靜謐安寧頓時被他的大嗓門一掃而空。

張展瑜暗暗翻了個白眼，沒好氣地應道：「辛苦你了，放旁邊吧！」

小安子一愣，不解地追問：「不是急著要用嗎？」怎麼又讓他放一邊了？

張展瑜皮笑肉不笑地答道：「現在不急了。」

小安子再遲鈍也知道自己被嫌棄了。心裡默默念叨著——少爺啊少爺，奴才今天為了你，可又大大的受了回委屈。以後你可一定要補償我，嗚嗚！

第一百一十八章　酸溜溜

寧有方右胳膊受了傷，不方便挾菜。阮氏看了心疼，便將每道菜都挾一點，遞到寧有方的嘴邊。

寧有方本有些不好意思，可今晚這桌宴席非常重要，關係著明天是否讓寧汐代替自己去百味樓挑戰薛大廚，他可得收斂心神，好好地挑一挑毛病才行。

這麼想著，寧有方倒是自然多了，張口吃了阮氏遞到嘴邊的菜餚，仔細地品味咀嚼，忍不住點了點頭。

如果不說，誰也不會想到十三歲的女孩子能做出這樣美味的菜餚吧！

陸子言邊吃邊使勁地誇道：「寧汐妹妹的手藝可真是越來越好了。」

越來越好？容瑾斜睨了他一眼，似笑非笑地反問：「表哥，你以前常吃寧汐做的菜嗎？」

陸子言被問住了，尷尬地笑了笑。寧汐一直給寧有方打下手，從來沒正式的做菜上桌，他自然沒吃過……

寧有方笑著打圓場。「等會兒海參做好了端上來，兩位少爺可要好好嚐嚐。」

陸子言巴不得有人扯開話題，忙笑著接道：「那是當然。」

說笑間，小安子精神抖擻的端著一個盤子過來了。「蔥燒海參來啦！」尾音拉得長長的，倒是頗有幾分跑堂的風采。
眾人頓時來了精神，一起凝神看了過去。暗褐色的海參整齊的排列在盤中，上面只有幾段蔥白。顏色油亮，蔥香四溢，色香俱全。就這麼看著，便讓人忍不住嚥口水。
小安子殷勤地介紹道：「這盤蔥燒海參看著簡單，做起來可真費事。寧姑娘忙活了半天才做出來的，大家快些趁熱嚐嚐。」
容瑾忽地笑了，不無揶揄地說道：「小安子，以後鼎香樓開業了，你就去做跑堂好了，在我身邊伺候實在太埋沒你的天分了。」
小安子頓時苦了臉。「少爺，你可千萬別不要奴才啊！」
眾人都被逗得哈哈大笑，紛紛伸出筷子挾了海參放入口中。嗯，又香又滑，鹹中透鮮，口感醇厚，滑入喉嚨之後，猶有餘甘。那股淡淡的甜香繞著舌尖打轉，久久不散。各人都在細細的品味著口中的美味，一時之間，竟然無人說話。
小安子迫不及待地追問道：「少爺，味道怎麼樣？」
容瑾慢悠悠地瞄了他一眼，小安子立刻住了嘴，乖乖地回廚房繼續端菜去。
陸子言終於回過神來，讚不絕口。「寧汐妹妹的手藝實在太好了，這道蔥燒海參實在太美味了。」
寧有方的眼裡滿是笑意，顯然也頗為滿意。就算讓他動手，做出來的味道也不會更好了。然後，各人不約而同的一起向容瑾看去，等著容瑾點評幾句。
容瑾卻淡淡地笑了笑。「還有一道海參才對吧！」

寧有方立刻明白了他的話外之意，笑著點頭。「嗯，還有一道涼拌海參。」

涼拌海參？容瑾微微挑眉。「哦？海參還可以做涼拌菜嗎？」一般來說，海參都是紅燒和煨湯為主，涼拌菜似乎不登大雅之堂啊！

寧有方笑道：「天氣燥熱，涼拌的菜餚多了分清爽，更能勾起人的食慾。我也是反覆比較之後，才決定做涼拌海參的。」語氣裡滿是自信，顯然對接下來的涼拌海參充滿了信心。

容瑾嗯了一聲，不再多說。

陸子言卻忍不住問道：「寧大廚，涼拌菜會不會顯得太隨意了？」平時倒也罷了，可這是要拿去和薛大廚比試的菜餚，怎麼著也該做得精緻點吧！

面對他的質疑，寧有方只是笑了笑。「待會兒東家少爺嚐嚐就知道了。」寧汐一直做冷盤，做起涼拌菜來自有獨到之處。

在眾人的翹首期盼中，涼拌海參終於來了。

冷盤向來是寧汐的拿手好戲，這一次當然也不例外。涼拌海參剛一亮相，就讓眾人驚豔不已。味道什麼的暫且不知道，光看盛放涼拌海參的冬瓜盅就讓人拍手叫絕了。

削了皮的冬瓜潔白如玉，被寧汐的妙手雕刻成了碗碟模樣，裡面盛放著涼拌海參，只看一眼就覺得沁人心脾的涼爽。青色的冬瓜皮雕出精美的圖案，放在盤子的四周，更添了幾分雅趣。

在燥熱的天氣裡，忽然看到這麼一盤精緻的涼拌菜，果然口舌生津很有食慾。

陸子言嚥了口口水，率先挾了一塊放入口中。那鮮嫩爽滑、酸中帶甜的滋味頓時把他征服了，搖頭晃腦地嘆道：「好吃，實在太好吃了！」

容瑾眼裡閃過一絲笑意，也挾了一塊送入口中，緩緩咀嚼品味，動作優雅至極。

寧有方竟然也有些緊張起來，眼巴巴的看著容瑾。

不知從什麼時候起，眾人習慣了以容瑾馬首是瞻，明明陸家占的股份最多，可真正拿主意作決定的，早已是容瑾了。

容瑾卻不置可否，隨口吩咐道：「小安子，去請寧汐過來。」

小安子利索地應了一聲，迅速地跑到了廚房，嚷道：「寧姑娘，少爺請妳過去。」

寧汐早有心理準備，不慌不忙地應了一聲，下意識地理了理衣衫和頭髮。等反應過來自己的動作時，不由得自嘲地笑了笑。在悶熱的廚房忙活了半天，此刻的她一定很狼狽，就算再收拾也好看不到哪兒去吧！

寧汐將這絲莫名的情緒揮到腦後，隨著小安子一起走了出去，張展瑜很自然地跟了上去。

剛一進飯廳，陸子言含笑的目光便看了過來。「寧汐妹妹，今兒個辛苦妳了。在廚房裡忙了半天，一定又熱又累了。」瞧她俏臉通紅，額頭都是汗珠，看了真讓人心疼。

寧汐笑了笑。「多謝東家少爺關心，我不累。不知道剛才的蔥燒海參和涼拌海參味道怎麼樣？」

陸子言自然是讚不絕口。「都很好。」具體好在哪兒，卻是說不出來。

寧汐抿唇一笑，笑渦隱現。「容少爺，你覺得如何？」

容瑾凝視著寧汐，眼底閃過一絲笑意，不疾不徐地點評。「蔥燒海參重在鹹和鮮，湯汁要收得好，才能達到最好的效果。妳在火候上的功夫比寧大廚還差了一點，這點需要加以改進。」

寧汐聽得心悅誠服。「嗯，我會注意的。」果然不愧是頂級食客，隨口道來，便將菜餚裡的瑕疵說得一清二楚。

容瑾沈吟片刻，又繼續說道：「涼拌海參確實爽口，用冬瓜盅來做容器，也很有新意。不過，味道稍顯有些單調，除了放蒜茸之外，還可以放些香菜調味。」

寧汐的眼眸亮了起來。「我也一直覺得涼拌海參還缺了點什麼，多謝容少爺的建議。」這是她第一次心平氣和的聽容瑾點評菜餚，撇開他的犀利毒舌不談，有這樣懂得吃的食客，確實是做廚子的幸運！

容瑾難得的溫和一笑。「妳已經做得很好了，明天代替寧大廚去百味樓比試，一定行！」

寧汐按捺住心裡的雀躍欣喜，用力的點了點頭。容瑾既然已經發話了，各人當然都無異議，尤其是寧有方，心裡別提多驕傲自豪了。

容瑾忽然笑著說道：「其實，明天寧汐代替寧大廚比試，是件穩贏不輸的事。」

別人尚未反應過來，寧汐卻已經甜甜的笑了，迅速地說道：「如果我輸了，也不損我爹的名聲，我只是個沒出師的學徒，贏不了薛大廚也不算丟人。如果平手，大家肯定會想徒弟已經這麼厲害，師傅的手藝就更不用說了。」

如果僥倖贏了薛大廚，那自然是最好的結果，到時候，寧有方想不出名都難了。

被這麼一說，眾人都會意過來，紛紛笑了起來。

寧有方振奮起精神笑道：「好，明天我就陪汐兒一起去。展瑜你也去，替汐兒打下手。」張展瑜不假思索地點頭應了。

容瑾淡淡地瞄了張展瑜一眼，忽然說道：「既然明天也要一起去，今晚就在容府暫住一晚，別來回顛簸了。小安子，你去安排一下……」

張展瑜笑著應道：「不用這麼麻煩了，我今晚就睡在寧暉的屋子裡好了。」

容瑾眸光一閃，閒閒地說道：「寧汐也不小了，也該避嫌了吧！寧大廚，你說是不是？」寧暉的屋子和寧汐的閨房可就在隔壁。張展瑜倒是打的好主意，哼！

寧有方愣是沒聽出容瑾的言外之意，忙笑道：「展瑜是我徒弟，也算是我半個兒子了，和汐兒就像兄妹一樣，沒什麼可避嫌的，睡寧暉的屋子裡就行了。」

容瑾扯了扯唇角，瞄了寧汐一眼。

寧汐顯然沒覺得這是什麼大事，笑著附和道：「是啊，跑來跑去可太麻煩了，張大哥就留下好了。」

容瑾暗暗咬牙，臉上卻擠出若無其事的笑容來。「也好，大家今晚都早些休息，別耽誤了明天的正事。」

張展瑜笑著點點頭，有意無意地站到了寧汐的身邊。寧汐朝張展瑜笑了笑，小聲的說了句什麼，張展瑜的眉眼都舒展開來，竟是異常的俊朗。

這次，就連陸子言都開始皺眉頭了，卻也沒立場說什麼，眼睜睜的看著這一幕，心裡酸溜溜的。

第一百一十九章　誰技高一籌？

第二天，天氣晴朗，是個好天氣。兩輛馬車從容府出發，向百味樓駛去。

容瑾等人坐一輛馬車，寧有方父女和孫掌櫃、張展瑜則坐了另外一輛。至於要用的食材，也都準備得好好的，分別放在了乾淨的匣子裡。

寧汐關切地問道：「爹，您的胳膊好些了嗎？」

寧有方笑著應道：「已經好多了，只要不亂動，一點都不疼，妳就別顧著我了，好好想想今天要做的兩道菜餚。容少爺昨天晚上給妳點出的問題，妳可要注意些。」

寧汐信心滿滿地點頭。「爹，您就放心好了，我今天絕不會失手的。」

寧有方哪裡能真的放下心來，對方可是百味樓的主廚，寧汐再有天分，學廚的時間畢竟太短了。有些場合，老道的經驗會占到許多的優勢。不過，他的臉上卻絲毫沒顯露出擔憂來，一路上和寧汐有說有笑。到百味樓的時候，寧汐果然很是輕鬆，神清氣爽的下了馬車。

剛一下馬車，寧汐就愣住了。奇怪，現在還沒到吃午飯的時辰吧！可百味樓的大堂裡怎麼擠滿了客人？該不會都是衝著這場廚藝比試來的吧！

寧汐一直待在容府裡，自然不知道寧有方這幾日的名頭有多響。

前幾天寧有方挑戰雲來居的江四海，最後以平手告終，這事早就被好事人傳開了。好奇是人的天性，因此，在聽說寧有方又要來挑戰百味樓的主廚時，便有不少湊熱鬧的聞風而來了。

寧有方也被這陣仗嚇了一跳，不由自主地向容瑾看去。

容瑾倒是泰然自若，慢悠悠地領先走了過去。百味樓的掌櫃早已客氣的迎了出來，一個四十左右的男子緊隨其後。

寧汐只看了一眼，便可以肯定這個男子就是薛大廚。兄弟兩個有五分相似，只不過眼前這個更白更胖了一些，個頭也不高。不過，倒是分外有精神。

薛大廚顯然也認識容瑾，笑著上前和容瑾寒暄了幾句，目光早已忍不住向寧有方瞄了過來。待看到寧有方被綁得緊緊的右胳膊時，不由得一愣。「這位應該是寧大廚吧！他的胳膊……」

容瑾淡淡地說道：「寧大廚昨天胳膊受傷了，今天不能做菜。」

薛大廚的反應很奇怪，竟然隱隱鬆了口氣，笑著說道：「既然這樣，那今天的比試就算了吧！」看來，他也沒有穩贏寧有方的把握，能避開這場挑戰是最好不過了。

容瑾笑了笑，意味深長地說道：「比試照常進行，自然有人代替寧大廚動手。」

薛大廚又是一愣，疑惑的打量寧有方身邊的幾個人。看來看去，也只有那個沈穩的年輕男子可能是寧有方的徒弟了。難道，今天代替寧有方比試的，就是他嗎？

怎麼也沒想到，那個年輕男子動也沒動，走上前來的，卻是那個嬌俏美麗的少女，笑盈盈的自我介紹。「薛大廚，我爹胳膊受傷不方便，今天就由我代替我爹動手做菜，還請薛大廚多多指點。」

她的聲音清脆悅耳，瞬間傳遍了所有人的耳中，頓時引起一陣譁然。

「什麼？是妳？」不是吧，竟然派這麼一個小姑娘來和他比試，簡直就是對他的侮辱嘛！他贏這樣一個小姑娘，又有什麼可驕傲的？

薛大廚的臉色很難看，就差沒翻臉了。

寧汐不動聲色地笑道：「薛大廚，我一直跟著爹學廚，今天既然來拜會，自然會拿出全身的本事，薛大廚該不會拒絕和我比試吧！要是傳出去了，可對薛大廚的名聲有損呢！萬一人家以為您怕輸給我一個小丫頭才不肯比試，那可就不好了。」

薛大廚被擠兌得騎虎難下，不由得哼了一聲。「好，輸的時候別哭鼻子就行，我可沒耐心哄小丫頭片子。」語氣裡的輕蔑顯而易見。

寧汐絲毫沒動怒，笑咪咪的應道：「那就請薛大廚多多指點了。」

容瑾的眼裡閃動著笑意。這個丫頭一向口齒伶俐，就連他也吃過不少暗虧，這個衝動易怒的薛大廚在口舌上壓根兒不是她的對手。瞧瞧，只不過才說兩句，薛大廚就滿心不痛快了。情緒的波動，對廚藝的發揮可是有很大影響的。

話不投機半句多，薛大廚繃著臉領著寧汐等人去了廚房。寧有方雖然不能動手，卻跟到了廚房裡，到時候在一旁多指點幾句也是好的嘛！

至於容瑾等人，卻被領到了百味樓的雅間裡。百味樓早已請了五位食客過來做評判，容瑾也認識其中的兩個，上前寒暄了幾句，便各自坐下，靜等著菜餚端上來。

百味樓的大掌櫃一臉陪笑的站在一旁，心裡不停地嘀咕。為了今天的比試，他之前可花了不少心思，特地請了京城最有名氣的幾位食客做評判，又故意放出風聲，所以今天來看熱鬧的人著實不少。可事到臨頭，做菜的人居然換成了一個小丫頭……看容瑾閒適的樣子，難道這個小丫頭真有什麼過人的廚藝不成？

等了小半個時辰，跑堂的開始上菜了。既然是以海參為題，上的菜餚當然都是海參。

第一道是肉末海參。盤子剛一放下，那濃郁的香氣就飄散開來。再一看盤子裡的菜餚，湯汁濃稠鮮亮，肉末將海參點綴得分外誘人，令人食指大動。

五位食客各自挾了一口送入口中，吃了幾口，紛紛點頭。

這道肉末海參是薛大廚的拿手好戲，大掌櫃心知肚明，見幾位評判吃得滿意，不由得咧嘴笑了笑。

陸子言在容瑾的耳邊小聲嘀咕起來。「這道肉末海參看起來真不錯。」雖然沒機會嚐嚐，可從賣相來看，實在搶眼，他不由自主的為寧汐擔心起來。

容瑾低低的一笑。「別急，好菜還在後面。」百味樓的主廚當然有兩把刷子，不過，他對寧汐更有信心。

陸子言稍稍安了心，靜靜地等了下去。

好菜都是費力又費工的，幾位食客在等待之餘，並沒表現出絲毫不耐，笑著閒聊起了剛才的肉末海參。

「這道菜餚真是香濃……」

「是啊，吃了肉末海參之後，只怕再吃別的就沒什麼滋味了……」

正說著話，就見跑堂的又端了一盤菜餚上來，只有幾段粗粗的蔥白做點綴，老遠的便能聞到那四溢的香氣。

其中一個食客笑著說道：「今天我們可是有口福了，這道蔥燒海參可是最考究廚子手藝的。」配料極簡單，正是為了更好的襯托出海參的醇厚鮮美。

這位食客倒是頗懂吃的藝術。容瑾暗暗點頭。看著各人挾起海參送入口中，竟然感受到了久違的緊張。

「真香！」有人開始驚嘆了。「入口醇厚，不用咀嚼就能嚥入肚中，實在是難得一見的美味佳餚啊！」

「說得是，確實美味，絲毫不比剛才的肉末海參遜色。」眾人你一言我一語，俱是誇讚之詞。

容瑾的一顆心緩緩落回原位，唇角微微翹起。寧汐果然天賦出眾，昨天晚上點出的小問題，今天已經圓滿解決了。從各位食客的反應來看，這道蔥燒海參肯定做得很好。

陸子言的額頭早已冒出汗珠來，此時總算鬆了口氣，用袖子擦了汗珠。

「好在沒讓你在廚房裡待著，不然你豈不是更熱了？」容瑾此刻總算有心情奚落他了。

陸子言心情極好，絲毫不介意容瑾的打趣，咧嘴笑道：「只可惜我們只能看著，沒機會嚐嚐。」

容瑾沒有再搭話，注意力被跑堂端進來的菜餚吸引住了。

之前端上來的菜餚都是一個大的盤子，可這次，端上來的卻是五個潔白細膩的湯碗。上面都有蓋子，壓根兒看不到裡面是什麼。

食客們的好奇心都被吊了起來，不約而同的一起掀開了蓋子。

只見湯碗裡臥著兩個海參，湯色略呈暗紅色，晶瑩剔透，連一絲蔥花都看不見。一股清香緩緩的飄散開來，鑽入食客的鼻子裡。

跑堂的笑著介紹。「這是一品海參，請各位慢用。」

光聽這名字，就知道是一道絕美的菜餚。各位食客分別低頭吃了起來，邊吃邊點頭，到最後竟連湯都喝得乾乾淨淨。那湯也不知道是什麼做出來的，異常鮮美，令人回味無窮。什麼都不用說了，從各人的反應中就能知道這道一品海參確實做得極好。

這次，不僅是陸子言有一絲緊張，就連容瑾也有些不淡定了。

之前的兩道可以說是平分秋色，可薛大廚的這道一品海參，明顯博得了眾人的好感。寧汐的最後一道菜，究竟能不能博得滿堂彩，實在太重要了……

正想著，最後一道菜上來了。

跑堂的小心翼翼地端著大大的托盤上來了，放到眾人眼前時，眾人都是眼前一亮。

不管什麼樣的菜餚，都以色為先。好的菜餚，光憑著精緻的賣相，就能奪人眼球，讓食客生出吃的慾望。眼前的這道菜，不管味道如何，在賣相上卻是最吸引人。

容瑾也凝神看了過去。

第一百二十章　聲名鵲起

盛著涼拌海參的，依舊是冬瓜盅。不過，眼前所見的冬瓜盅，很明顯的比昨晚的要精緻多了。

冬瓜被雕刻得薄如蟬翼，裡面的菜餚清晰可見。青色的冬瓜皮也發揮了極大的妙處，被做成了幾片綠葉模樣，看似隨意的擺放在盤子的四周，將潔白如玉的冬瓜盅圍攏在中間。實在是精緻奪目！

冬瓜盅裡的海參，被擺放成了精緻的造型，讓人簡直不忍心動筷子。

其中一個笑著說道：「今天我算是開眼界了，真沒想到菜餚還可以做得這麼漂亮。」

各人都笑著點頭附和，紛紛伸出筷子，自然不免要碰到冬瓜盅，沒想到冬瓜盅竟然顫巍巍的一動，除了最下面一點連在一起的，其餘的部分竟然像花瓣一樣散開了，裡面的海參卻依舊圍攏在一起，像花蕊一般。

這樣的意外讓食客們先是一愣，旋即都激動興奮地讚個不停。

「太漂亮了！」

「是啊，我還從沒見過這麼精巧的菜式……」

幾位食客忍不住挾起涼拌海參送入口中，邊吃邊點頭。酸中帶甜，滑膩爽口，在這樣燥熱的天氣裡，這樣清爽的菜餚顯然比前三道更讓人青睞。

容瑾的眼眸亮了起來，唇角勾起，一顆心穩穩的落了回去。

陸子言興奮的在容瑾耳邊低語。「比昨天晚上的還要精緻好看。」至於味道，不用想也知道，肯定不會差的。

容瑾含笑點頭，低低地應道：「今天過後，寧大廚的名頭會響遍京城了。」寧汐是寧有方的女兒，如今代替寧有方出手比試，竟然有這樣精彩的表現，食客們驚嘆之餘，對寧有方的評價也會更高。

陸子言略有些激動地笑道：「何止是寧大廚，寧汐妹妹也會聲名鵲起了。」

他們這邊激動欣喜，那一邊百味樓的大掌櫃臉色卻難看極了。看食客們的反應，今天的比試對薛大廚顯然不利啊……

就在眾人各懷心思之際，薛大廚來了。他先是瞄了桌子一眼，心裡頓時一咯噔。自己做的兩道菜餚被吃了個精光，沒想到的是，另外兩道竟然也被吃得乾乾淨淨……

大掌櫃咳嗽一聲湊近薛大廚身邊，低聲耳語了幾句。

薛大廚的臉色一變，眼光閃爍不定。

當寧汐微笑著走進雅間的時候，所有人的目光都唰地看了過去。這些目光裡，有欣賞有驚嘆。

寧汐表現得分外沈穩，笑著攙扶著寧有方一起走上前去。

容瑾淡淡地一笑。「兩位辛苦了。幾位評判已經嚐過了菜餚，現在就說一說吧！」

五個評判湊在一起商議了片刻，便由一個體型富態的中年男子做代表發了言。「今天這四道菜餚，都是難得一見的美味，各有特色，很難分出哪一道更好。如果硬是要分出個高低，我們幾人都覺得，論味道，是一品海參最好。」

薛大廚長長的鬆了口氣，眼中閃過得意的笑容，有意無意地瞄了寧汐和寧有方一眼。

寧汐絲毫不見慌亂，依然微笑以對。只有寧有方知道，攙扶著他胳膊的手微微顫了一下。

寧有方安撫地看了寧汐一眼，低語道：「汐兒，妳今天表現已經很好了。」端上來的菜餚看似簡單，其實不知費了廚子多少的心思。寧有方一直在旁邊看著，對寧汐的辛苦自然更是一清二楚。

寧汐心裡一暖，輕輕點了點頭。

就在這時，就聽那位評判繼續說道：「不過，一品海參是薛大廚最拿手的菜餚，不用嚐我們幾個也能看得出來，似乎缺乏點新意。倒是最後一道涼拌海參，很有新意，看得出做這道菜的廚子費了不少的心思。」

薛大廚的笑容一僵。

寧汐卻甜甜的笑開了，脆生生地應道：「最後一道菜，叫夏日清涼。」說著，瞄了桌子上的盤子一眼，忽地笑了。「其實，這道菜你們還沒嚐完呢！」

幾個評判都是一愣，忍不住往盤子瞄了過去，涼拌海參明明被吃得乾乾淨淨了吧，還有什麼沒嚐完的？

寧汐微微一笑。「海參雖然鮮美，可吃多了不免有油膩的感覺。我這最後一道夏日清涼，其實就是涼拌海參，吃起來十分的清爽。不過，這個冬瓜盅也是菜餚的一部分，也是可以吃的。」

被她這麼一說，眾人頓時來了興致，立刻用筷子又去挾一片冬瓜花瓣。冬瓜盅本就極薄，只有一點點相連，稍微一用力，就能挾起一片冬瓜來。

冬瓜本就甜津津的，之前又用冰塊降過溫，吃在口中，又涼爽又鮮甜。將口中的油膩一掃而空，果然妙極了！

其中一位食客忍不住嘆道：「從沒想過冬瓜也可以這麼生著吃。」此言一出，眾人立刻點頭附和，對這道「夏日清涼」讚不絕口。

一旁薛大廚的臉色陰晴不定，憋了半天，才說了句。「到底誰輸誰贏，就請你們給個痛快話吧！」

那個富態的中年男子咳嗽一聲，正待說話，就見寧汐上前一步，一臉的懇求。「幾位評判，不知道小女子可不可以說幾句話？」

眾人都是一愣，不知寧汐要說什麼，可對著那張甜美的笑顏，不管是誰也說不出個「不」字來，各自點了頭。

寧汐笑著道了謝，然後轉身，恭恭敬敬的給薛大廚行了一禮。「薛大廚，我爹的胳膊受了傷，不能動手做菜，我只好代替我爹出手。如果有冒犯之處，還請您見諒。論起做海參手藝，我自然是比不了薛大廚的，所以只好取巧，最後這一道菜雖然新奇，可論味道一定不如一品海參。不管評判們會怎麼定奪，我都很佩服薛大廚的手藝，更佩服薛大廚的心胸，今天居然肯跟我這個沒出師的學徒比試廚藝，讓我受益良多，多謝薛大廚！」

這番話實在說得漂亮磊落，不要說首當其衝的薛大廚，就連一旁的幾個評判也連連點頭。

容瑾的眼裡飛快地閃過一絲笑意。這個丫頭實在太狡猾了，在這個時候來了這麼一番話，不管結果如何都贏了風度，更贏得了幾個評判的好感，還不動聲色地將薛大廚逼入尷尬的境地。

薛大廚贏了，就是勝之不武；薛大廚要是輸了，更是沒臉見人了。

薛大廚定定地看著寧汐，忽地嘆了口氣，眼中的傲氣終於徹底沒了。「我才是真的服了，我做了二十多年廚子，一直以做海鮮擅長。今天的肉末海參和一品海參，更是我壓箱底的本事。沒想到妳這麼一個小丫頭，竟然能做出如此新穎的菜式來，讓幾位評判都一致叫好。今天，是我輸了！」

最後幾個字，如同一個石子扔進湖中，蕩起一層層漣漪。

百味樓的大掌櫃面色一變，難看得不得了。而陸子言和孫掌櫃等人卻激動起來，眼裡閃出興奮的光芒。

容瑾卻預感到此事不會這麼結束，不動聲色地瞄了寧汐一眼。

果然，就見寧汐微笑著說道：「薛大廚如此謙虛，我實在愧不敢當。如果幾位評判不介意，今天就算平手如何？」

事實上，就算是平手，也是寧汐贏了。她不過是個沒出師的學徒，竟然能和薛大廚鬥個平手，如果傳出去，肯定會名噪一時。而此刻，她擺出的謙遜和晚輩姿態，更是讓人心生好感。她這不僅是要贏，而且是要贏得漂亮有風度啊！

容瑾低低地笑了。這個小丫頭，實在是太聰明太狡猾了，實在是太合他的胃口了……

那個富態的中年男子讚許地笑了笑。「好好好，寧姑娘年紀輕輕卻廚藝過人，這份心胸更是令人佩服。今天的廚藝比試，就算平手了。」

這話裡話外的意思如此明顯，薛大廚想裝著聽不出來都不行。看來，剛才若不是寧汐說了這番話，幾個評判一定會判定是他輸了……

薛大廚嘴角浮起一絲苦笑，還得打起精神笑道：「後生可畏，我今天可是領教了。」又正色向寧有方說道：「寧大廚，你有這樣的好閨女，真讓人羨慕啊！」最後一句，顯然是發自肺腑，倒是頗有幾分真誠。

寧有方朗聲一笑，連忙客套了幾句，心裡卻得意極了。

陸子言早已忍不住搶上前來，熱情的笑道：「寧汐妹妹，妳今天的表現實在太精彩了，我真為妳高興。」

寧汐抿唇輕笑，眼眸如寶石般閃亮，之前所有的忐忑不安，都在這一刻煙消雲散。取而代之的，是滿滿的愉快和歡喜。

她真的做到了！

從沒有一刻比現在更令她驕傲滿足，她終於不再是躲在家人身後的菟絲花，終於有這麼一天，她能昂然的走在寧有方的身前，為他做些什麼，這種感覺真的很好很好。

陸子言還在說著什麼，孫掌櫃和陸老爺也各自圍攏上來誇了她幾句。可是，似乎還少了什麼……

寧汐的目光在空中與容瑾相遇。容瑾漫不經心地笑了笑，眼裡流露出一絲讚許。

寧汐的心裡一動，甜甜地笑著回應，忽然覺得圓滿了。

第一百二十一章　委婉的拒絕

當天中午，一行人在百味樓吃了飯才回了容府。

在人家的地盤上，自然不好表露得太高興，可在回來的路上，寧有方得意的笑容就未曾停過。

張展瑜也湊趣笑道：「師傅，汐妹子已經可以出師了吧！」既然能和薛大廚這樣的名廚一較高下且毫不遜色了，也沒必要再做學徒了吧！

寧有方咧嘴一笑。「嗯，等鼎香樓開業了，汐兒就正式的出師做廚子吧！」語氣很認真，顯然不是在說笑。

寧汐想了想，笑道：「爹，我覺得我還是該好好磨練一陣。」雖然已經學了寧有方的八成手藝，可剩餘的兩成，卻是最重要的經驗和火候。

雖然「某人」說話很刺耳，可有句話卻是說得很對。她現在的手藝，做個廚子是綽綽有餘了；可要想做個真正的好廚子，做一個真正的名廚，需要努力的地方還很多。

就拿今天來說，她絞盡腦汁不知花了多少心思，可做出來的菜餚味道，其實還是差了一籌，若不是靠著新意創意取勝，只怕現在黯然失落的人就是她了。

寧有方滿意的笑了，點點頭。「也好，再磨練個一年半載出師也不遲。」本來他還擔心這樣的勝利會讓寧汐產生驕傲自滿的情緒，好在寧汐表現得分外沈穩，簡直令人激賞！

張展瑜笑嘆道：「汐妹子才做了一年多學徒，就有這樣的手藝，實在太厲害了。」簡直讓所有自恃有點天分的人臉紅羞愧汗顏。

寧汐抿唇一笑，脆生生地笑了。「張大哥，你可別再誇我了，再誇下去，我待會兒連怎麼走路都不會了。」

寧有方和張展瑜一起笑了起來，馬車裡傳出的歡聲笑語飄出了窗外。

容瑾和陸子言坐在另一輛馬車上，雖然聽不清楚他們在說什麼，可對這清脆如銀鈴般的笑聲卻是再熟悉不過。

陸子言心神不寧的探出頭，正想張望，就聽陸老爺咳嗽一聲，無奈地又將頭縮了回去。

容瑾瞄了陸子言一眼，忽地笑道：「姨夫，寧大廚的胳膊受傷了，就不去一品樓比試了吧！」總不好讓寧汐繼續出面。

陸子言不以為然地說道：「就讓寧汐妹妹代替寧大廚去一品樓好了。」

容瑾淡淡地說道：「這次能贏了薛大廚，其實已經很僥倖了。可一品樓的上官遙，手藝比起江四海也只高不低。要是寧大廚沒受傷，去了還有幾分把握。寧汐還是嫩了些，去了必輸無疑。」既然穩輸不贏，又何必去丟這個臉？之前的造勢可就白費了。

陸老爺想了想，笑著附和。「也好，反正已經打響名頭了，一品樓去不去也無所謂。趁著這幾天，把酒樓收拾好，準備開業好了。我在京城也耽擱得夠久了，等酒樓開業了，我就回洛陽去。」

還沒等陸子言露出笑臉，就見陸老爺看了過來。「子言，到時候你也跟我一起回去。」

陸子言的笑容頓時沒了，支支吾吾地不肯答應。

陸老爺輕哼一聲，不怒而威。「怎麼了，你還有別的想法嗎？」

陸子言沒精打采地應了句。「沒有。」就算有也不敢說啊！

陸老爺這才滿意的點了點頭，和容瑾商議起酒樓的開業問題來。這中間自然有許多繁瑣的事情，一時半會兒也說不完。等下了馬車之後，陸老爺很自然的喊了孫掌櫃和寧有方一起去商議。

寧汐本不想去，可又放心不下寧有方，只得也跟著到了容瑾的院子裡。

以前雖然來過兩次，可每次都是匆匆忙忙的，壓根兒沒留意這裡的環境如何。今天細細一打量，寧汐頓時驚嘆一聲。

各式各樣的牡丹幾乎擺滿了整個院子。明明不是牡丹開花的季節，卻也有幾盆搖曳開放，絢麗的花朵在陽光下綻放出美麗的風姿。要是到了春季全都開花了，不知會是什麼樣的美景……

陸子言故意落後幾步，湊到了寧汐的身邊，見寧汐專注的嬌俏模樣，心裡又是歡喜又是酸澀，低低地喊了聲。「寧汐妹妹。」

寧汐隨意地應了一聲，卻並未停下腳步。

陸子言的心裡掠過一絲苦澀，又低低地喊了聲。「寧汐妹妹，我有話想和妳說。」

寧汐暗暗嘆口氣，停下了腳步。

就這片刻工夫，前面的眾人都已經進了屋子裡坐下說話去了。他們談的都是酒樓開業的問題，她聽不聽倒也無所謂。只是，陸子言向來是她避之唯恐不及的人，她實在不想和他獨處……

陸子言雖然不清楚她的心思，可她臉上的淡然卻是明明白白，再清楚不過。

陸子言打起精神來，低語道：「寧汐妹妹，等酒樓開業，我就要隨我爹回洛陽去了。」以後想見面，可就不容易了。

寧汐只當沒聽出他的言外之意，笑得明亮。「東家少爺只管放心好了。有孫掌櫃和我爹在這兒，一定會把鼎香樓打理得井井有條。」語氣輕快得不能再輕快。

陸子言臉色一暗，旋即鼓起勇氣說道：「寧汐妹妹，等我回洛陽，以後就不能經常見妳了，我……」面孔已經脹紅了，可下面的話卻是怎麼也說不出來了。

寧汐的臉也有些熱熱的，卻不是因為害羞，皺著眉頭應道：「東家少爺，您喊住我就是要說這些嗎？如果沒別的事，我就先進去了。」說著，就抬腳往裡走。

陸子言著急之下，很自然地扯住了寧汐的袖子，好在還沒算失禮，並未碰觸到寧汐的手。饒是如此，寧汐的臉色也不太好看了，繃著臉抽回了自己的袖子。

「男女授受不親，這個道理東家少爺不會不知道吧！」這兒人來人往的，要是被人看見了，背後還不定怎麼嚼舌根呢！

陸子言訕訕地縮回手。「對、對不起，我不是有意唐突，妳別生氣。」

寧汐深呼吸口氣，迅速地說道：「我沒生氣。不過，我真的要進去了，有什麼話以後再說吧！」

這次，陸子言沒敢再拉扯她的袖子，只能眼睜睜的看著她進了屋子裡。他呆呆的立在原地，許久都沒說話。

寧汐神色坦然地進了屋子，很自然地站到了寧有方的身邊，可只有她心裡知道，她的心裡並不如表面的那般平靜。

平心而論，陸子言是個很好的少年，家世人品相貌都無可挑剔，又對她情有獨鍾。這樣的少年郎，只怕哪個少女都無力拒絕吧！如果她接受他的情意，將來即使做不了正妻，做個妾室總是可以的，至少能保證衣食無憂的生活。

可是，她自己很清楚，她今生想要的不是這些。

她已經走出了閨閣，看到了一個更加精彩的世界。她想靠著自己的雙手，過上更好的生活。或許，在幾年之後，到了非嫁不可的年齡，她會找一個老實憨厚的男子嫁了。可是，那個男子不可能會是陸子言……

容瑾似笑非笑地看了過來，那洞悉一切的目光讓寧汐有些莫名的心虛，移開了視線。

陸老爺正笑著說道：「酒樓開業的日子就定在十天後，孫掌櫃，你得多辛苦些，把新招來的人手先訓練幾天，免得開業的時候出了岔子。」

孫掌櫃忙點頭應了。「從明天開始，小的就天天過去。」

寧有方忙笑道：「我也一起過去。」

寧汐一愣，忙小聲地提醒。「爹，您的胳膊還沒好，不能做重事的……」

寧有方安撫地一笑。「放心好了，我就是去看看新招來的廚子怎麼樣。」提點幾句培訓一下是免不了的了。

寧汐笑了笑，心裡打定主意，明天開始就跟著寧有方一起去鼎香樓。

陸老爺忽地看了寧汐一眼，試探著問道：「寧大廚，鼎香樓開業之後，是不是讓汐丫頭也做大廚？」

也難怪陸老爺會有這樣的想法，實在是寧汐表現得太精彩了，估摸著不出幾天，寧汐的名字就會傳遍京城所有的酒樓，不做大廚實在太可惜了。

「不行！」竟然有兩個聲音一起反對，一個是寧有方，另一個卻是容瑾。

容瑾絲毫沒覺得自己此刻發言有什麼不對，淡淡地說道：「寧汐廚藝確實不錯，不過，做獨當一面的大廚還是差了點火候，還是好好再磨練一年半載的，找個合適的機會再正式出師。」顯然，容瑾對寧汐的要求很高。

寧有方被搶了話頭，也沒生氣，笑著附和道：「容少爺說的，也正是我心裡想的。汐兒還小，還需要磨練。不過，展瑜倒是可以出師了。」

張展瑜冷不防地被點了名，忙笑道：「師傅，汐妹子這樣好的手藝都沒出師，我哪有臉出師。還是等過些日子再說吧！」不管出於什麼心理，他都不想離開寧有方身邊。

寧有方想了想，笑著點點頭。「也好，等鼎香樓正式開張了再說不遲。」

容瑾淡淡地瞄了張展瑜一眼，旋即若無其事的移開了目光。

正商議著，就聽翠環笑吟吟地走進來稟報。「少爺，門房那邊遞了名帖過來，楚家小姐來了呢！」

第一百二十二章　怪怪的寧汐

楚家小姐？

眾人都是一愣，旋即會意地一笑。表面是來探望寧有方，其實真正的心思是什麼顯而易見嘛！

陸老爺笑著打趣道：「既是楚家小姐來了，我們還是迴避好了。」

此言一出，各人都悶聲笑了起來。

容瑾倒是分外泰然自若，笑著說道：「楚小姐肯定是來探望寧大廚的傷勢的。寧大廚正好也在，倒是省事了。翠環，妳去請楚小姐過來吧！」

翠環笑著應了，輕盈地轉身出去了。

寧汐忍不住瞄了容瑾一眼，卻見容瑾眉眼含笑心情甚好的樣子，顯然對楚雲柔的到來還算高興。

寧汐撇撇嘴，哼，還以為他和別的男子不一樣，原來是因為之前沒遇到合意的，楚雲柔一出現，瞧瞧他那副笑咪咪的樣子……真是說不出的礙眼！

寧汐也不知道心裡那絲隱約的不快從何而來，索性扭過了頭去。

過了片刻，楚雲柔翩然出現。

今天的楚雲柔顯然精心收拾過了一番，美麗的臉龐薄施脂粉，多了幾分明豔，讓人眼前一亮。

容瑾起身相迎，雖然談不上怎麼熱情，可卻比平日裡溫和多了。

楚雲柔抿唇一笑，柔柔地說道：「昨天無意撞傷了寧大廚，我心裡實在過意不去。今天特地上門來探望，這些補品不成敬意，還請寧大廚笑納。」

身後的丫鬟青兒手中果然捧了兩個大大的錦盒，一看就知道絕對是價格不菲的好東西。

寧汐沒有吭聲，不客氣地上前一步，將兩個大錦盒接了過來。人家都帶來了，總不可能再原封不動的帶回去吧！不要白不要，正好給寧有方補補身體。

容瑾一直留意著寧汐的一舉一動，當然沒錯過這一幕，眼裡飛快地掠過一絲笑意。

寧有方有些受寵若驚了，連忙笑著起身應道：「楚小姐這麼客氣，我實在不敢當。不過是些皮肉傷，養幾天就好了，楚小姐不用惦記了。」

楚雲柔笑了笑。「寧大廚心胸寬廣，倒讓我汗顏了。對了，寧大廚胳膊受了傷，今天沒去百味樓比試吧？」話雖然是對著寧有方說的，可妙目卻向一旁的容瑾看了過去。

容瑾淺笑著應道：「去百味樓了，不過，動手比試的不是寧大廚。」

楚雲柔微微一愣，很自然的打量起寧大廚身後的年輕男子，不是寧大廚動手做菜，難道是寧大廚的徒弟？

容瑾含笑的眼眸定定的落在寧汐的俏臉上，慢悠悠地說道：「是寧大廚的女兒寧汐。」

楚雲柔一臉的訝然，細細地打量寧汐兩眼，忍不住問道：「寧姑娘也擅長廚藝嗎？」

擺出這麼一副不敢置信的樣子是什麼意思？難道她看起來不像會廚藝的樣子嗎？寧汐心

裡輕哼一聲，擠出笑容應道：「還算會一點。」

楚雲柔自然是聰明人，一聽這語氣就知道自己剛才的態度不妥，忙笑著改口。「是我有眼不識泰山了，寧大廚廚藝出眾，寧姑娘肯定也是廚藝高手。」

這話聽著還算順耳，寧汐笑了笑。「楚小姐謬讚了，我這點手藝，哪裡算得上什麼高手。」說來也奇怪，明明這個楚雲柔是個美麗又聰慧的名門閨秀，說話行事都無可挑剔，可她愣是生不出什麼好感來……

寧有方顯然也覺得寧汐今天的表現有點失常，咳嗽一聲，打起了圓場。「我閨女跟著我做了一年多學徒，廚藝也算不錯了。今天在百味樓比試，僥倖和薛大廚鬥了個平手。」

「平、平手？」楚雲柔笑容一頓，眼眸睜圓了。百味樓可是響噹噹的大酒樓，薛大廚身為百味樓的主廚，自然很有名氣，手藝極好。這個漂亮稚嫩的小姑娘，竟然能和薛大廚鬥成平手……

寧汐淡淡地笑了笑。「只是僥倖而已。」

楚雲柔按捺住心裡的震驚，笑著讚了寧汐幾句。

寧汐抿唇輕笑。「多謝楚小姐誇讚。」

不過，兩個年齡相若的美麗少女之間，氣場顯然不太合。說不了兩句，就有些尷尬的冷場了。

容瑾的反應也很奇怪，壓根兒沒有圓場的意思，嘴角微微勾起，居然心情很好。

寧有方有些待不住了，朝寧汐使了個眼色，寧汐立刻領會了過來，立刻閉了嘴。寧有方笑著起身告退。他這麼一走，孫掌櫃自然也跟著告辭了。

等出了容瑾的院子之後，寧汐的心情忽然好了不少，笑咪咪地說道：「爹，這盒子沈甸甸的，也不知道裝了些什麼。」

張展瑜湊了過來，打開上面的盒子看了一眼，頓時驚嘆出聲。「是一盒人參片呢！」這滿滿一盒子人參片，也不知要值多少銀子。楚雲柔出手果然大方！

寧有方也是一愣，旋即嘆道：「這禮物也太貴重了。」

寧汐不以為然地輕哼一聲。「她的馬車撞人在先，您的胳膊至少十天才能好，現在送點禮物來也是應該的。」

寧有方瞄了寧汐一眼，忽然笑了。「汐兒，妳似乎不太喜歡這位楚小姐。」人家這麼有禮貌的登門道歉，可寧汐從頭至尾似乎都不太待見這個楚雲柔啊！

這話直直的說中了寧汐的心思，寧汐頓時心虛了，故作鎮靜地辯駁。「我什麼時候說不喜歡她了，人家又聰明又漂亮又會說話，一點大家閨秀的架子都沒有，我有什麼道理不喜歡人家？」話音未落，就聽張展瑜悶聲笑了。

寧汐噘著嘴巴瞪了張展瑜一眼。「喂喂喂，我說的話很好笑嗎？我說的都是真心話好不好？」

張展瑜忍住笑意，一本正經地哄道：「對對對，妳說得很對。是我不好，不該隨便笑。」不過，妳確定妳說的真是真心話嗎？

一提到楚雲柔，寧汐說話的語氣總有些怪怪的，和平時大不一樣。別說寧有方和張展瑜了，就連孫掌櫃也察覺出不對勁了。

孫掌櫃自以為猜到了寧汐的心思，略一思忖，笑著安撫道：「汐丫頭，雖然楚小姐是大家閨秀，相貌出眾又有氣質，不過，妳也不比她差。妳廚藝這麼好，將來肯定會成為一個有名氣的大廚。」

寧汐也知道自己表現得有些失常了，自嘲地笑了笑。

是啊，出身的不同，注定了命運的不同。楚雲柔是名門千金，飽讀詩書，身上自然流露出一股非凡的氣度。而她不過是個平凡的少女，就算長得還不錯，就算懂點廚藝，也不可能和楚雲柔這樣的貴族小姐相比的吧！

不過，話又說回來，她幹麼要耿耿於懷這樣的小事？楚雲柔再優秀也不關她的事，各人有各人的生活，何必硬生生的放在一起做比較？這簡直就是自找不痛快嘛！

寧汐豁然開朗，心情平靜了許多，頓時把楚雲柔拋到了腦後，笑著扯開了話題。「爹，明天我們就開始去鼎香樓了嗎？」

寧有方笑著點點頭。「先去做些準備，再過幾天可就正式開業了。」一開業，就意味著要恢復以前那樣忙碌的生活了，哪裡還能像現在這般悠閒自在。

孫掌櫃笑著嘆道：「不知道到時候生意會怎麼樣？」

寧汐笑道：「孫伯伯，您就放心好了，到時候保准忙得您連帳都算不過來。」

孫掌櫃被逗笑了。「好，承妳吉言了。」

回了院子之後，阮氏忙迎了上來，急切地問道：「汐兒，今天在百味樓比試的結果怎麼樣啊？」

寧汐眨眨眼，故意嘆口氣，卻什麼也不說。

阮氏的心裡一沈，臉上卻擠出笑容來。「沒事，輸了也沒關係。妳年紀還小，廚藝比不過人家也是正常的……」還沒等她說完，寧汐已經憋不住了，格格笑了起來。

寧有方笑著瞪了寧汐一眼。「淘氣包，別捉弄妳娘了。」

寧汐笑咪咪地接過話茬兒。「娘，您放心，我沒輸，算是平手了。」真正比較起來，應該算是她贏了才對。雖然有取巧的成分，可到底還是贏了。

阮氏的眼亮了起來，激動之餘，一把摟住了寧汐。「太好了，汐兒，妳竟然能和薛大廚鬥成平手，實在是太好了……」喜極而泣，阮氏又抹起了眼淚。

寧汐無奈地笑了笑。「娘，這樣的好事您該高興才對，別總是哭嘛！」

阮氏連連點頭，將眼角的淚痕抹乾淨，笑著說道：「忙了半天，一定累了吧！快些坐下休息會兒，今天晚上我包餃子給你們吃。」

寧汐高興地歡呼了一聲。

張展瑜猶豫片刻，說道：「時候不早了，我就先回去了。」雖然他很想留下來，可這裡畢竟是容府，沒得到主人的邀請就這麼賴著不走，似乎不太合適。

寧有方想了想，便點頭應了。「也好，你早些回去歇著，明天肯定會很忙。」

寧汐笑咪咪地說道：「張大哥，我送你出去吧！」

張展瑜笑著點了點頭，在寧汐的陪同下出了院子，還沒走幾步，就聽到身後響起一個氣喘吁吁的聲音。

「寧姑娘，請留步。」竟然是小安子的聲音。

剛從容瑾那裡回來不久，小安子怎麼又過來了？寧汐心裡一動，停住了腳步。

第一百二十三章　送衣

小安子手中抱著一個包裹，急匆匆的跑了過來。正想說什麼，忽然見到張展瑜也在，立刻把到了嘴邊的話嚥了回去，改而笑道：「你們這是打算去哪兒？」

寧汐笑道：「張大哥打算出去，我正要送送他呢！對了，你來找我有什麼事嗎？」

小安子咳嗽一聲，含糊的說道：「少爺讓我帶幾句話給妳。」

寧汐好奇心大起，笑著追問。「容少爺有什麼話讓你帶給我？」現在的他應該正和楚雲柔有說有笑不亦樂乎，怎麼還想得起讓小安子來傳話？

小安子瞄了張展瑜一眼，不肯明說，只笑嘻嘻地說道：「寧姑娘，先等妳忙完再說吧，我就在這兒等妳好了。」

寧汐按捺住心裡的疑惑，笑著點點頭，送張展瑜到了後門口。

張展瑜也不知在想些什麼，眼神有些閃爍不定，低低的說道：「汐妹子，我走了。」那一絲念念不捨表露無遺。

只可惜寧汐還在琢磨著容瑾會讓小安子帶什麼話給她，壓根兒沒留意張展瑜的些許異常，笑著揮手。「你路上小心點，明天見啊！」

張展瑜擠出一絲笑容，悄然嘆口氣，從後門走了。

寧汐一路返回，腳步不自覺地快了許多。

小安子果然還在原地等她，見寧汐匆匆的過來了，笑著喊道：「寧姑娘，少爺讓我送這個給妳。」手裡的包裹塞了過來。

寧汐一愣，很自然地接過了包裹。「這裡面是什麼？」

小安子聳聳肩，笑道：「這我可不知道，反正是少爺讓我送來給妳的。少爺讓我帶話給妳，那天在于夫子那兒他跟妳說好的，妳一聽就知道是什麼了。」

于夫子那兒？說好的？

寧汐迅速地回想那天的情景，靈光一閃，終於明白包裹裡是什麼了，不假思索地說道：「這個我不要……」

小安子機靈得不得了，立刻退後幾步，陪笑著說道：「寧姑娘，妳就別為難我了，我不過是個跑腿送東西的。要是沒完成少爺交代的事情，少爺非剝了我的皮不可。妳就先收下吧！實在不想要，妳就找個機會親自還給少爺。」總之，他可沒膽子原樣拿回去。

寧汐還想再說什麼，就見小安子麻溜地抬腿跑了，想喊都來不及。

寧汐苦笑一聲，無奈的拿著包裹待在原地。沒想到，容瑾竟然把隨口說的話放在了心上。這包裹捏著軟軟的，裡面分明放了女孩子的衣服……

就這麼收下，總覺得有些怪怪的，可再還回去，是不是又太費事了？

寧汐為難了半天，終於決定，還是將東西還回去。非親非故的，收了這樣的禮物，實在是不合適。不過，女孩子天性都是愛美的，明知這包裹裡是衣服，不看上一眼心裡難免癢癢的。於是，好奇地將包裹打開，待看清楚包裹裡的衣裳，她頓時驚嘆一聲。

雖然看不清款式，可這薄紗般輕盈的質地卻讓人眼前一亮。分明是最上乘的布料，淺淺的粉紫色，上面印染著深深淺淺的紫色牡丹，漂亮極了！

就算是在前世，她也從未穿過這樣好的衣服。

寧汐忍住將衣服展開一看究竟的衝動，狠狠心，花了所有的力氣才將包裹重新收拾好。不能再看了，再看下去，只怕她真會忍不住將禮物收下了。

寧汐看了看天色，決定等到了晚上再將包裹送回去。這個時候捧著包裹大剌剌的去容瑾的院子，實在太惹眼了。

寧汐將包裹放在背後，一路小跑著回了院子。好在阮氏和寧有方都在廚房裡，壓根兒沒注意到她的手裡多了東西。

等將包裹放在屋子裡之後，寧汐總算鬆了口氣，笑著去了廚房。

寧有方胳膊受了傷，只能在一旁看著，阮氏在揉麵，餡兒還沒來得及做。寧汐自告奮勇。「我來做餃子餡兒。」

阮氏難得地開了玩笑。「汐兒這麼好的手藝，做餃子餡兒太浪費了。」

寧汐嘻嘻一笑，淘氣地扮了個鬼臉。「娘，今天就讓我好好露一手給您看看。」說著，俐落地忙活起來。

做餃子餡兒和包子餡兒其實差不多，豬肉要選五花肉，這樣做出來的肉餡才特別的香。至於蔬菜，白菜和蘿蔔都是不錯的選擇。

寧汐瞄了籃子裡一眼，眼尖地發現一個瓠子，忙將這個瓠子洗乾淨去皮去瓤，然後切成細絲。她的刀功自然沒話說，切出的細絲比頭髮絲也差不了多少。

阮氏看一眼，忍不住笑著讚道：「汐兒的刀功可真是好。」

寧汐得意地笑了笑，將肉餡和瓠子絲兒攪拌在一起，又放了些豆油和鹽調味。等肉餡做好了，阮氏的麵團也揉得差不多了。

阮氏擀餃子皮很麻溜，一會兒一個。寧汐包餃子的速度更快，包出的餃子小巧又精緻。寧有方在一旁看著，樂呵呵地笑了。「今晚我可有口福了。」

寧汐笑嘻嘻地點頭。「等餃子煮好，您只要負責張嘴就行了。」

等餃子包好了，阮氏忙著生火煮餃子。香氣飄了出去，不一會兒孫掌櫃就聞香而來了。「好香啊，今天晚上是吃餃子嗎？」

寧有方朗聲一笑。「正想去喊你，快些過來一起吃。」

孫掌櫃欣然應了。他們兩人關係本就不錯，現在一起到了京城來，又住在同一個院子裡，無形中多了一份親近，每天一起吃飯也是常有的事情。

餃子又鮮又香，再配上幾碟小菜，喝上兩杯酒，果然是一大享受。

孫掌櫃酒意一上來，話匣子就打開了，忍不住吐起了苦水。「寧老弟，瞧瞧汐丫頭，又聰明又能幹又孝順，你可真是有福氣。再看看我的那個傻閨女……」說著，長長的嘆了口氣，真是一言難盡啊！

寧有方忙笑著安撫道：「你可千萬別這麼說，冬雪在少爺身邊貼身伺候，也是個好差事。」

孫掌櫃哼了一聲，一臉的鬱悶。「她那點心思你們是不知道，我勸過她多少次了也沒用，就是一根筋的要跟著少爺。我實在拗不過她，只好厚著臉皮跟老爺提了一回。老爺倒是點頭了，說是等回洛陽以後，就讓她開了臉做通房。你說，好好一個女孩子，偏要做什麼通房丫頭，以後若是少爺娶個厲害的少奶奶回來，她這日子還怎麼過？」

寧有方還是第一次聽孫掌櫃說這些，一時也不知該怎麼安慰他才好。

寧汐卻被嚇了一跳，忍不住問道：「孫伯伯，您說的都是真的嗎？」孫冬雪很快就要做陸子言的通房丫鬟了嗎？

孫掌櫃嘆口氣，點了點頭。「是啊，這事老爺已經點頭了。」

陸老爺都點了頭，此事自然也就成了定局。

寧汐心裡五味雜陳，也不知是什麼感受。這樣的消息要是讓寧暉知道了，一定會很傷心很難過吧……

阮氏顯然也想到同一件事了，和寧汐對視一眼，幾乎同時低低地嘆了口氣。

寧汐吃得差不多了，寧有方和孫掌櫃還在喝酒談心，看這架勢，至少也得再吃上半個時辰。

寧汐惦記著要去找容瑾，便偷偷地溜回了屋子，將包裹拿好，然後悄悄地出了院子。

天色早已黑了，容府裡安靜了許多，偶爾有一、兩個丫鬟路過，手裡大多提著燈籠。寧汐抱著包裹，一路摸索著到了容瑾的院子外，猶豫了片刻，終於上前敲了門。

守門的小丫鬟開了門，見是寧汐，不由得一愣，忙笑道：「寧姑娘，這麼晚了，妳過來有什麼事嗎？」

寧汐笑了笑。「我想找容少爺，麻煩妳為我稟報一聲好嗎？」

那個小丫頭有些為難地應道：「少爺在書房裡練字呢！他練字的時候，最不喜歡有人打擾了……」

寧汐一愣，暗嘆倒楣。「要不我等一等吧！」

那個小丫頭忙說道：「少爺一開始練字，至少也得一、兩個時辰。妳這一等，豈不是等到半夜了？要不，妳就明天再來吧！」

寧汐哪裡肯這麼就打退堂鼓，來都來了，怎麼也得把這燙手的包裹放下再走吧！只好央求道：「請妳去通報一聲吧！要是容少爺不肯見我，我就明天再來……」

「誰在門口？」一個熟悉的聲音忽然響了起來。

那個小丫頭頓時鬆了口氣，笑著喊道：「翠環姊，寧姑娘想求見少爺呢！」

翠環一愣，狐疑地打量了寧汐一眼。都這麼晚了，寧汐來幹麼？該不是有什麼企圖吧……

寧汐何等敏感，一見翠環的神情，就知道她想歪了，頓時繃了俏臉，語氣也硬邦邦的。「麻煩妳替我說一聲，我找容少爺有正事。」特地將「正事」兩個字咬得重重的。

翠環咳嗽一聲，委婉地笑道：「麻煩寧姑娘稍等片刻，我這就去替妳稟報一聲。」

寧汐面無表情地應了一聲。等了片刻，翠環匆匆地回來了，神情有點怪怪的。「少爺請寧姑娘到書房說話。」

少爺的書房可是從不讓女子隨便進的，可今天剛聽到寧汐的名字，居然毫不猶豫地就點了頭。這怎能不讓翠環驚詫？

寧汐自然不清楚這些，跟著翠環就去了容瑾的書房。

第一百二十四章　還給你

書房門被輕輕地敲了兩下，然後被推開了。

容瑾似乎沒察覺有人進來一般，依舊低頭寫著什麼。明亮的燭火下，容瑾低垂的俊臉散發出淡淡的光輝。

翠環不知看過多少回，可每見一回，一顆心就如同小鹿亂撞般怦怦亂跳。她不敢再多看，低頭稟報。「少爺，寧姑娘來了。」

容瑾隨意地應了一聲，隨口吩咐道：「妳先出去，沒我的吩咐，不准讓任何人進來。」

翠環的笑容有些僵硬，點頭應了，輕輕退了出去。

在一旁研墨的小安子早已瞄到了寧汐手中的包裹，一顆心頓時提到了嗓子眼，心裡暗暗叫苦。完了，寧汐居然真的來還包裹……

容瑾抬眼看了寧汐一眼，看到她手裡的包裹並不意外，只是眼底的笑意褪去了幾分，頭也不回地吩咐道：「出去在門口守著，別讓任何人靠近書房。」

小安子愣了一愣，旋即反應過來，忙應了一聲，利索地出去了。

書房裡只剩容瑾和寧汐，兩人一個坐著一個站著，遠遠的對望，誰也沒說話，空氣裡流淌著微妙的氣氛。

寧汐也不知道自己在較什麼勁，就這麼直直的看著容瑾，不肯先移開視線。

容瑾深幽的眸子定定地落在寧汐的臉上，淡淡地問道：「妳不是說有正事找我嗎？」

寧汐這才想起自己的來意，故作鎮定地點頭。「我是來還包裹給你的。」說著，走上前幾步，將包裹放到了書桌上。

容瑾瞄了包裹一眼，漫不經心地問道：「為什麼要還回來？不過是一件衣服而已，那一天不是說好了嗎？」

寧汐定定神，擠出笑容說道：「我們一家借住在容府已經很打擾了，哥哥去學館的事情，也多虧了容少爺幫忙。這衣服就不用了，多謝容少爺了。」

容瑾挑了挑眉，語氣很平靜。「衣服是我吩咐院子裡的繡娘做的，沒費什麼力氣。」

奇怪，他明明很平靜，可她為什麼覺得他在生氣？更奇怪的是，她為什麼會有一點點心虛？

寧汐咳嗽一聲，笑著說道：「總之多謝容少爺的好意，我以後每天都得去廚房做事，這麼漂亮的衣服實在用不著……」

容瑾淡淡地打斷寧汐的話。「好了，我知道了，包裹就放這兒吧！」

呃？準備了一大堆說辭的寧汐一愣，乾巴巴的笑了笑。「那好，我先回去了。」

容瑾隨意地點點頭，又低下頭去寫字，握著筆的右手似乎用了不小的力氣，第一筆就寫得有些歪了，這一整篇的字算是毀了。

容瑾抿緊了嘴唇，面無表情地又換了張紙，頭也不抬地說道：「妳怎麼還沒走？還有別的事情嗎？」

寧汐訕訕地笑了笑。「容少爺，這件衣服是依著我的身高做的吧，要是這麼扔了怪可惜的。」以容瑾的性子，很有可能她前腳一走後腳就將這衣服扔了。

容瑾挑了挑眉。「依妳看，我該怎麼辦？」

寧汐想了想，試探著建議道：「要不，你賞給翠環姊姊穿吧！她只比我高了一點點……」

容瑾的臉色難看極了，冷冷地說道：「這衣服是送給妳的，妳既然不要，就扔掉！」賞給翠環？虧她想得出來！

寧汐陪笑道：「這麼漂亮的衣服，扔掉多浪費啊，還是別扔了吧！」

容瑾瞄了寧汐一眼，忽然笑了。「妳既然這麼喜歡，為什麼不收下？」

寧汐被看穿了心意，頗有些尷尬，支支吾吾地說道：「那個，男女授受不親，我怎麼好隨意收你的禮物……」要是被別人知道了，還不曉得會怎麼嚼舌根呢！而且，她自己也覺得怪怪的。

容瑾眼底閃過一絲笑意，之前的怒意忽然一掃而空，近乎溫和地說道：「我說過了，這不算是禮物。妳那天穿著新衣服做了一桌宴席，衣服上肯定沾了不少的油星，以後也不能穿了。這件衣服算是補償給妳的，妳就心安理得的收下。再說了，這衣服是繡娘照著妳的身材做的，別人根本不能穿，妳若是不要，只好扔掉。這麼漂亮的衣服，扔掉確實有點可惜。」

被他這麼一說，寧汐本來堅定的心忽然有些動搖了，忍不住瞄了包裹一眼，她還從沒穿過那麼漂亮精緻的衣衫……再說了，她要是不留下，這衣服就會被扔掉……

容瑾像是看出她心底的掙扎一般，笑著起身，拿了包裹遞到了寧汐的面前。「不過是件衣服，妳別想得太多了。」頓了頓，又揶揄地說道：「妳該不是以為我對妳有什麼企圖吧？」

寧汐的俏臉騰地紅了，又羞又惱，一直隱藏在心底的心事就這麼被容瑾直直的說了出來，一時也不知道該怎麼反應才好。

容瑾的唇角勾了起來，話語裡滿是笑意。「妳放心，我沒什麼企圖，這件衣服也沒什麼特別的涵義，妳收下好了。」

話說到這分上，寧汐簡直沒法子再推拒了。人家都說得這麼清楚了，她再推三阻四的，豈不是說明她在胡思亂想？

寧汐努力的平靜下來，故作鎮靜的接過包裹。在交接的那一刻，兩人的指尖輕觸了一下。寧汐心裡一跳，只覺得指尖酥酥麻麻的，然後整個人都覺得有些怪怪的，臉頰一片滾燙，不用看也知道，肯定一片通紅。

她抱著包裹，略有些倉皇地退了一步，悄悄地抬頭看容瑾一眼，卻見他也有些不自在，臉上浮起了可疑的紅暈。

容瑾也會害羞？不知怎麼的，寧汐忽然有了想笑的衝動。事實上，她也真的抿唇笑了，眼眸如繁星般閃亮。「多謝容少爺，那衣服我就收下了。不打擾你了，我這就回去了。」

容瑾隨意地點點頭，在看到她的身影走到門邊之後，忽然喊了聲。「寧汐！」

寧汐疑惑地轉頭。「怎麼了？還有別的事嗎？」

容瑾咳嗽一聲，說道：「天早就黑了，妳這麼一路走回去，太不方便了，我讓小安子提個燈籠送妳回去。」

寧汐正想拒絕，卻聽容瑾喊道：「小安子，進來。」

小安子的動作向來利索，這次也不例外，迅速的開了門進來了，一臉陪笑。「少爺有事請吩咐。」一雙眼卻不停的在寧汐手裡的包裹上打轉。嘿，到底還是少爺厲害，就這麼一會兒工夫，竟然讓寧汐改了心意……

容瑾瞄了小安子一眼，目光裡不無警告。小安子立刻領會了主子的心意，忙收回目光，不敢再亂看了。

「去準備燈籠，送寧汐回去。」容瑾淡淡的吩咐。

小安子打起精神應了，迅速地去找了個燈籠過來，然後笑咪咪地說道：「寧姑娘，我在前面給妳領路。」

寧汐抿唇一笑，既然推辭不了，索性欣然點頭應了。沒想到，剛走出沒兩步，容瑾竟然也慢悠悠地跟了上來，幾步就走到了寧汐的身邊，那強烈的存在感，讓寧汐想忽略他都不行。

寧汐實在忍不住了，停下了腳步，側過身來。「容少爺，您……」該不是打算送我回去的吧？

閃爍的繁星下，那雙眼眸美得不可思議。容瑾慢悠悠地笑了笑。「在書房裡待了半天，我也覺得悶了，打算出去散散步。」

呃……好吧，這個理由也算充分。這兒是容府，人家想去哪兒當然就去哪兒。寧汐乾巴巴地點點頭，一聲不吭地繼續往前走。容瑾漫不經心地走在一旁，並未刻意，卻自然而然地和寧汐並肩前行。

小丫鬟開門的時候，眼珠都快瞪出來了，被容瑾瞄了一眼，立刻收回目光，老實的退了下去。

小安子提著燈籠，識趣地走得快了些。偶爾回頭瞄一眼，就見容瑾和寧汐隔了兩步遠。容瑾很悠閒，寧汐的身子卻有些僵硬不自然。小安子拚命忍住笑意，只可惜微微聳動的肩膀卻讓身後的人看得很清楚。

容瑾輕哼了一聲。小安子的手抖了一下，連忙繃住臉，老老實實的繼續提燈籠。

容三少爺第一次嘗試和女孩子搭訕，顯然也有些難度，想了半天才說道：「妳喜歡看書嗎？」

小安子的腳步踉蹌了一下。

寧汐對這個問題顯然也有些意外，然後自嘲地笑了一笑。「喜歡倒是喜歡，不過，我很少看書。」雖然她也識字，不過，談不上有多高的學問，比起那個楚雲柔肯定是差得很遠吧！奇怪，怎麼忽然又想到楚雲柔身上了？

寧汐搖搖頭甩開這個奇怪的念頭，又笑著說道：「其實，有的時候我也想看些書，不過，我想看的書很難買到。」

容瑾很隨意地問道：「哦？妳喜歡什麼樣的書？」

寧汐聳聳肩，笑道：「我喜歡看食譜。不過，食譜實在是太少見了。去年我哥哥倒是替我買過一本，都快被我翻爛了。」連她自己都很奇怪，竟然輕輕鬆鬆的就將這件事說了出來。

容瑾沒有再說什麼，扯開了話題。兩人有一搭沒一搭地聊著，竟然也不覺得尷尬了。

不知不覺中，已經到了院子外面。

第一百二十五章　莫名的心虛

容瑾總算停住了腳步。「散步」都散到這兒了，總不好再厚著臉跟著進去吧！

寧汐笑著揮揮手，輕巧地推了門進去了。

容瑾凝視著寧汐的背影，一直到門被重新關上了，他也沒有離開的意思，就這麼安靜的站在那兒。

小安子等了許久，終於忍不住了，硬著頭皮湊了過來，低聲說道：「少爺，不早了，該回去休息了。」

過了半晌，才聽容瑾「嗯」了一聲，然後轉身離開了。

小安子悄然打量著容瑾的臉色，只是燈籠散發出的光芒實在有些昏暗，根本什麼都看不清，只能稍稍窺到容瑾翹起的唇角，看來少爺的心情很不錯啊！

小安子大著膽子笑道：「少爺，寧姑娘倒真是和別的女孩子不一樣。」要是換了別的女孩子，只怕在收到少爺禮物的時候就高興得不得了了，哪裡還會有晚上這一齣。

容瑾輕笑一聲，並未說什麼。他可沒有向別人傾訴心事的習慣，哪怕對方是伺候了自己幾年的貼身小廝。

小安子對他的性子自然很清楚，又絮絮叨叨地說了下去。雖然聒噪了一點，不過說來說去都在圍著寧汐打轉。容瑾難得好心情的沒有制止他，任由他說了一路。

而寧汐，此刻正在自己的屋子裡看著包裹發呆。她明明是去還包裹的，怎麼繞來繞去又拿回來了？越想越覺得混亂，索性不想也罷。

寧汐不自覺地將包裹打了開來，將裡面的衣服理開，仔細地打量兩眼，越看越覺得驚訝。之前還沒留意，只覺得這件衣服的質地極好，可現在看著，那上面印染的圖案實在太精美了，深深淺淺的牡丹在裙襬上盛開，美麗極了！

如果穿在身上，又會是怎麼樣的美麗？

但凡是少女，都抵抗不了這麼美的衣裳吧！再說了，這衣裳已經是自己的了，在屋子裡悄悄地穿一下也沒關係的吧！

寧汐反覆地說服自己，終於脫下了舊衣，將新衣裳穿到了身上。

那衣料又輕又薄又軟，貼在身上說不出的舒適。淺粉的顏色如春花般嬌美，映襯得臉頰如玉般光潔。轉上一圈，裙角便高高的飄揚起來。

寧汐對著鏡子看了半晌，滿足地輕嘆口氣。

真的好美！衣服美，襯得人也美了幾分。穿著這麼美的衣服，甚至多出了些出塵脫俗的氣質。

正在欣賞之際，忽然聽到門被敲響了。「汐兒，妳睡了嗎？」是阮氏的聲音。

寧汐不知怎麼的，忽然心虛了，連連喊道：「睡了睡了，我已經睡了。」一忙不迭地吹滅了燈，迅速地鑽到了床上。

阮氏愣了一愣，果然沒再推門進來，只叮囑了一句。「明天還要早起，妳早些睡。」然後就走了。

寧汐豎起耳朵聽了半晌，待確定阮氏確實已經走了，才鬆了口氣，可一顆心還是怦怦亂跳著，好半晌才平息了一些。

奇怪，這種做錯事的心虛從何而來？她大可以直說這是容瑾送給她的衣服嘛！寧汐睜著大眼，瞪著帳頂，瞪了許久也弄不清自己到底是怎麼了。

過了許久，寧汐才起身，將身上的新衣脫下來。想了想，又疊放在包裹裡，將包裹收拾好之後，迅速地塞到衣櫃的最裡面，這才長長的鬆了口氣。

在床上迷迷糊糊的翻來覆去好久，寧汐總算睡著了。不過，這一覺實在睡得不踏實。夢裡不停的閃現容瑾的面孔，偶爾邵晏的臉龐又冒了出來。

第二天早起的時候，寧汐的臉色當然好不到哪兒去。寧有方看了寧汐一眼，立刻皺起了眉頭。「汐兒，妳昨夜沒睡好嗎？」

寧汐掩飾地笑了笑。「沒有的事，我睡得香著呢！對了，爹，我們什麼時候去鼎香樓啊？」

寧有方的注意力果然被吸引了過來，笑著應道：「當然是越早越好。等孫掌櫃過來，我們就一起從後門走。」

寧汐笑著點點頭，不知怎麼的，又冒出了一句。「容少爺……我是說東家少爺他們也去嗎？」

寧有方沒留意到寧汐的些許異樣，朗聲一笑。「又沒什麼特別的事，他們不一定會去。

不過，我們幾個肯定得天天都去，為酒樓開業做些準備了。」
　　寧汐笑著點點頭，只是笑容有些說不出的僵硬。
　　真是的，不過是一件衣裳罷了。她怎麼變得奇奇怪怪的。要是在容瑾面前露出這一面，只怕他會笑掉大牙了！
　　寧汐有些懊惱，狠狠地告誡自己。容瑾還是容家三少爺，她還是小學徒寧汐，兩人之間隔著的距離至少也有一條河這麼遠，不准再胡思亂想了！
　　反覆在心裡念叨數次之後，寧汐總算輕鬆了許多。
　　到了鼎香樓以後，寧汐和寧有方都是一愣。大堂已經佈置好了，桌椅果然都是上好的木料製成的，被刷了明亮的紅漆，看起來很是漂亮。不過，每張桌子之間隔著的木板是怎麼回事？
　　寧汐走上前去細細的打量幾眼，笑著讚道：「爹，有了這層木板，客人在吃飯的時候，就能遮擋一些鄰桌的視線。」這主意可真是不錯。這麼一來，也算給客人留了點隱私。雖然不如樓上的雅間來得隱蔽，總比原來空蕩蕩的一覽無遺好多了。
　　寧有方也會意過來，讚不絕口。「果然不錯，容少爺真是太聰明了，這樣的法子也能想得出來。」
　　孫掌櫃瞄了一眼，嘆道：「不過，這麼一來，桌子可就少擺幾張了。」
　　寧汐笑道：「孫伯伯，環境好了，生意也會好一些。到時候就算菜價定得稍微高一點，客人也會肯到我們鼎香樓來的。」

孫掌櫃想了想，也笑開了。「對，有寧老弟在，我們這菜價自然要定得高一些。」至少，也得和雲來居、百味樓差不多吧！

說說笑笑中，廚子們也一一來了。多日沒見，見面自然好一番熱鬧，再加上不少生面孔，寧有方忙活了好一陣，總算把人都認清了。

從洛陽過來的廚子們不算，另外又招了十幾個廚子進來，再加上打雜的跑堂的，林林總總不下七、八十人。

寧有方和孫掌櫃很有默契地分了工，一個領著廚子們去了廚房，另一個則將所有打雜跑堂的召集在一起訓話。

寧汐無事可幹，將鼎香樓裡裡外外轉了幾圈，暗暗驚嘆不已。

比起原來的太白樓，這個鼎香樓可要大多了，也氣派得多。整整三層，一樓的大堂不必細說，二樓的雅間佈置得分外雅致。牆上掛著字畫，角落裡放著盆栽鮮花。三樓更是精緻考究，竟然還放了幾樣常見的樂器。看來，這又是為了吸引女眷們才想出來的主意了。

寧汐的腦海裡忽然閃過一張慵懶的俊臉，忍不住輕聲笑了。

容瑾和她認識的所有人都不同。有時候會被他的刻薄氣得半死，可有時候靜下來想想，他其實也沒那麼討人厭。相處時間久了，甚至會覺得他驕傲彆扭的性子有一點點可愛……當然，前提是能忍耐容瑾犀利毒辣的言詞才行！

「汐妹子，妳在笑什麼？」小四兒好奇地湊了過來問道。

寧汐當然不會告訴別人自己心裡在想什麼，俏皮的眨眨眼。「廚房又大又漂亮，我看了當然高興。」

小四兒不疑有他，興致勃勃地說道：「是啊，這個廚房比我們原來的那個還要大得多，我剛才看了一圈，腿都跑得有些發軟了。」

小四兒雖然有些誇張，不過，廚房確實很大。

除了那個大得離譜的大廚房，幾間小廚房也都很寬敞。各式爐灶器具都準備好了，沿著牆根排得整整齊齊的，看著就覺得舒心。

最大的那一間小廚房，自然是留給寧有方的。

寧汐進了小廚房，興致勃勃地打量了片刻。忽然發現有幾個爐灶有些不同，細細打量幾眼，心裡悄然一動。

這幾個爐灶，分明比其他的爐灶都矮了一些。若是換了別的廚子來用，肯定會嫌矮了不合用，可配著她的身高，竟然意外的合適。很顯然，這幾個爐灶是有人特地叮囑工匠做的……

小四兒也湊了過來，瞄了一眼便笑了，打趣道：「汐妹子，寧大廚可真是細心，竟然還想著讓人做幾個矮的爐灶給妳。」

寧汐含糊地笑了笑，心裡卻很清楚，寧有方之前根本沒來過鼎香樓，這肯定不是他的主意。到底會是誰這麼細心周到？

寧汐怔怔地想著，腦子裡忽然閃過那張熟悉的俊臉。

不，不可能是他！他那樣的高傲，怎麼可能惦記這樣的小事……

「汐兒！」寧有方笑著走了進來，待見到那幾個低矮一些的爐灶時，忍不住「咦」了一聲。「這是誰讓做的？」

小四兒總算聽出話意來了，詫異地反問：「這不是寧大廚的主意嗎？」

寧有方啞然失笑。「當然不是，我之前根本沒來過，今天才算第一次到廚房來。」

小四兒撓撓頭，既然不是寧大廚吩咐的，那還會有誰？

正說著話，身後忽然響起了一陣腳步聲。

第一百二十六章　偶遇

寧汐反射性的回了頭，待見到來人是陸子言時，不知是失望還是什麼的，總之鬆了口氣。

陸子言笑著走了過來。「寧大廚，新招的人手都來了吧！」話雖是對著寧有方說的，可目光卻忍不住頻頻向寧汐看去。

寧有方只當沒看見他的小動作，笑著應道：「都來了，我打算這幾天將廚子們集中培訓培訓，免得開業的時候忙不過來。」

培訓當然是含蓄的說法，其實就是要看看每個廚子的手藝，然後再做具體的安排。

陸子言點點頭。「好，這事就交給寧大廚了。開業那一天，我打算請些舞獅的人來熱鬧熱鬧。表弟還要請一些貴客來，到時候可得好好準備一下。」

他們商量正事，寧汐很識趣地沒插嘴，目光依舊在爐灶上流連，到底會是誰……

陸子言的眼角餘光一直在留意著寧汐的舉動，見她盯著幾個爐灶發呆，朗聲笑了。「寧汐妹妹，這幾個爐灶可是專門做給妳用的。」

寧汐心裡一動，反射性地問道：「東家少爺，這是你特地吩咐工匠做的嗎？」

陸子言訕訕地一笑。「我也是這麼想的，不過，被表弟搶先說出了口。」也就是說，這真的是容瑾吩咐工匠做的？

寧汐抿唇一笑，心底忽然蕩起一圈淺淺的漣漪。原來，那個高傲又彆扭、說話又很刻薄的容瑾，竟然有這麼細心周到的一面……

陸子言見寧汐眼眸含笑，心裡一蕩，可一想到令她心情如此好的那個人卻不是自己，立刻不是個滋味了，忙笑著補救了一句。「對了，訂製鍋具的時候，我特地讓人打製一套小號的給妳用呢！」

寧汐果然甜甜地笑開了。「那可要多謝東家少爺了。」

陸子言張望了一圈，卻沒見到那套小號的鍋具在哪兒，尷尬地笑了笑。「鐵器鋪子的夥計來送貨的時候，也不知道把東西都放哪兒去了。」心裡暗暗懊惱，這麼好的獻殷勤的機會啊！

寧汐笑著為他解圍。「肯定放在廚房裡了，等會兒我去找找就行了。」

寧有方咳嗽一聲，有意無意地打斷陸子言和寧汐的對話。「時候也不早了，這麼多人總得吃飯，我這就吩咐他們做些簡單的飯菜。」

陸子言笑著點點頭，見寧汐跟著寧有方走了，心裡只覺得空落落的。正想跟上去，偏偏孫掌櫃過來了，只得打起精神應付幾句。

寧有方有心看看新來的大廚的手藝，便指定了其中的三個負責今天的午飯。

寧汐無所事事，就這麼東走走西轉轉，倒是悠閒自在。吃了午飯之後，孫冬雪忽然笑咪咪的湊了過來，親熱地喊道：「寧汐妹妹，我們到脂粉鋪子裡轉轉吧！」

自從到了京城之後，兩人已經很久沒機會在一起說話了。孫冬雪這麼熱情，倒讓寧汐不好推辭，只得笑著點頭應了。

兩人像以前一般，手拉著手一起出了鼎香樓。巧得很，走幾步就有一家賣胭脂水粉的鋪子。孫冬雪興致勃勃的拉了寧汐進去，東挑西揀的看了起來。

孫冬雪個子高眺，容貌俏麗，寧汐嬌小伶俐，水靈秀氣。兩人一進去，立刻就惹來了不少目光。好在來脂粉鋪子裡轉悠的都是女子，被看上幾眼也沒什麼大不了的。

這家脂粉鋪子很是寬敞，櫃檯裡陳列著各式胭脂水粉。各式各樣濃烈的香氣交織在一起，讓寧汐只覺得呼吸都有些困難。

孫冬雪倒是樂在其中，一會兒聞聞這個，一會兒嗅嗅那個。

寧汐不想打擾她的興致，悄然退後兩步，卻不料，這一退竟然撞到人了。只聽得「哎喲」一聲，一個婦人的聲音在寧汐的耳邊氣急敗壞的響了起來。「妳走路不長眼睛嗎？」

那聲音竟然有些耳熟。

寧汐忙不迭的轉身道歉。「對不起，對不起……」可在看到那個婦人的面孔時，俏臉陡然白了一白，怎麼會是她……

那個婦人約莫三十七、八歲，可保養得卻極好，看起來最多三十左右，頗有幾分姿色和風韻。穿戴講究，顯然不是普通女子。眼角微微吊起，一副精明厲害的樣子。

寧汐當然認識她。

這個婦人，是當年隨著梅妃一起入宮的貼身丫鬟，四皇子出世之後，又被梅妃派到了四皇子身邊伺候。這麼多年來，早已成了四皇子身邊的管事嬤嬤，深得四皇子的信賴。

當然，這些並不是寧汐能記住她的主要原因。更重要的是，這位厲害的秦嬤嬤，還是邵晏的親娘。秦氏一直不喜歡自己，總是百般刁難。為了邵晏，她前世不知受了秦氏多少閒氣……

寧汐不願再回想那些紛亂的往事，忙垂下頭。

秦氏果然還是那副得理不讓人的脾氣，氣勢洶洶地罵道：「撞了人，說句對不起就行了嗎？」

寧汐唯唯諾諾地繼續道歉。「對不起，都是我不小心。」

秦氏冷哼一聲，正待再罵，就聽一個溫潤的聲音響了起來。「娘，您怎麼了？」

一個斯文俊美的白衣少年翩然走了進來，整個鋪子裡的女子幾乎都看了過去。這樣俊美的少年郎，平日可是難得一見啊！

秦氏見是邵晏來了，不快的哼了一聲。「晏兒，你來得正好。我剛進來還沒站穩，就被這個小丫頭撞了一下，腰都被撞疼了呢！」

邵晏笑著安撫她幾句，目光隨意地瞄了過去。待見到那個低垂著俏臉的小姑娘時，眼眸忽地亮了起來，試探著喊了聲。「寧姑娘？」

寧汐心裡暗暗嘆息，打起精神抬起頭來，微笑著打了招呼。「邵公子，我們又見面了。」

邵晏看著那雙水盈盈的眸子，心情莫名地好了起來，唇角浮起一絲笑容。「是啊，真的很巧。」怎麼也沒想到，會在這兒遇見她……

正準備讓兒子替自己出口氣的秦氏，見了這一幕不免一愣，疑惑地問道：「晏兒，你認識這個小丫頭嗎？」

當著人家的面還能嚷出小丫頭幾個字，果然不愧是四皇子身邊得力的管事嬤嬤。實在是目中無人啊！寧汐暗暗腹誹著，臉上卻沒露出分毫。

邵晏顯然也覺得秦氏態度不妥，微微一皺眉，溫和地說道：「娘，這位是寧大廚的女兒寧汐。剛才肯定是沒留心才撞了您一下，您就別生氣了。您不是要買些脂粉回去嗎？快些過去看看吧！」

秦氏被兒子這麼一哄，心情好了不少，斜睨了寧汐一眼，便施施然地去挑脂粉了。

孫冬雪一直埋頭挑脂粉，壓根兒沒留意到這邊的動靜。等脂粉挑好了，才留意到這邊的異常，忙小跑了過來，小聲地問道：「寧汐妹妹，剛才是怎麼了？」目光早已忍不住向邵晏瞄了過來。

寧汐不想多說，輕描淡寫地笑道：「剛才都怪我不小心，撞到人了。現在沒事了，我們走吧！」有邵晏的地方，她一刻都不想多待……

孫冬雪不疑有他，笑著點點頭。

邵晏卻不想眼睜睜的看著寧汐這麼離開。「寧姑娘，旁邊那間新酒樓就是鼎香樓吧！」

寧汐隨意地笑著點了點頭，滿腦子想的就是趕快離開。

邵晏似是沒看出寧汐的疏遠淡漠，笑了笑。「等鼎香樓開業了，我以後一定到鼎香樓去嚐嚐寧大廚的手藝。」

寧汐的笑容一頓。不是吧，還要到鼎香樓來？

邵晏敏銳地捕捉到了寧汐眼裡的排斥，心裡悄然一動。奇怪，他們明明沒見過幾次，可她似乎很不願意和他說話，甚至連正眼看他都很少。那絲排斥之意異常的明顯，讓他想忽略都難……

他們兩人各有所思，一旁的孫冬雪可忍不住了，笑著插嘴道：「這位公子，我們鼎香樓還有幾天就開業了，到時候別忘了來捧場。」

邵晏微微一笑，點頭應了。

那抹溫柔的笑意如此的熟悉，寧汐心裡狠狠抽痛了一下，眼眶裡酸酸澀澀的，似有什麼要噴湧而出。

寧汐沒有抬頭，匆匆地說了句「我們先走了」，便扯著孫冬雪頭也不回的出去了。留給邵晏的，依舊是冷漠的背影。

邵晏定定地看著伊人遠去，悵然若失，默然許久，直到秦氏回頭喊了一聲。

「晏兒，你待在那兒做什麼？快些過來替我看看，哪一款香粉更好些？」

邵晏回過神來，笑著應了一聲，將剛才那些莫名的情緒壓到了心底。以後總會有機會再見面的，他總會找機會弄清楚這份奇怪的感覺從何而來……

寧汐心亂如麻，悶不吭聲的扯著孫冬雪往前走。

孫冬雪又是好氣又是好笑的停住了腳步。「喂喂喂，妳這到底是要去哪兒啊？怎麼越走越遠了？鼎香樓在那邊好不好？」她們這是走反了好不好！

寧汐這才回過神來，歉然地笑了笑。

孫冬雪眼珠轉了轉，好奇地抵了抵寧汐。「對了，剛才遇到的那個美少年是誰啊？妳以前就認識他嗎？」

寧汐苦笑一聲，嘆口氣。「是啊，我以前就認識他。」認識得太久太久了……

第一百二十七章　潛在的情敵

孫冬雪頓時來了興致，可這裡實在不適合說這些。她左右張望一眼，扯著寧汐就進了最近的茶樓。

此時正是午後不久，茶樓還沒多少客人。一樓稀稀落落的坐了幾個人，到了二樓，更是滿目空曠。孫冬雪扯著寧汐找個二樓靠窗的位置坐下了，隨意吩咐跑堂的上一壺茶和兩盤點心。

等茶和點心上來了，孫冬雪才擠眉弄眼的笑著問道：「快些說來聽聽，妳什麼時候認識他的？」

寧汐自然不想多談邵晏，隨意地答道：「他是四皇子身邊的親隨，去年在洛陽的時候見過一次。到京城以後，又碰到過一次。最多算是面熟。」

孫冬雪哪裡肯信，曖昧地眨眨眼。「在我面前就別打馬虎眼了。那個邵晏對妳可不只是面熟吧！」少女對這個可是最敏感的了。那個俊俏的少年郎，從頭至尾視線都沒離開過寧汐，分明很有好感嘛！

寧汐心裡五味雜陳，臉上卻是嗔怪的笑容。「別胡說，要是被別人聽見了，我可要羞死了。」

孫冬雪不以為然地笑道：「怕什麼，這兒又沒有外人，就我們兩個。妳覺得那個邵晏怎麼樣？」一臉興致勃勃的笑意，眼裡更是閃動著好奇的光芒。

論相貌論氣質，邵晏實在是無可挑剔，比起陸子言還要強了一籌。若真的比較起來，也只有容瑾能和邵晏相提並論了。對著這樣的男子，寧汐居然還能維持淡然，簡直太不可思議了！

寧汐淡淡地笑了笑。「只見過幾面，我哪知道他怎麼樣。」

孫冬雪不滿地白了她一眼。「喂喂喂，妳也太不講姊妹情誼了吧！我有什麼心事可都說給妳聽了，妳怎麼吞吞吐吐的一點都不痛快。」

寧汐不肯接茬兒，顧左右而言他。「冬雪姊姊，妳很快就會回洛陽了吧！」既然陸子言要回去，孫冬雪肯定也不會留在京城了。

果然，一提這個孫冬雪就忸怩起來，臉上浮起兩抹紅暈。「嗯，我大概也會跟著回去。」

寧汐繼續扯開話題。「對了，我上次聽孫伯伯說了，陸老爺已經打算讓妳做東家少爺的通房丫鬟了是嗎？」

孫冬雪的俏臉騰地紅了，卻並未出言否認。

寧汐笑嘻嘻地說道：「那可要恭喜冬雪姊姊了。」

孫冬雪紅著臉捶了寧汐幾下，拳頭軟綿綿的，毫無力道，顯然很樂意提起這個話題。

笑鬧了片刻，寧汐才正色說道：「冬雪姊姊，這句話我只問妳一次。妳若是不想說，我以後絕不會再多嘴。妳真的願意做通房丫鬟嗎？」

通房丫鬟只能算是主子的暖床丫鬟，連半個主子都不算。將來若是陸子言娶了正室，孫冬雪的日子可不見得好過啊！

孫冬雪被問中了痛處，笑容頓時淡了下來，低頭默然片刻，才輕輕地說道：「寧汐妹妹，我知道妳想勸我什麼。只是，我這樣的身分，是沒資格做少爺的妻室的。就算想做小妾，也得將來少奶奶過了門以後才能有機會。我真的很喜歡少爺，只要能留在他身邊，做通房丫鬟我也願意。」

話說得如此堅決，寧汐也不好再多說什麼，笑著安撫道：「冬雪姊姊，妳人長得漂亮，又聰明伶俐，東家少爺一定會喜歡妳的。」

孫冬雪凝視著寧汐的俏臉，不知想到了什麼，眼底迅速的掠過一絲黯然。

少爺心裡真正喜歡的是誰，其實她很清楚。只是，寧汐不肯挑破，她也只能裝聾作啞，免得說開彼此都覺得尷尬……

寧汐只當作沒察覺孫冬雪的低落，笑著將點心盤子推到她面前。「別光顧著說話，吃些點心吧！」

孫冬雪笑著點點頭，兩人各自喝了杯茶，吃了塊點心，隨意的閒扯了幾句，氣氛總算好了許多。

孫冬雪隨口問道：「好久沒見妳哥哥了。他沒在容府裡嗎？」

寧汐笑著點點頭。「是啊，他去了學館，拜了于夫子為師。」好在寧暉不在，不然，若是知道這個消息，只怕又會難過許久了。

孫冬雪對寧暉的一番心意卻懵懂不知，笑著打趣道：「等將來妳哥哥中了舉人做了官，肯定會娶個漂亮媳婦，到時候妳可就是千金小姐了。」

寧汐微微一笑，頗有深意地應道：「是啊，哥哥也說了，現在他只是個普通的窮小子，喜歡的漂亮姑娘壓根兒看不上他，只好等有出息了再談終身大事。」

這話裡話外都透著點別的意思，只可惜孫冬雪根本沒聽出來，托著下巴笑咪咪地聽著。寧汐暗暗嘆口氣，隨意地扯開了話題。

聊了片刻，孫冬雪便不肯再待了，笑著說道：「我們回去吧！少爺還在酒樓那邊呢！他身邊沒人伺候，我實在放心不下。」

出來得確實也夠久了。寧汐笑著應了，結帳之後，和孫冬雪一起回了鼎香樓。

剛一踏入鼎香樓的大門，一個熟悉的絳色背影便映入眼簾，寧汐莫名的覺得臉一熱，心裡暗暗嘀咕不已，大熱的天，穿這麼鮮亮的衣服也不覺得熱……

容瑾正和孫掌櫃在說話，聽到身後的腳步聲，很自然地回頭瞄了一眼，和寧汐的目光正好遇個正著。

待見到寧汐迅速的移開視線，容瑾的唇角微微翹起，口中雖然還在和孫掌櫃說著話，卻漫不經心地連連看了過去。

相比之下，陸子言就直接多了。笑著迎了上去，親暱地問道：「寧汐妹妹，妳剛才去哪兒了，到處也沒找到妳。」

孫冬雪的笑容一頓，到了嘴邊的話又嚥了回去。

寧汐隨意的應了句。「剛才和冬雪姊姊出去轉悠了一會兒。」

難得陸老爺不在，陸子言不肯放過這樣說話的好機會，笑著追問道：「妳們去哪兒轉悠了？買東西了嗎？」

孫冬雪咬咬嘴唇，忽地插嘴說道：「奴婢剛才和寧汐妹妹一起到隔壁的脂粉鋪子去了。說來也湊巧，今天寧汐妹妹還遇到熟人了呢！」

熟人？陸子言疑惑地看了寧汐一眼。到京城根本沒多久，寧汐哪來的熟人？

寧汐輕描淡寫地應了句。「也沒什麼，只見過兩次而已，不算很熟悉。」口上說得輕快，可心裡卻有些不舒坦。

孫冬雪本是個活潑爽朗的性子，若是無心說出這樣的話來倒也罷了，可偏偏在這樣的時刻來了這麼一句，讓她想不多心都難……

陸子言敏感的察覺到了什麼，試探著問道：「那個人是誰啊？我也認識嗎？」

不遠處的容瑾，不知什麼時候也轉過身，看似漫不經心地瞄了過來。

寧汐知道瞞不過去，索性說了實話。「說起來，這個人容少爺也是認識的。去年四皇子殿下去洛陽的時候，身邊有個親隨邵晏，今天就是遇到他了。」

陸子言從未見過邵晏，自然沒什麼感覺。可容瑾對邵晏卻是熟悉的，眼眸微微瞇起，閒閒地說道：「哦？妳今天是遇到邵晏了嗎？」

寧汐硬著頭皮點點頭。

陸子言好奇地問道：「表弟，邵晏到底是何許人也？」

容瑾笑了笑。「表哥，你在京城時日尚短，還不知道也是正常。他是四皇子殿下的心腹親信，文才還算不錯。待人溫和客氣，長得又俊，愛慕他的姑娘足夠從街頭排到街尾。」頓了頓，又嘲弄著補上了一句。「四妹也是其中一個。」

在場的人，大概只有寧汐能察覺到容瑾提到容瑤的時候語氣是多麼的淡漠了。

陸子言在聽到邵晏是個俊俏倜儻的少年之後，已經有些不安了，待聽到最後一句，心裡更是一慌，忍不住瞄了寧汐一眼。

寧汐重生之後，也經歷了不少陣仗，還不至於在幾人的目光下就流露出什麼異樣來，坦然地笑著回視。「邵晏的記性倒是好，只見過我兩次，竟然還能認出我來。」

兩次？容瑾敏感的捕捉到了關鍵字，卻沒吭聲。

果然，陸子言已經忍不住問出口了。「在洛陽妳只見過一次吧！」什麼時候又遇到過邵晏了？

寧汐若無其事地笑了笑。「上次我爹帶我去找大伯的時候，在珍味齋也曾遇過一次。」

容瑾眸光一閃，笑了笑。「妳出府這麼少，竟然還能遇到他兩次，倒真是有緣分。」寧汐基本上天天都在容府裡待著，出府的次數屈指可數，可這樣的情況下，竟然還連連遇到邵晏……

寧汐聽到緣分兩個字，臉色微微一變，笑容忽然消失無蹤，淡淡地說道：「不過是碰巧，這算什麼緣分。」這輩子，她再也不想和邵晏有任何的「緣分」。她只想遠遠的避開他，避開前世所有的一切！

想及此，寧汐忽然沒了說話的心情，匆匆地笑道：「我還要到廚房去找我爹，就不打擾兩位少爺說話了。」一不等陸子言出言挽留，就這麼直直地走開了。

陸子言眼睜睜的看著寧汐就這麼走了，有些懊惱地嘆口氣。

容瑾卻定定地看著寧汐近乎逃離的身影，若有所思。她今天格外的沈不住氣，是因為那個邵晏嗎？

第一百二十八章 開業

經過忙碌的籌備，鼎香樓終於在一片鞭炮聲中熱熱鬧鬧地開業了。

嶄新的匾額上，飛舞飄逸的「鼎香樓」三個大字，在陽光下熠熠生輝。縱然是不懂書法的人，也能看得出這字實在寫得好。

寧汐欣賞了一會兒，就被舞獅吸引了注意力。只可惜湊熱鬧的人實在太多了，她踮著腳尖也看不到，索性搬了個小凳子，站在上面津津有味的看了起來。

寧有方啞然失笑，調侃道：「閨女，要是還看不到，爹進去給妳搬張桌子。」

寧汐嬌嗔地瞪了過來。「我還沒這麼矮吧！」逗得寧有方和張展瑜都哈哈笑了起來。

今天是鼎香樓開業的大好日子，前來湊熱鬧捧場的客人，出乎意料的多。寧有方在短短的時間裡聲名遠播。但凡是食客，都有獵奇和嚐新的心理，自然不會錯過開業這一天的熱鬧。

大堂早已坐滿了，二樓也都被訂了。最出人意料的，就是竟然連三樓的雅間也都被客人訂下了，來的居然全都是京城的貴族小姐們！至於這其中的原因嘛，不用想也知道，大半都是衝著容瑾來的。

寧有方身負重任，自然不敢怠慢，看了一會兒就回廚房忙碌去了，張展瑜二話不說也跟了上去。寧汐本也該跟著到廚房去做準備，可實在又捨不下這兒的熱鬧，又興致勃勃的看了片刻，才從椅子上下來了。

陸子言一直留意著她的一舉一動，見狀連忙笑著湊了過來。「寧汐妹妹，妳不喜歡看舞獅嗎？」

寧汐笑著應道：「再喜歡也得回廚房做事了。不然等會兒忙起來，這麼多的客人可照應不來了。」客人還在源源不斷的湧過來，今天可有得忙呢！

陸子言想了想笑道：「那我送妳去廚房……」

話音未落，寧汐就連連搖頭。「不用了不用了，我自己去就行了。」這些天她每天都待在鼎香樓，就算閉著眼也能摸到廚房去。

陸子言笑容還未綻開，就見寧汐迅速的溜走了。看著那避之唯恐不及的背影，他殷勤的笑容化作一抹苦笑，嘆息在嘴角停駐，眼底滿是失落。

相比陸子言的失落，寧汐倒是很清醒。

陸老爺急急的想將陸子言帶回洛陽去，其中的意思不言而喻。估計等下次再見，陸子言的親事也該定下了。她本就沒那份心思，再被人家嫌棄成這樣，自然更得識趣點，離得越遠越好。

天氣燥熱，廚房裡更添了分悶熱，這樣的天氣站在旺盛的爐火邊，那滋味自然不好受。寧有方兼顧著幾個爐灶，忙得不可開交。

寧汐忙湊上前去，歉然地笑道：「爹，我來遲了。」邊利索地接手了其中的一個。

寧有方笑道：「前面舞獅這麼熱鬧，妳怎麼不多看就回來了？」

寧汐笑了笑。「看多了也沒什麼意思。」

這自然是違心話，寧有方豈能聽不出來。他愛憐地看了寧汐一眼，第一次後悔起了當日的決定。寧汐是個女孩子，卻天天待在油膩悶熱的廚房裡，做著很多男孩子也做不來的活兒。其中的努力和辛苦，他都一一看在了眼底，自豪之餘，更是說不出的心疼……

「汐兒，」寧有方忽然遲疑了片刻，才低低地問道：「天天在廚房做事太辛苦了。妳的手藝也不錯了，不用再學也過得去了……」

寧汐越聽越不對勁，忙笑著打斷寧有方。「爹，好好的，您怎麼忽然說起這個來了？現在正忙著呢，有什麼以後再說吧！」

寧有方想了想，便閉了嘴，心裡卻打定主意，等這一陣子忙過去，得好好的安排寧汐的生活和未來。

開業這一天客人川流不息，孫掌櫃揚著笑臉不停的招呼客人，寧有方的大嗓門在廚房裡不停的迴響，跑堂的端著盤子不停地來回跑，一切有條不紊，沒出什麼岔子。一直忙到下午，才算告一段落。

站了半天，腿又累又痠，胳膊更是痠軟無力。雖然寧汐早已習慣了這樣的忙碌，可今天的勞動量實在遠遠超過了平日。好不容易熬到了休息的時候，坐在凳子上簡直舒坦得不想再起來了。

孫掌櫃派人來將寧有方叫了過去，自然是陪著陸老爺和容瑾他們吃飯說話去了。

寧汐習慣性的和小四兒坐在一起，隨意地吃飯閒聊起來。

小四兒也是一臉的疲累，精神倒是不錯，笑嘻嘻的說道：「汐妹子，今天客人可真多啊！比我們以前在太白樓的時候還忙。」

寧汐抿唇輕笑。是啊，這也算打響第一炮了。有了好的開頭，以後肯定會順暢得多。雖然客人都是衝著主廚的招牌來的，但是不管哪一家酒樓的主廚都只有一雙手，根本忙不過來。普通的客人有其他廚子應付就是了，主廚只需要應付一些貴客就好。

換句話說，酒樓再有名氣，可是普通客人吃到的菜餚也就普普通通。在這樣的情況下，要想迅速地聚集人氣，必然得有一個名頭響亮的主廚，才能吸引更多的客人前來。

這一點，鼎香樓已經做到了。接下來，就得靠環境、服務之類的抓住客人的心了。不過，這些都是孫掌櫃他們應該考慮的事情，她既然是個小學徒，只要好好地琢磨著讓自己廚藝更好就行了。

休息了約莫半個時辰之後，各人又開始忙著準備起晚上的宴席。寧汐自然不會偷懶，打起精神去了小廚房。

晚上客人比中午稍微少了一些，不過，還是忙到了子時才消停。

這次別說寧汐，就連寧有方也覺得手腳發軟。硬撐著轉悠了一圈，等所有的廚子都回去了，寧有方才對寧汐說道：「我們也回去吧！」

寧汐一想到接下來還得走上半個時辰的路，心裡不由得暗暗叫苦，沒精打采地「嗯」了一聲。

寧有方啞然失笑，安撫道：「是不是很累了？待會兒爹揹妳回去。」

寧汐連忙搖頭。「不用不用，我能走回去。」這一天下來，最忙最累的非寧有方莫屬了，她怎麼能忍心讓他揹著自己回去。

孫掌櫃笑咪咪的走了進來。「容少爺早就派了馬車在外等著了，大家都不用走回去了。」

寧汐第一個反應就是歡呼一聲，然後才開始察覺不對勁。「這……這樣不太好吧！」只是借住在容府，這麼麻煩人家，似乎不太合適吧！

寧有方顯然也和寧汐想到一塊兒了，皺著眉頭說道：「我們自己走回去就是了。」坐馬車可是達官貴人們的奢侈享受，他不過是廚子，哪裡經受得起這樣的待遇。

孫掌櫃啞然，想了想說道：「馬車已經等了好久了，我們先回去再說。今天開業第一天，大家都很累，估計容少爺也是考慮到這一點才會派馬車過來。」馬車來都來了，不坐豈不是辜負了容瑾的一番好意？

寧有方點點頭。「也好，明天記得和容少爺說一聲，以後別這麼麻煩了。」

孫掌櫃朗聲一笑，打趣道：「你以為容少爺天天都有閒空過來嗎？聽說還有幾個月就要春闈了，他得忙著準備會試，哪裡還有時間管這些小事。」

寧汐一愣，反射性地問道：「容少爺明年要考會試嗎？」他才十五歲，就已經考過鄉試了？這也太太太厲害了吧！

雖然對科舉制度不太懂，可有一點她還是知道的。有些讀書人，終其一生也沒能邁過鄉試這道門檻。至於會試，考中了之後就是進士，有了入朝為官的資格。十年寒窗苦讀，為的不就是那一天嗎？可容瑾，橫看豎看也不像是用功苦讀的那種人，怎麼這麼輕鬆的就考過鄉試了？

孫掌櫃對這些顯然也不清楚，邊走邊笑道：「小安子就在馬車上，問問他就知道了。」

一陣清涼的晚風吹來，將悶熱趕走了大半，一輛寬敞的馬車靜靜的停在路邊。小安子就坐在車伕旁邊，笑咪咪的朝各人招手。

寧汐和小安子也算熟悉了，笑著上了馬車，探頭喊了聲。「小安子哥哥，過來聊會兒天。」

小安子被這一聲哥哥甜進了骨子裡，腳步都有些輕飄飄的，坐到寧汐對面之後，才笑著說道：「寧姑娘，妳以後可千萬別這麼叫我了，我只是個下人，可擔不起這樣的稱呼。」

若是其他的女孩子甜甜的喊一聲，小安子大可以厚著臉皮應了再說。可眼前這個少女卻是少爺中意的那一個。雖然小安子暫時還不清楚容瑾到底有多中意，不過，他可以確定，容瑾絕對不樂意聽到寧汐這樣親暱的喊他。

寧汐烏溜溜的大眼分外的明亮。「我就是酒樓裡的小學徒，喊你一聲哥哥，說起來還是我占便宜了。」

小安子在那雙明亮的大眼裡敗下陣來，舉手投降。「好好好，妳想怎麼喊都隨妳，不過，當著少爺的面，妳就直呼我的名字好了。」

寧汐笑著點頭，將心裡那一絲微妙的感覺按捺了下去，好奇地問道：「小安子哥哥，剛才聽孫伯伯說，容少爺明年要參加會試了是嗎？」

第一百二十九章　容瑾的過往

一說到這個，小安子的話匣子立刻打開了，滔滔不絕地說道：「寧姑娘，我們少爺去年就考過鄉試了，當時可是轟動一時。以我們少爺的文采，明年春闈的時候考個狀元也是十拿九穩的了……」從小安子亢奮的樣子來看，說上個一天一夜也沒問題。

寧汐好奇地打斷小安子。「可我看容少爺天天悠閒自在，似乎連夫子都沒有呢！」居然還有心思搗鼓著開酒樓，實在是不務正業。

說到這個，小安子可就更神氣了。「少爺當然有老師。少爺和四皇子殿下在國子監裡是同窗，教導少爺的，是鼎鼎有名的楚大學士。後來少爺考過了鄉試之後，楚大學士就默許少爺可以在家中自習，有什麼不懂的再去請教。不過，我們少爺十天半月才去一回……」

有人天資聰穎，讀書手到擒來不用費絲毫力氣，輕輕鬆鬆就能學會的東西，別人要花十倍的時間和精力。這樣的人，簡直就是天才！而容瑾，顯然就是這樣的人。讀書像吃大白菜一樣輕鬆，寫字如行雲流水飄逸瀟灑，棋下得好，會撫琴，還畫了一手好畫……

小安子誇誇其談，其中不免有些吹噓的成分。不過，有一點毋庸置疑——容瑾確實很聰明很有天資。

寧汐微笑著傾聽，不知怎麼的，竟然漸漸走神了。

難怪容瑾那麼的高傲。這樣的人，實在沒有不驕傲的理由！如果說，她和陸子言之間的差距猶如隔了一條河，那麼，和容瑾的距離更像是一座山。

他站在高高的山頂，她在卑微的山腳。好在山腳也有山腳的風景，只要努力，小人物也有精彩的人生。與其仰望不可及的風景，還不如腳踏實地過好自己的日子。

奇怪，怎麼會忽然想到這些了？難道是因為今晚聽了太多容瑾的事情被刺激到了嗎？

寧汐自嘲地笑了笑，忽地問了一句。「小安子哥哥，你伺候容少爺多久了？」

小安子不假思索地應道：「五年了，少爺十歲的時候，我開始到少爺身邊伺候的。」

寧汐眸光一閃，試探著問道：「容少爺練過武嗎？」

這個問題真的很正常。容府一門武將，按理來說，容瑾也該走武舉這個路子，可只有寧汐知道，她問得別有用意。

前世的容瑾，就是個病殃殃的美少年，不要說習武，就連出府都很少，可現在的容瑾卻如此的高調，和前世判若兩人，寧汐背地裡不知猜測過多少回他的來歷了。

小安子果然不疑有他，笑著應道：「少爺一直身體虛弱，直到六歲那年，大病一場之後，調養了幾年，才漸漸有所好轉。不過身體底子太薄，怎麼都不能習武了。」

寧汐聽得心裡一動，故作不經意地笑道：「容少爺小時候一定也很聰明。」

小安子撓撓頭。「我倒是聽說，少爺小時候身子虛弱不愛說話，不過，生了一場病之後反而變了不少，不管學什麼，都又快又好。老爺知道以後高興得不得了，說我們容家總算出了個會讀書的。」

寧有方和孫掌櫃都被逗樂了。

寧汐也笑了，眼裡閃過一絲亮光。如果她猜得不錯的話，容瑾的人生轉捩點，應該就是六歲的那一年了……事情的真相到底是什麼，她遲早會弄明白的。

馬車緩緩地停了，容府的後門到了。寧汐等人都下了馬車，雖然身體疲累，精神倒是都還不錯。

寧有方不忘殷殷地叮囑小安子。「明天我們自己回來就行了，不用麻煩容少爺再派馬車接我們了，煩請你跟容少爺說一聲。」

小安子隨意地點點頭，心裡卻想著，這事別人說了可不算，得看少爺是什麼想法才對。一路匆忙地跑回了院子覆命，容瑾果然在書房裡看書。見小安子回來，容瑾眼角未抬，隨意的問了句。「寧大廚他們回來了？」

能在容瑾的身邊待這麼多年，小安子自然是很有眼色的，忙笑著應道：「今天酒樓開業第一天，客人實在太多了，寧大廚和寧姑娘一直忙到最後才走，所以回來得有些遲了。」

容瑾眉頭微皺，抬起頭來。「這麼忙碌，他們能吃得消嗎？」

雖然問的是他們，可真正想問的是誰，小安子當然清楚。「也不能說吃不消，不過，奴才看著幾個人都很累，尤其是寧姑娘，連說話都沒什麼力氣了。」

容瑾沒有說話，默然了片刻。

以小安子的功力，暫時還窺不破容瑾的心思，想了想，試探著說道：「寧大廚說，以後他們走回來就行了……」

「不行！」容瑾不假思索地否決。「以後每天晚上你都帶著車伕去等他們。」忙了一整天，再走這麼遠回來，她哪能受得了？

小安子應得乾脆利索，心裡卻偷偷笑了，少爺居然也懂得憐香惜玉了……

第二天一大早，鼎香樓的雅間就都被訂了出去。

孫掌櫃撥著算盤，眼都笑成了一條線。陸老爺過來的時候，他立刻精神抖擻的迎上去，笑著把好消息說了。「……老爺，照這架勢下去，我們鼎香樓的名頭很快就響了。」財源滾滾來啊！

陸老爺滿意地點點頭。「好好好，這樣我也就放心了。過兩天我就回洛陽，這兒可就全權交給你了。」

孫掌櫃不敢怠慢，正色應了。「老爺您放心，小的一定會盡力打理好酒樓。」

陸老爺笑了笑，意味深長地看了孫掌櫃一眼。「寧大廚有一成的乾股，我也不會虧待你的。」孫掌櫃最惦記的，就是孫冬雪的終身大事。對陸家而言，多一個通房丫鬟，將來多養一個小妾，真的不算什麼。

孫掌櫃顯然聽懂了陸老爺的暗示，連忙感恩戴德的道謝，心裡卻暗暗嘆口氣。女兒啊女兒，我也算對妳仁至義盡了。希望妳將來能在陸府裡過得好好的……

陸老爺繞了一圈，又特地去了廚房。這個時候客人還沒來，廚子們還算悠閒。可寧有方卻一刻不肯懈怠，正指揮打雜的將廚房打掃乾淨，張展瑜和寧汐分別忙著做事。

見陸老爺過來，寧有方也是一愣，忙笑著迎了上去。

陸老爺親暱的拍了拍寧有方的肩膀。「以後可要辛苦你了。」

這樣平易近人的舉動，立刻使寧有方激動起來，豪氣干雲的承諾：「東家老爺您就放心吧，廚房這邊交給我，絕不會出岔子的。」

陸老爺笑道：「你的手藝我當然信得過，以後鼎香樓就仰仗你了。」高帽子一頂一頂的拋過來，寧有方自然樂顛顛地照單全收，簡直恨不得掏心置腹才好。

寧汐看著寧有方滿面紅光的激動樣子，啞然失笑。寧有方確實是性情中人，別人對他好一點，他絕對會記在心裡，加倍的回報回去。不管是前世還是今生，這樣的性子怕是改不了了。

陸老爺誇完了寧有方，又看向寧汐。「汐丫頭，妳好好的磨練個一年半載，到時候可就是我們鼎香樓的另外一根頂樑柱了。」陸老爺能成為洛陽首富，果然有自己的一套，誇起人不帶重樣的。

寧汐甜甜的一笑。「多謝東家老爺誇讚，我一定好好努力。」心裡卻有預感，只怕陸老爺還有下文吧……

果然，陸老爺眸光一閃，有意無意地笑道：「過兩天，我就帶著子言回洛陽去。說起來，子言也不小了，早該考慮終身大事了，總這麼耽擱可不行。這次回去，我得好好的為他挑門親事。」看似輕飄飄的幾句話，可卻涵義深遠。

寧汐若無其事地笑道：「那可要恭喜東家少爺了。」

寧有方迅速地笑道：「只可惜太遠了，一來一回實在耗費時間，只怕我們是趕不上喝這杯喜酒了。」

陸老爺朗聲一笑。「喜酒自然少不了你們的。」

說笑一番之後，陸老爺面色如常的走了。他的身影剛消失在門口，寧有方的笑容就沒了，緊緊的抿著嘴唇，輕哼了一聲，眼底隱隱浮著怒火。

寧汐倒是無所謂，笑著低聲安撫道：「爹，您就別生氣了。東家老爺這麼說，肯定也沒別的意思……」

寧有方冷冷地說道：「他根本就是這個意思！」

他兒子愛娶誰娶誰，巴巴的在寧汐面前說這個，分明是若有所指。明眼人都能看得出，一直是陸子言在單相思。可陸老爺這個態度，倒像是寧汐在糾纏著陸子言不放似的。他捧在手心裡的寶貝閨女，愛憐呵護還來不及。可現在卻被人家這麼嫌棄糟踐，簡直氣得他殺人的心都有了。若不是顧忌著對方的身分，他剛才就要變臉罵人了！

寧汐抿唇一笑，柔聲安慰道：「爹，不管東家老爺是什麼意思，總之，我一點都不在意。您也別生氣了，為這點小事氣壞身子真的不值得。」

寧有方餘怒未消，重重的哼了一聲。「真以為我閨女找不到好婆家了嗎？以後非得找個比他兒子更好的！」

第一百三十章　別說喜歡我

這氣話說得……寧汐噗哧一聲笑了。「爹，這有什麼好賭氣的。別人說什麼我們管不著，過日子冷暖自知，又不是過給別人看的。」

她倒是不想貶低自己，不過，想找個比陸子言更好的，確實不太容易。

前世的教訓歷歷在目。口口聲聲愛她的男人，到最後也沒有明媒正娶的娶她過門。論容貌論人品，她都比容瑤強得多，可邵晏卻搖擺不定，到後來更是要娶容瑤為正妻。就算她苟且偷生，也最多只能做邵晏的小妾罷了。

說到底，還是因為家世吧！容瑤是名門千金，背後有容府。邵晏是個有抱負有野心的男人，卻因為沒有一個好出身，只能做四皇子身邊的奴才，心裡自然是憋屈的。所以，他不會放過那樣的好機會……

重活一回之後，她對男女情愛早已沒了期待和幻想，更不會因為那些輕飄飄的話語有什麼感覺。

寧有方凝視著笑得坦然輕鬆的女兒，忽地長長的嘆了口氣。「汐兒，都是爹沒本事……」

寧汐笑著接過話頭。「我爹是世上最好的爹，我可不准任何人說他不好。」

寧有方被逗樂了，之前的懊惱不快悄然退散，親暱地摸了摸寧汐的頭。「算了，不提這個了。妳還小，嫁人的事早著呢！等過幾年，爹一定給妳挑個好的。」

寧汐一點都不害臊地點頭。

張展瑜一直默默地聽著，目光有意無意地落在寧汐神采飛揚的俏臉上，不知想到了什麼，唇角微微上揚。

接下來，又是一天的忙碌。

寧有方在一天之內整整忙了十幾桌的宴席，實在是疲累不堪。雖然有張展瑜幫忙，也有些吃力。寧汐為了替寧有方分擔一些，也不再只是打下手了，除了冷盤和主食之外，也做了些炒菜和燒菜。

等客人散得差不多了，幾位大廚便圍攏到了一起，吃飯喝酒兼聊天休息。不知怎麼的，話題就轉到了寧汐的身上。

「寧大廚，汐丫頭在百味樓的表現可真是大大的露臉。」朱二喝了兩杯酒，話比平時多得多。「你有這樣的好閨女，真是讓人羨慕。」

「是啊，再過兩年，肯定就比寧大廚還要強了……」

「那是當然，青出於藍勝於藍嘛！」

雖然沒親眼目睹，可寧汐精彩的表現早在廚子裡都傳遍了，幾個大廚紛紛讚個不停。其中一個還笑道：「看這架勢，汐丫頭很快就可以出師做大廚了。」

寧有方聽得眉開眼笑，想擠出點謙虛的表情，卻怎麼都不成功。「她還需要多磨練，你們就別再誇了。」

正說著話，寧汐笑咪咪的捧了個盤子過來，輕巧地放在桌子上。「這是我剛才在廚房裡做的涼拌粉皮黃瓜，諸位大廚湊合著吃一點吧！」這道涼拌菜幾乎人人會做，而且價格低廉，基本上是不會端上桌給客人吃的。不過，在這樣燥熱的天氣裡，有這麼一盤清爽可口的涼拌粉皮黃瓜擺在眼前，實在令人胃口大開。

朱二率先挾了一口送入口中，忍不住連連點頭誇讚。「汐丫頭的廚藝可真是越來越好了，這道涼拌粉皮黃瓜的味道真是好。」

其他的大廚嘴上不說，心裡不免暗笑朱二會拍馬屁。這麼簡單的涼拌菜，能好吃到哪兒去。朱二說得這麼誇張，分明是在哄寧汐高興。寧汐一高興了，寧有方的心情自然也就好了。

如今寧有方可是鼎香樓的主廚，所有的廚子都歸他管，也難怪朱二處心積慮的想拍寧有方的馬屁了。

這麼想著，各人也紛紛伸出筷子嚐了一口，待那滑溜溜涼絲絲的粉皮入口，酸中帶鹹的口感頓時讓眾人都是眼前一亮。吃了一口，忍不住再吃第二口，就一會兒工夫，一大盤粉皮黃瓜就被吃得光光。

寧汐看著光溜溜的盤子，心情很是愉快。

寧有方笑著問道：「汐兒，妳是不是放了什麼特別的調料，這粉皮怎麼會這般的爽口？」

寧汐調皮地眨眨眼，一本正經的說道：「這可是我今天剛研究的獨家手藝，不會輕易外傳的。」眾廚子被逗得哄然大笑。

笑鬧聲中，一個穿著淺藍衣衫的少年走了進來。

寧有方心裡一動，忙笑著起身打招呼。「東家少爺，都這麼晚了，你怎麼過來了？」

陸子言擠出一絲笑容，隨意地說道：「我沒什麼事，就過來轉轉。你們這兩天辛苦了，慢慢吃慢慢喝，不用顧著我。」

此話正中眾人下懷，各人客套了幾句，便各自坐回去喝酒去了。

陸子言躊躇片刻，才走到了寧汐的身邊，低低地喊了一聲。「寧汐妹妹，妳現在方便嗎？我……我有話想和妳說。」

寧汐最怕他來這麼一齣，頓時覺得頭痛不已。陸老爺上午才剛「警告」過，她要是再和陸子言獨處說話，豈不是坐實了陸老爺的指責？

陸子言繼續低聲央求。「我爹一直盯著我，我好不容易才偷偷溜出來的，就說幾句話，好不好？」那張清俊溫和的臉龐，說不出的憔悴和落寞。

寧汐的心一軟，嘆了口氣，輕輕點了點頭。

陸子言的眼眸亮了起來，低低地說道：「我們找個別的地方說話。」

鼎香樓的客人雖然已經散了，可打雜做事的人卻不少，壓根兒沒什麼安靜的地方。寧汐想了想說道：「我在小廚房裡等你。」說著，就先去了小廚房。

陸子言按捺著性子等了片刻，然後趁著眾人不注意，悄悄溜到了小廚房裡。

小廚房被打掃得很乾淨，可那股油膩的味道卻揮之不去。寧汐靜靜的站在窗子邊，俏臉光潔如玉，眼眸盈盈似水。

陸子言本有千言萬語，可這一刻，卻又不知從何說起了。站在寧汐的面前，竟然有些侷促不安。

寧汐默然片刻，打破了寧靜。「東家少爺，你不是有話要對我說嗎？」

陸子言的面孔微微脹紅，結結巴巴地說道：「我、我不想回洛陽。」

寧汐淡淡地一笑，平靜地說道：「這件事，你應該和你爹商議，跟我說有什麼用？」

「我……我……」寧汐淡然的口吻，讓陸子言再次手足無措了，憋了半天，心裡的那句話愣是說不出口。

寧汐心裡暗暗嘆氣，想了想，終於決定快刀斬亂麻。「東家少爺，不管你心裡怎麼想，既然你爹發話了，你不想回去也不行。既然如此，你就別再胡思亂想了。」

陸子言的手顫了一顫，終於將深埋在心底的話說出了口。「寧汐妹妹，我不想回去，我捨不得妳。」最後幾個字在舌尖繞了幾圈，才緩緩的吐了出來，帶著少年滿腔的思慕。

這一刻，若說寧汐心情沒有波動，根本是不可能的。只是那一絲的波動，就如同一顆石子扔進了湖面，只蕩起了一圈漣漪，就迅速地平靜下來。

「陸子言！」寧汐直直的看著那個面紅耳赤的少年，一字一頓地說道：「別說了。」她的臉上連一絲嬌羞的笑容都沒有，眼底更是一片淡漠，就像看著陌生人似的看著他。

陸子言的臉唰地白了，一顆滿含期待的心忽然跌入谷底。

寧汐第一次知道自己原來可以這麼狠心，說出口的話語冰涼得不可思議。「你是陸家大少爺，應該娶一個門當戶對的千金小姐。我只是個平凡普通的女孩子，整天待在廚房裡，和你根本是不可能的。」

陸子言臉色一片慘白，卻固執的說道：「可我就是喜歡妳！」

寧汐面無表情地看著他，一字一頓的說道：「別說喜歡我。你的喜歡，我承受不起。」那冰冷的話語，像是刀子一般戳入陸子言的心口。

陸子言身子顫了一顫，不自覺的退後一步。

寧汐淡淡地說道：「東家少爺，你還是回去吧，別再惦記我了。」他們從不是一個世界裡的人，既然沒有絲毫可能，她拒絕得乾脆俐落。

陸子言不甘心就此退卻，顫抖著說道：「寧汐，妳從來都沒喜歡過我嗎？」哪怕只有一點點……

寧汐微蹙眉頭，忽然反問道：「你今天來找我，就是想問這個嗎？」

陸子言一愣，反射性地點頭。

寧汐的唇角微微勾起，眼裡滿是嘲弄。「那你有沒有想過，如果我說是，你要怎麼辦？你會為我違抗你爹的心意，堅持等我幾年嗎？」

陸子言想點頭，可在那明亮如水的目光裡，卻看到了自己的怯懦和倉皇。

寧汐自顧自地繼續說道：「我雖然不是什麼名門千金，可我有我的驕傲和堅持。我絕不會嫁給任何人做小妾，更不會和別的女人分享自己的丈夫。你說你喜歡我，那麼，你能為我做到這些嗎？」一生一世一雙人，你能做到嗎？

陸子言面色蒼白，無言以對。這當然是不可能的……

陸家是洛陽首富，他將來必然要繼承家業，為陸家開枝散葉是他無法逃避的責任。除了門當戶對的正妻，他肯定還會有別的女人。

這樣的他，有何臉面在寧汐面前訴說心裡的情意？

第一百三十一章　失戀

寧汐還是那麼平靜，眼裡甚至有了些溫和的安撫。「你別再胡思亂想了，還是快點回去吧！要是讓你爹知道你來找我，一定會生氣的。」

陸子言僵硬的站在原地，不知怎麼的，忽然冒出了一句。「寧汐，妳會這麼說，是因為妳的心裡沒有我吧！」

寧汐訝然地挑眉。

陸子言深呼吸口氣，定定的看著寧汐。「妳明明知道，妳剛才說的那一些，我確實沒辦法做到，就算換了別的男子，也不可能做到這樣的承諾。如果妳的心裡有我，妳不會這樣的為難我。」

為難？寧汐忽然笑了。「陸子言，你真的想多了。我沒有為難你，我只是想告訴你，如果有一天我要嫁人了，我一定要找一個待我一心一意的男子。哪怕他一文不名，哪怕他醜一點窮一點，我都不在乎。」我要的，只是一顆待我的真心！

陸子言徹底被擊垮了，臉上一片慘白，呆呆地站在原地，愣愣地看著寧汐，像是第一次認識她。那個甜蜜可愛美麗的女孩子，那個聰慧伶俐俏皮的寧汐，和眼前這個漠然堅定的少女慢慢的重疊。原來，他從來沒有真正的瞭解過她。或許，眼前這個執拗又決絕的少女，才是真正的寧汐……

寧汐淡淡地瞄了陸子言一眼，說了最後一番話。「你走吧！今晚你說的這些話，我會當沒聽過，以後你也別再來找我了，要是被別人看見，說三道四的不太好。」說著，就從陸子言身邊走了出去。

陸子言失魂落魄地看著寧汐走出了廚房，默默地在原地站著，頭腦一片空白。

不知過了多久，寧有方忽然來了，他只當沒留意陸子言蒼白的臉色，笑著招呼道：「東家少爺，都收拾妥當了，我們也該回去了。」

陸子言勉強擠出一絲笑容，點了點頭，那笑容簡直比哭還難看。

寧有方不是蠢人，前後一聯想，自然明白了陸子言會出現在這裡的原因。對於寧汐處理問題的魄力，欣賞得不得了。

當自己的兒子是個寶，拿別人的女兒當根草。陸老爺啊陸老爺，這次可是你兒子主動送上門來的，被拒絕了也是活該！

陸子言出了廚房，便見寧汐含笑的等在一旁，只可惜，那份盈盈的笑意，並不是對著他的。陸子言臉色一黯，低下了頭。

寧汐倒是表現得分外坦然，笑著說道：「爹，今天可得走著回去了。」陸子言既然是偷溜出來的，肯定不敢招搖的坐馬車過來。

寧有方笑著點點頭。沒想到，幾人剛一出門，就看到了一輛眼熟的馬車等在外面。

小安子悠閒自得的坐在馬車上，頗有幾分容瑾的風采，笑咪咪的朝眾人揮揮手。「我今晚特地遲點過來，沒等多久。」

寧有方啞然，快步走了過去。「怎麼又來等我們了？昨天不是說了……」

小安子飛快地接過話頭，一臉的陪笑。「寧大廚，我也是奉命行事，你就別為難我了，還是快些上馬車再說吧！」

寧有方無奈地笑了笑，只得上了馬車。

一路上，小安子時不時的瞄陸子言一眼，心裡總覺得怪怪的。這麼晚了，陸子言居然會出現在鼎香樓，本來就不太正常，再看他那副死氣沈沈不知受過什麼打擊的樣子，更讓人好奇了。小安子的眼骨碌碌的亂轉，心裡胡亂揣測起來。

寧汐倒是很平靜，時不時地和寧有方低聲說笑，就像平時一樣，絲毫看不出有任何異常。

陸子言沒有看寧汐，一路上低著頭。回了容府之後，陸子言沒有回自己的住處，反而去找了容瑾。一臉的晦澀痛苦，明眼人一看就知道出了什麼事。

容瑾瞄了陸子言兩眼，難得地發揮了表兄弟的情義。「表哥，你這是怎麼了？心情不好嗎？說來給我聽聽。」

陸子言的嘴唇動了動，半晌才吐出幾個字。「我剛才去了鼎香樓。」

容瑾挑眉。「你去找寧汐了。」語氣異常的肯定。

「是，我去找她了。」陸子言苦笑，那笑容說不出的乾澀。

容瑾的眼眸微微瞇起，淡淡的說道：「表哥，你太衝動了。」看陸子言這副表情，顯然寧汐沒給他什麼好臉色看。可一想到陸子言熱切的對著寧汐表白的場景，容瑾的語氣壓根兒熱乎不起來。

陸子言的情緒異常的低落，只想找個人好好的傾訴一番，哪裡還能留意到容瑾的臉色。

「我也知道我太衝動了，可我實在忍不住。我爹已經開始命人收拾行李了，最多再過兩天就要回洛陽了。我再不去找她，以後就沒機會了……」

深埋在心中的情愫，就這麼迸發出來。他根本控制不住自己，就這麼偷偷地溜了出去。只是，他根本沒想到自己的一腔熱血就這麼被冷水澆熄了。寧汐冷漠的臉龐、犀利的言詞，都像刀子一般戳在他的心口。

容瑾沒有出聲，靜靜地聽著陸子言說話。陸子言思緒紊亂，說話不成章法，甚至有些顛三倒四，可到底還是把事情的經過都說了一遍。

說到後來，陸子言的眼圈都紅了。「……我真的很喜歡她，我這輩子從沒這樣喜歡一個女孩子，可她一點都不喜歡我……」她拒絕得乾脆俐落，近乎殘忍。

容瑾的唇角微微勾起，難得地安撫了陸子言幾句。「表哥，既然如此，你就忘了她吧！漂亮可愛的姑娘多得是，以後你一定會娶一個比寧汐更好的女孩子。」

陸子言的聲音沙啞了。「可是，我只喜歡她！」水光在眼眶裡不停地打轉。

容瑾也沒想到陸子言對寧汐的感情竟然如此深厚，輕嘆口氣，坦誠的說道：「可是，她不喜歡你。」

這句話擊中了陸子言心裡最脆弱的角落，他頓時潰不成軍，雙手捂著臉，眼淚順著指縫滑落。

不知哭了多久，陸子言忽然喃喃的說道：「我本來想對她說，讓她等我兩年，就算我娶不了她做妻子，也會一輩子待她好的……」

三妻四妾其實是再常見不過的事情了，可寧汐對這一點卻異常的堅持。而他在那雙黑白分明的清澈雙眸前，忽然覺得有這樣想法的自己，簡直猥瑣卑劣極了。

容瑾眸光一閃，忽地笑了。「表哥，你應該感到高興才對。」

在陸子言詫異的目光中，容瑾逕自說了下去。「她不肯委曲求全，說明她是一個自重自愛的女孩子。這樣的女孩子，值得你的喜歡和尊重。」

陸子言的笑比哭還難看。「你不是我，當然說得輕巧。等有一天，你喜歡的女孩子心裡根本沒有你，你就知道這是什麼滋味了。」那種痛苦，簡直沒辦法用言語形容。

容瑾斜睨了他一眼，好不容易才把到了嘴邊的刻薄言詞嚥回去了。算了，看在他剛失戀的分上，還是別和他計較了。

陸子言愣愣的坐著，像個木雕一樣，半晌也沒動彈一下。那副模樣，絕不適宜出現在任何人面前。

容瑾無奈之下，只得派人去跟陸老爺說了一聲，讓陸子言就睡在了書房。

接下來的兩天，陸子言再也沒了和寧汐見面的機會。

陸老爺像是察覺到了什麼，卻又不動聲色，等行李收拾好了，便啟程回洛陽。

臨走的那一天早上，容玨和容瑾一起送行，還有容瑤等人，倒是頗為熱鬧，卻少了陸子言最期望看到的那個身影。

陸子言失魂落魄地張望許久，也沒見到寧汐的身影，遲遲地不肯上馬車。

容瑾自然猜到了他的心事，湊到了他的身邊，低語道：「你別等了，她一大早就和寧大廚一起去了鼎香樓。」不會來送你了。

陸子言落寞地一笑。就算容瑾不提醒，他也知道寧汐絕不可能來送他，只是到底還抱著一絲希望。只是這一絲希望，隨著時間的流逝，也悄然溜走了……

陸老爺已經上了馬車，揚聲喊道：「子言，快點上馬車。」

陸子言無奈地應了一聲，猶豫片刻，終於湊到容瑾耳邊說道：「表弟，不知道我什麼時候才能再來京城，你多照應照應她，她畢竟是個女孩子，別讓她太辛苦了。」

容瑾笑了笑，很隨意地點點頭。「你放心，不用你說，我會好好照顧她的。」

這句話怎麼聽著有點怪怪的？陸子言一愣，還沒等細細琢磨這句話背後的涵義，陸老爺又開始催促了，他只好無奈地上了馬車。

馬車漸行漸遠，直至消失。

小安子偷眼瞄了容瑾一眼，發現自家少爺唇角翹起心情似乎不錯。大著膽子問道：「少爺，表少爺走了，你怎麼一點都不難過？」

容瑾斜睨了他一眼，小安子立刻識趣地轉移了話題。「對了少爺，接下來打算去哪兒？」平常這個時候，少爺會邀兩、三個好友出去玩樂，要不就是去國子監裡找楚大學士。

容瑾慢悠悠地一笑。「去鼎香樓。」

小安子又是一愣，卻不敢多嘴了，忙笑著應了，利索地去備馬。

第一百三十二章　吃醋

此刻，寧汐正在廚房裡做事。

孫掌櫃派人將寧有方叫去了，也不知在商量什麼，去了許久也沒回來，廚房裡就剩下寧汐和張展瑜兩人在忙活。

沒有說話聲，只有鍋碗瓢盆碰觸的聲響，還有火苗舔著鍋底發出的噼哩啪啦的聲音。當然，刀碰著砧板的聲音也是少不了的。聽慣了這些聲響，寧汐只覺得這是世上最動人的音樂。

張展瑜顯然有些心事，低頭切菜，時不時地看寧汐一眼。

寧汐正在照看著爐火上的高湯，頭也沒回地笑道：「張大哥，你今天是怎麼了？有話直說好了。」今天早上，這已經是張展瑜第十幾次看她了，每次都欲言又止的。

張展瑜咳嗽一聲，試探著說道：「汐妹子，聽說今天東家老爺帶著東家少爺一起回洛陽了……」

寧汐隨意的「嗯」了一聲就沒了下文。

張展瑜已經開了頭，只得硬著頭皮繼續問道：「妳怎麼不去送行？」

寧汐輕笑一聲，一邊照看著爐火，一邊應道：「送行的人肯定不會少，我去算怎麼回事？」

可是……陸子言最最希望看到的人，肯定是妳吧！張展瑜心裡默默的想著，口中卻笑道：「京城離洛陽這麼遠，來回一趟不容易。東家少爺這次回去了，至少也得隔幾個月才能再來了，妳就一點都不惦記他嗎？」

寧汐手中的動作一頓，忽地轉過身來，直直的看向張展瑜。「張大哥，你到底想說什麼？」張展瑜平日裡沈默少言，偶爾說話，也很乾脆俐落，像今天這樣吞吞吐吐拐彎抹角極為少見。他到底想表達什麼？

被那雙明亮美麗的眸子這麼看著，張展瑜難得的有一絲窘迫，一個不小心，手中的刀稍微偏了一些，結果……

「哎喲！」張展瑜痛得直吸氣，指頭上迅速地冒出了血珠。

寧汐一驚，顧不得再照看爐火，連忙跑去找了乾淨的布條過來。「張大哥，我來替你包紮一下。」

張展瑜有些尷尬地笑道：「這點小傷，不礙事的，不用包紮了……」切菜切到手指這樣的糗事應該是小學徒才會有的，怎麼會發生在他的身上？真是太丟臉了！

寧汐黑白分明的眸子瞪了過來，他所有的話就這麼被瞪了回去，乖乖的伸出手，任由寧汐為他包紮。

寧汐很細心地將布條展開，將張展瑜受傷的指頭纏繞了一圈又一圈，口中不停的數落著。「張大哥，你也太不小心了，怎麼會切到手指嘛！待會兒要是讓我爹知道了，肯定會訓你了。」

兩人靠得很近，近得他可以看清她又長又密的睫毛和翹挺的小巧鼻梁。她的動作既溫柔又小心，可不免還是碰到了他的手指和掌心……

張展瑜的臉微微紅了，卻捨不得移開視線，更捨不得將手抽回來。兩人一個背對著門，一個沈浸在這親暱的碰觸裡，壓根兒沒留意到門邊多了一對主僕。

容瑾看著眼前堪稱「溫馨」的一幕，臉都黑了，之前的好心情一掃而空。

容瑾沒出聲，小安子自然不敢多嘴。他悄悄打量著容瑾的臉色，心裡暗暗嘀咕，接下來可得小心些，別撞上去做了出氣筒……

終於大功告成啦！寧汐看著包紮得厚厚實實的手指頭，滿意地笑了，抬起頭正想說什麼，卻見張展瑜訝然地看向了她身後。

「容少爺！」寧汐心裡一動，翩然轉身，站在門邊的風度翩翩的美少年，不是容瑾還有誰？只是奇怪得很，容瑾的臉色似乎不太好看，嘴唇抿得緊緊的，一絲笑容也沒有，面孔繃得緊緊的，活像誰欠了他的銀子似的。更詭異的是，她為什麼會有種欠債的那個人就是自己的感覺？

寧汐咳嗽一聲，笑著打招呼。「容少爺，你怎麼來了？」

這普普通通的一句話，聽到容瑾的耳中卻變了味道，他微微瞇著眼，似笑非笑地回了句。「怎麼，我不能來嗎？」

寧汐被噎了一下，半晌才應道：「廚房裡又悶又熱，容少爺還是到前面的雅間裡坐會兒吧！」

明明很正常的客套話，可愣是將容瑾心裡的火苗點燃了。容瑾哼了一聲，繃著臉走了進來。「我想走的時候自然會走，不用妳催。」

這人今天是吃了火藥吧！句句都嗆人。寧汐心裡翻個白眼，懶得再搭理他，丟了句「容少爺請隨意」，就跑到爐灶邊繼續忙活去了。

瞪著寧汐的背影，容瑾的臉色更難看了，明明是燥熱的天氣，可他身上卻散發著絲絲涼氣。

小安子不自覺地打了個冷顫，在英勇的獻身做出氣筒和保持沈默明哲保身之間猶豫了片刻，終於硬著頭皮說道：「少爺，這兒確實有些熱，要不，您還是到前面坐坐……」

果然，容瑾冷冷地瞪了過來。「什麼時候我要聽你的指手畫腳了？」

小安子苦著臉陪笑。「奴才多嘴，少爺千萬別生氣。要是您想待在這兒，奴才這就去給您端椅子過來。」

容瑾冷哼一聲。「誰說我要待在這兒了？」

小安子徹底無語了，少爺啊少爺，你這樣也太難伺候了吧！就算是吃醋也不至於這樣啊啊啊！

容瑾瞄了張展瑜一眼，終於冷著臉轉身走了。苦命的小安子連嘆氣都不敢，忙跟了上去。容瑾一走，廚房裡的氣氛立刻輕鬆了起來。

張展瑜的眼裡滿是笑意，語氣異常地輕快。「汐妹子，容少爺好像有點不高興啊！」容瑾雖然傲氣刻薄了些，可像今天這樣渾身火藥味卻是從來沒有過的。

寧汐輕哼一聲。「誰知道是抽的什麼風，算了，別理他！」

張展瑜果然不再提容瑾了，繼續低頭忙起了切菜配菜。雖然左手食指被包裹得像個粽子，可張展瑜的動作反而比平時快多了。叮叮咚咚的，別提多利索了。

不一會兒，寧有方回來了，眉頭微微皺著。

寧汐忙湊了過去。「爹，您怎麼去了這麼久才回來？孫掌櫃都和您說什麼了？」

寧有方嘆口氣。「我們才開業，生意就這麼好，有同行的看著不痛快，今天來找茬了。」所謂樹大招風，就是如此了。

找茬？寧汐一愣，忙追問起來。張展瑜也放下了手中的活兒，湊了過來。

寧有方本也沒打算瞞著他們，一五一十地將事情說了出來。

京城有名氣的酒樓實在不少，可像鼎香樓這樣一開業生意就異常火爆的也沒幾家。這兩天，因為鼎香樓的開業，就連雲來居的生意都被搶來了不少，更別提附近幾家酒樓了。這麼一來，自然有人心裡不痛快，一大早就上門來挑釁了。

「……今天早上，附近幾家酒樓的掌櫃一起來了，說了不少的難聽話，說什麼我們鼎香樓搶了他們的生意之類的。」寧有方皺著眉頭說道：「孫掌櫃畢竟初來乍到，對這兒的環境不熟悉，也不好輕易得罪人，好說歹說將他們幾個都應付走了。」

孫掌櫃心裡也不踏實，特地喊了寧有方過去商議了半天，可商議來商議去，也沒什麼好法子。

寧汐一臉的不以為然。「開酒樓做生意各憑本事，客人樂意來那也沒辦法。」

寧有方笑著嘆口氣。「傻丫頭，哪有妳說得這麼簡單。以前在洛陽，誰都知道太白樓的幕後東家是陸家，當然沒人敢來鬧事。現在可不一樣了，人家看我們是外地人，不欺負上門才是怪事。」

寧汐想了想，說道：「這事得告訴容少爺一聲。」孫掌櫃分量不夠，只能讓容瑾出面了，有容府在後面撐腰，想來這些人也不敢太過分。

寧有方點點頭。「嗯，剛才我回來的時候，容少爺正好來了，孫掌櫃已經把這事告訴容少爺了，不過……」

「不過怎麼了？」寧汐好奇的追問。

寧有方遲疑片刻，才笑道：「可能是我多心了，今天容少爺心情似乎不太好，和他說了這事之後，他什麼也沒多說，就問了是哪幾家酒樓的掌櫃來過，然後就出去了。」

寧汐微微蹙起眉頭，腦子裡靈光一閃。「爹，容少爺該不會去人家酒樓鬧事了吧！」以容瑾的脾氣來看，這事實在太有可能了。

寧有方一愣。「應該不會吧……」語氣顯然並不確定。

寧汐卻越想越不對勁，急促地問道：「爹，您告訴我，今天到底是哪幾家酒樓的掌櫃來過了？」

「迎賓樓，還有寶悅樓……」話音未落，就見寧汐抬腳往外跑。

「汐兒，妳要去哪兒？」寧有方一驚。

寧汐頭也沒回的應道：「我出去看看就回來。」不知怎麼的，她就是有種預感，容瑾肯定是去這幾家酒樓了。以他的家世身分，肯定沒人敢為難他，可是她實在放心不下……算了，還是去看看好了。

張展瑜二話不說也丟下一句。「師傅，我跟著汐妹子一起去。」然後便追了上去。

寧有方追之不及，只得任由寧汐去了。有穩重的張展瑜跟著，應該不會出什麼岔子才對吧！

第一百三十三章　領教了

除了雲來居之外，離鼎香樓最近的就是迎賓樓了。

寧汐一路跑了過去，剛靠近迎賓樓的大門，就聽到了一個熟悉的冷冷的聲音。「……王掌櫃，是你說鼎香樓搶了你們的生意吧！你就沒打聽打聽鼎香樓幕後的東家是誰嗎？」

那個又矮又胖的王掌櫃額頭直冒汗，對著一臉不快的容瑾低聲下氣地賠不是。「容少爺請息怒，請息怒！要是早知道您是鼎香樓的幕後東家，再借幾個膽子給我，我也不會去鼎香樓……」

容瑾哼了一聲。「照你這麼說，如果鼎香樓和我沒關係，你就可以隨意上門欺負是吧！」

王掌櫃應也不是，不應也不是，分外的尷尬。

容瑾憋了一肚子火氣，自然不會說兩句就算了，冷冷地說道：「做生意各憑本事，哪家酒樓的菜餚做得好，客人自然就樂意去。你說鼎香樓搶了你的生意，那我倒想問問你，以前鼎香樓沒開業的時候，迎賓樓的生意也不算好，又該怪誰？是不是該怪雲來居？」

雲來居來頭極大，區區一個迎賓樓自然招惹不起。如今大剌剌的欺負到鼎香樓來，分明是想挑軟柿子捏。

王掌櫃聽得臉都白了，低頭哈腰地連連道歉。「容少爺，您大人不計小人過，就別生氣了，以後我再也不敢了……」心裡叫苦不迭。本想挑軟柿子捏，怎麼也沒想到惹來這麼一個難纏的貴公子。

容瑾心情惡劣的時候，說話越發的刻薄。「一句不敢就算了嗎？就這點本事，也敢來鼎香樓挑釁，我今天倒要好好看看迎賓樓的廚子手藝怎麼樣。」

一聽這話，王掌櫃簡直面如土色。但凡是開酒樓的，誰不知道鼎鼎大名的容三少爺，幾句話就能氣得廚子吐血。要是容瑾今天打定主意不走了，今天可真是不好收場了。

寧汐看了半天的熱鬧，終於忍不住噗哧一聲笑了起來。她剛才真是白擔心了，以容瑾的性子脾氣，怎麼可能會吃虧，不把人家氣死就算不錯了。

容瑾心裡一動，一扭頭便看到寧汐笑咪咪的站在門口。不知怎麼的，心底的火氣忽然散了不少，卻還是面無表情地問道：「妳不在廚房裡做事，跑到這兒來做什麼？」

寧汐笑嘻嘻地應道：「來看看容少爺發威嘛！」

容瑾的嘴唇抽搐了一下，小安子忍笑都快忍出內傷了。

王掌櫃一看這架勢，連忙陪笑又賠禮。「容少爺，今天我一時頭昏，才受了他們的挑唆。其實，我對鼎香樓的寧大廚可是非常敬重的。您放心，以後我保准不會再去了。」你就行行好，快點走人吧！當然，最後這一句心聲王掌櫃無論如何是不敢說出口的，不過，他可憐兮兮的眼神早已將這個意思表達了出來。

這話聽得還算入耳，容瑾的面色柔和了一些，淡淡地問道：「王掌櫃，你說受了別人挑唆，那你說給我聽聽，到底是誰挑唆你了？」

王掌櫃毫不猶豫地答道：「是寶悅樓的大掌櫃。」顯然一早就已經打算好出賣盟友了。

寧汐忍住笑意，看向容瑾。

容瑾恢復了平日的瀟灑氣度，揮揮手。「好了，今天暫且算了，我現在就去寶悅樓看看。」

王掌櫃感動得幾乎要痛哭流涕了，像送瘟神……呃，是畢恭畢敬地送了容瑾一行人出了迎賓樓。

容瑾勾起的唇角在見到等在外面的張展瑜之後，立刻沒了弧度。

小安子果然不愧是容府最機靈的小廝，一見形勢不妙，立刻笑道：「張大廚，已經快到中午了，廚房裡肯定忙得很，你還是快些回去做事吧，就不用跟著我們了。」

攆人的意思如此明顯，張展瑜想裝著聽不出來也不行，遲疑地看了寧汐一眼。

寧汐笑道：「張大哥，我跟著去寶悅樓看看，你就先回去吧！」此話一出，容瑾身上的低氣壓陡然沒了。

張展瑜擠了個笑容，點了點頭，臨走前忍不住叮囑道：「汐妹子，妳小心些。」

寧汐笑咪咪的朝張展瑜揮揮手，然後興致勃勃地問道：「容少爺，寶悅樓遠不遠？」

容瑾淡淡地應了句。「不算遠，走幾步就到了。」不自覺地放慢了腳步。

寧汐嘰嘰喳喳的像隻小麻雀。「容少爺，到寶悅樓你打算怎麼辦？要不要直接找他們的掌櫃算帳？」

這樣幼稚的問題，容瑾居然也張口回答了。「那是當然，這事就是他挑唆的，不給他個教訓，以後還會來找麻煩。」

寧汐眼裡閃過一絲興奮雀躍，難得有機會看看這樣的熱鬧，不看白不看。

事實上，只要容瑾的犀利毒舌不是朝著自己，在一旁聽著，還真是過癮。自從進了寶悅樓之後，容瑾的嘴幾乎就沒停過。那個掌櫃先還敢應幾句，到後來就只剩點頭哈腰賠禮道歉的分兒了。

容瑾說了好一會兒之後，總算停頓了片刻。就在寧汐以為此事告一段落的時候，就聽容瑾瞪了那個掌櫃一眼。「你們這兒難道連茶也沒有嗎？」

掌櫃的哭笑不得，只得命人奉茶來。

容瑾補充了水分之後，又發揮了好久，直到掌櫃面無人色連連保證以後再也不敢去鼎香樓，才算滿意了。

接下來，又去了另外的兩家酒樓。

寧汐總算領教了容瑾毒舌的功力，什麼叫罵人不帶髒，什麼叫口舌如箭，簡直大開眼界。現在她也算明白過來了，容瑾平時對她說話，實在算是「溫柔」的了。

等最後一家酒樓的掌櫃唯唯諾諾的送了容瑾出來之後，容瑾總算覺得有點累了。

小安子試探著問道：「少爺，時候也不早了，是不是該回去了？」至於是回容府還是回鼎香樓，當然得看容瑾的心情如何了。

容瑾略一沈吟，並未說話。

寧汐自告奮勇的說道：「我們回鼎香樓吧！容少爺不嫌棄的話，我待會兒親自做幾道菜。」

不知是那個「我們」聽著特別順耳，還是因為寧汐主動請纓要下廚做菜，總之，容瑾沒有反對這個提議。隨意地嗯了一聲，眼裡閃過一絲淡不可察的笑意。

一行三人有說有笑的回了鼎香樓。孫掌櫃眼尖得很，老遠就迎了過來，將容瑾安排坐了靠窗的雅座，寧汐則從後門進了廚房。

寧有方忙裡偷閒地問道：「汐兒，剛才的幾家酒樓容少爺都去了嗎？」

寧汐笑著答道：「何止是去了，估計他們以後再也沒膽子上門來挑釁了。」將剛才所見所聞隨意的挑些說了。

那眉飛色舞的樣子，落在張展瑜的眼中，卻被賦予了另外一層涵義。那活潑可愛的笑容，忽然也變得有些刺眼了。張展瑜默默地低下頭，卻不自覺的豎長了耳朵，將寧汐的話一字不漏地聽了進去。

寧汐說了半天，才意猶未盡地嘆了句。「就靠一張嘴就能讓人啞口無言低頭認錯，真是厲害！」

張展瑜忽地冒出一句。「那是因為他是容府的三少爺，人家不敢得罪，換了別人，只怕早就被轟出來了。」

這話著實有點刻薄，實在不像張展瑜的說話風格。寧汐訝然地看了過來。

寧有方也皺了皺眉頭，沈聲說道：「展瑜，說話注意點分寸。」不管怎麼說，容瑾也是鼎香樓的幕後東家，鼎香樓要想安然無恙的開下去，必然得借助容瑾的力量。一面受著人家的保護，一面說著這樣的話，讓人聽了豈不是大大的寒心嗎？

張展瑜脫口而出之後，也察覺到了自己的失言，訕訕的笑了笑，便住了嘴。

寧汐也不再多說什麼，精心地做了幾道拿手菜。一道油燜茄子，一道清湯白菜，一碟炒松子，最後一道青椒肉卻是很費心思。

要挑選小一些的青椒，將青椒的頂部挖開，然後將裡面的青椒籽慢慢的去掉，還不能弄壞青椒皮，自然很費心思。再選取五花肉剁成肉餡，放入各種調料調味，將調好的肉餡再慢慢的灌進青椒裡，下油鍋炸至五分熟，再上鍋蒸一會兒。

等蒸熟之後，將一個個小巧的青椒排列在盤子裡，除了略顯焦黃，看起來簡直就像把青椒洗了洗就放在盤子裡端上來一樣。

這道菜被端到容瑾的面前時，容瑾挑眉一笑。這麼久沒吃寧汐做的菜了，還真是懷念，果然總是那麼別出心裁與眾不同……

小安子在一旁嘟囔。「寧姑娘做菜倒是省事，洗洗就放盤子上了。」

容瑾慵懶地一笑，伸出筷子挾了一個送入口中，果然鮮嫩可口，肉餡更是出乎意料的鮮美，想到這是寧汐精心烹製的菜餚，只覺得味道更好了。

小安子好奇的問道：「好吃嗎？」

容瑾慢悠悠地瞄了他一眼，又挾了一口送入口中。

小安子訕訕地笑了笑。

自己怎麼會問這麼傻的問題！寧姑娘親手做的菜餚，當然不會差了。更何況，少爺的心早就偏到一邊去了，怎麼可能還像平日那般挑毛病……

果然，容瑾從頭至尾也沒說個不字，甚至還輕飄飄的吩咐了一句。「以後每天中午我都過來。」

第一百三十四章 川汁鴨掌

容瑾果然說話算話，自從那一日過後，不管每天忙什麼，到了中午的時候必然會出現在鼎香樓。一連半個多月，天天如此。

這一舉動，也使得鼎香樓的三樓雅間座無虛席。

鼎香樓成了所有京城貴女出外就餐的第一首選。尤其是張敏兒和王嬌嬌，幾乎隔幾日就來一回。楚雲柔倒是含蓄多了，不過，這大半個月裡也來了兩回。

孫掌櫃索性將二樓靠窗的雅間長期留了下來，背地裡和寧有方開玩笑。「容少爺往那兒一坐，簡直就是我們鼎香樓的金字招牌。」

寧有方聽得哈哈大笑，絲毫不介意金字招牌換個人來當。

孫掌櫃不知想到了什麼，忽地湊到了寧有方的耳邊問道：「寧老弟，容少爺每次來指定汐丫頭做菜，你就沒什麼想法嗎？」一次、兩次也就罷了，可次次都如此，難免讓人生出些別的念頭來……

寧有方挑了挑眉，反問道：「我應該有什麼想法？」若是換了別人，他說不準也會有那樣的猜想。可對方是容瑾……他還真的生不出多餘的想法來。

孫掌櫃擠眉弄眼地笑道：「寧老弟，在我面前就別遮遮掩掩的了。看這架勢，今後你家汐丫頭可不愁沒好日子過了。」做正妻是別想了，不過，若是容瑾中意寧汐的話，總會有所安排的吧！

寧有方自然聽出了孫掌櫃的話外之意，淡淡地一笑。「容少爺這等人品家世，我們可高攀不起。以後別說這個了，要是被有心人聽見了，背地裡指指點點的可不好，我還指望著汐兒將來正正經經的嫁人的。」

孫掌櫃訕訕地笑了笑，識趣地住了嘴。

別看寧有方在孫掌櫃面前表現得淡定，可等回了廚房之後立刻皺起了眉頭。

寧汐正低頭研究新菜式，眼角餘光瞄到寧有方臉色不佳，立刻湊過來關切地問道：「爹，您怎麼了？」

寧有方猶豫了片刻，才試探著問道：「汐兒，容少爺對吃極為挑剔講究，妳能應付得來嗎？」

寧汐自信滿滿地笑著應道：「爹，您就放心好了，我能應付得來。」

容瑾對吃的一向挑剔，每天必然要派小安子喊她過去「交流」幾句。寧汐也是個好強的性子，每天都卯足了勁，變著花樣的做幾道新菜式。這大半個月下來，廚藝顯然大有進步。有這樣挑剔的食客，對廚子來說其實也是很好的鍛鍊啊！

寧有方咳嗽一聲。「要不，還是讓我來負責容少爺的菜餚吧！」

寧汐一愣，反射性地問道：「是不是容少爺說什麼了？」

寧有方掩飾地一笑。「這倒沒有，我就是怕妳太辛苦了……」

寧汐頓時鬆了口氣，笑著說道：「這有什麼辛苦的，您天天要做好多桌宴席，才是真的辛苦呢！區區幾道菜難不倒我的。」

寧有方只得笑著點了點頭。

張展瑜倒是察覺出一點什麼，若有所思地看了寧汐一眼，可寧汐正歡快的哼著小曲兒搗鼓著新菜式，壓根兒沒察覺到張展瑜的欲言又止。

到了中午時分，小安子熟門熟路地到廚房來了，笑咪咪的和眾人打了個招呼。這些日子，他已經成了半個跑堂了。

寧汐笑著調侃道：「小安子哥哥，你今天來得可有點遲了，菜餚早就做好了，都有點涼了。待會兒容少爺若是嫌菜餚味道不好，可不能全怪我。」

小安子咧嘴一笑。「寧姑娘，今天可要麻煩妳多多費心了。少爺還帶了幾個朋友過來，光這幾道菜可不夠。」

寧汐微微一愣，很自然地問道：「一共幾個人？」

小安子想了想，笑著應道：「連少爺在內，一共五個。」頓了頓，又補充了句。「本來只帶了三個朋友過來，不過，到了酒樓門口的時候又遇到了一個熟人，就坐一起了。」

寧汐隨意地點點頭，迅速的盤算起了菜單。

「說起來，那個熟人寧姑娘也認識的，就是四皇子殿下身邊的親隨，叫邵晏的……」

聽到那個熟悉的名字，寧汐的身子一僵。邵晏……他怎麼也到鼎香樓來了？而且這麼巧的，竟然還和容瑾碰了個正著……

小安子壓根兒沒留意寧汐的異樣，兀自嘆道：「……我們少爺可是京城最出名的美少年，那個邵晏居然不比我們少爺遜色，真是難得了。」

同樣是奴才，人家邵晏風度翩翩溫文爾雅談吐斯文，走到哪裡人家都高看一眼，和幾位貴族少爺坐在一起，絲毫不見侷促，可自己卻得跑到廚房來幫著端菜。唉，人比人真是氣死人啊！

寧汐迅速地恢復了鎮定，笑著應道：「我知道了，現在就做準備，還請你稟報容少爺一聲，就說稍等片刻。」

小安子點點頭，迅速地去了。

張展瑜湊過來問道：「汐妹子，要不要我幫忙？」

寧汐搖了搖頭。「不用了，我自己能應付得來。」不知怎麼的，她不想讓任何人幫忙插手。她想自己動手做一桌菜餚，讓邵晏驚豔一回……

張展瑜沒料到她拒絕得這麼乾脆，愣了一愣，卻什麼也沒多說。

寧汐察覺到自己的語氣有些僵硬，忙笑著解釋道：「只有五個人，我能應付得來。你還是去幫我爹做事吧！」

張展瑜笑了笑，點頭應了，自發的去了寧有方身邊幫著打下手，眼角餘光卻一直留意著寧汐的舉動。看著她專注的切菜配菜，看著她聚精會神的做出一道道美味佳餚，看著她心無旁騖得連汗珠滑落都來不及擦拭，心裡忽地升起一股莫名的酸意。她這麼的用心，是因為容瑾嗎？

等菜餚準備得差不多了，小安子也過來了，熟稔地將幾盤菜餚放在大托盤上。

寧汐免不了又要打趣幾句。「小安子哥哥，你做跑堂倒是挺合適。」又機靈又伶俐，說話又這麼麻溜，怎麼看都是做跑堂的好人才。

小安子自嘲地一笑。「是啊，若是以後少爺看我不順眼想發落我了，我就主動請纓到鼎香樓來，專門替妳做跑堂好了，反正都是主子……」少爺的心意他可明白得很。

一向聰明敏銳的寧汐，這次卻沒聽出小安子話語裡暗藏的深意。笑著叮囑道：「你小心些，那道川汁鴨掌剛出鍋的，別燙著了。」

小安子笑嘻嘻地點點頭，利索地端著盤子去了。

寧汐卻嘆了口氣，心情莫名的有些煩躁和低落。那道川汁鴨掌，是邵晏最愛吃的一道菜，她今天順手就做了出來。可現在，她卻有些後悔了，只希望邵晏看到川汁鴨掌的時候，別多心才好……

正想著，就聽寧有方喊了聲。「汐兒，這幾桌的冷盤妳來做一下。」

寧汐打起精神應了，利索的做起了冷盤。這些事情平日早就做慣的，閉上眼睛都不會出錯，因此，寧汐忙了一會兒又走神了。

前世的她雖然不是什麼名門千金，可一直過著衣食無憂的生活，十指不沾陽春水。邵晏曾寵溺地說過：「汐兒，等以後我們成親了，我會讓妳過上最好的生活，想要什麼就有什麼，不會下廚沒關係，我會請個最好的廚子，妳想吃什麼就讓廚子做什麼。」

那時候的她，還是沈浸在愛河裡的天真少女，嬌憨地笑道：「我什麼也不要，只要你就夠了。」

然後，就是溫柔的低語。「我當然是妳的，永遠都只屬於妳……」

心忽地被撕扯般的疼痛。

重生之後，她幾乎每天都在作相同的噩夢。而邵晏，就是噩夢的源頭……

邵晏，我已經決意拋開過去的一切，為什麼你還是出現在我的眼前，讓我回憶起這些往事？

寧汐手中的動作不知不覺中停頓下來，眼眶早已濕潤了，死死地忍著，總算沒有哭出聲來。

寧有方一直在爐灶前忙碌，無暇回頭，因此也沒察覺寧汐的異樣。可張展瑜卻時不時的回頭看一眼，待見到寧汐低垂著頭站在那裡，心裡忽然一顫。那背影透露出無盡的哀傷和痛苦，像是在承受著某種不為人知的悲慟。

張展瑜小心翼翼地湊過來，輕聲的喊道：「汐妹子，妳怎麼了？」

寧汐不肯抬頭，用袖子匆忙地擦拭了眼角，然後才擠出了一絲笑容。「剛才切了洋蔥，眼睛好難受。」

張展瑜不動聲色的瞄了案板一眼，案板上各類蔬菜都有，洋蔥自然也有，不過，那幾個圓溜溜的洋蔥根本沒動過。寧汐的眼淚，和洋蔥根本一點關係都沒有……

張展瑜並沒有揭穿她的謊話，隨意地笑道：「妳去洗洗臉，剩下的活兒讓我來。」

寧汐心情紊亂，正需要安靜片刻，聞言感激地笑了笑。

此時正是鼎香樓最忙碌的時候，壓根兒找不到安靜的地方。廚子們專用的飯廳裡，倒還算安靜些。寧汐進了飯廳之後，迅速的用冷水洗了洗臉，然後用濕毛巾敷在臉上片刻，果然清醒了許多。

寧汐逼著自己快速地平靜下來。

算了，不要再多想了。現在的邵晏只是鼎香樓的客人而已，她是廚子，只需要做菜就好。所以，他們之間不會有更多的交集了……

第一百三十五章　我想見見妳

等情緒穩定下來，已經是一盞茶過後的事情了。一想到廚房裡的情形，寧汐也不好意思在這兒賴著不走，匆匆地回了廚房。

廚房裡果然很忙碌，寧有方一個人照看三個爐灶，張展瑜卻在案板前忙著切菜配菜。

張展瑜抬頭看了寧汐一眼，難得地開起了玩笑。「今天這洋蔥味道真是太衝了，別說妳，就連我也覺得眼睛痛了。」案板上的洋蔥已被張展瑜全部切成了整齊的細絲。

寧汐的心裡一暖。在這樣脆弱的時候，張展瑜的溫柔體貼分外的讓人覺得溫暖。很久以前曾想過的那個念頭忽然又冒了出來……

寧汐忍不住瞄了張展瑜一眼，旋即又將那個念頭按捺了下來。現在想這些未免太早了，張展瑜比她足足大了五歲，等她到了適婚年齡，他已經二十多歲了。怎麼可能一直不成親等著她？再說了，男人都是有自尊心的，肯招贅上門的少之又少……

呃，還是別多想了，要是讓張展瑜察覺她有這樣的心思，以後日日見面相處多尷尬啊！

張展瑜只覺得寧汐的眼神有些怪怪的，壓根兒不知道寧汐心裡已經轉過了這麼多的念頭，笑著招呼道：「妳做花式冷盤比我強多了，還是留給妳來吧！」

寧汐深呼吸口氣，笑著點了點頭，打起精神繼續忙碌。

寧有方站在爐灶邊，自然酷熱難耐，時不時的用毛巾擦汗。張展瑜看著心疼，低聲說道：「師傅，您稍微休息會兒，我來替您做幾道。」

比起善於出新的寧汐，張展瑜的廚藝卻是穩紮穩打，做出的菜餚已經有了九分寧有方的神髓。一般的客人，根本嚐不出其中的區別。

寧有方點了點頭，將大廚的位置讓給了張展瑜，趁著這短暫的時候休息片刻。

一碟冒著絲絲涼氣的果盤忽然遞到了他面前，伴隨著果盤一起出現的，還有寧汐笑咪咪的俏臉。「爹，這是客人剛才點的冰鎮水果，我多做了一點，您來嚐嚐！」

寧有方啞然失笑，接過盤子吃了幾口，那股涼意從口腔蔓延至全身，果然精神了許多。

在炎炎夏日裡，能吃上這樣的冰鎮水果，自然是奢侈的享受。

鼎香樓開業之後，容瑾慷慨的將窖藏的冰塊運了不少過來，有了冰塊，自然就能做出不少新奇的菜式。冰鎮水果做起來簡單，卻極受客人的歡迎，只要將各式水果放在冰碗裡，等水果徹底涼透了，再切片裝盤擺出漂亮的花式就行。

寧汐做這道菜式的時候，總是特別的精心，將各種水果都雕成漂亮的造型圖案，別說吃了，光是這麼看著，也是一大享受。也因此，這道菜式已經成了鼎香樓最受歡迎的菜式。

寧有方吃得津津有味，寧汐也跟著嘴饞起來，伸手拈起一片水梨塞入口中，那冰涼清甜的味道沁人心脾，簡直美妙絕倫！

小安子進來看上一眼，饞得口水都快流下來了。寧汐噗哧一聲笑了，朝小安子招手。「來來來，見者有分。」

小安子也不客氣，拿筷子挾了塊西瓜送進口中，邊吃邊讚道：「又涼又甜，真是好吃。」

寧汐抿唇一笑，隨口問道：「剛才上的菜餚夠吃吧！」只有五個人，她卻足足做了十幾道菜，再怎麼能吃也足夠了。

小安子咧嘴一笑。「寧姑娘，妳的手藝可真是好。除了少爺之外，其他幾位少爺都吃得讚不絕口呢！尤其是那道川汁鴨掌，味道鮮美極了，就連少爺也誇了好。」

寧汐心裡一動，不假思索地脫口問出。「那邵晏呢？他說了什麼沒有？」

她的語氣異常的迫切，眼眸裡閃著異樣的亮光，小安子微微一愣，旋即笑道：「邵公子一直都沒怎麼說話，不過，他說等妳不忙了，想請妳到雅間說說話。」

食客指名要見廚子，實在不算什麼。一般來說，客人大多是因為比較滿意當天的菜餚，才會要求見一見廚子，打賞也是少不了的。

對廚子來說，這其實是件很露臉很愉快的事情。可不知怎麼的，一想到要這樣去見邵晏，寧汐就覺得渾身不自在。咬了咬嘴唇，試探著問道：「我不去行不行？」

寧有方耳尖的聽到了這句話，疑惑地看了過來，小安子更是一臉的訝然。「這……」只怕不太好吧！

寧汐迅速地鎮靜下來，掩飾地笑了笑。「我剛才只是開玩笑罷了，等忙過這一撥我就去。」

小安子鬆了口氣，笑著點頭。「那我這就回去覆命。對了，少爺說剛才的菜餚味道有些重了，想吃點涼爽可口的。」

寧汐暗暗翻了個白眼，對吃最挑剔的就數容瑾了。「你等會兒。」

旁邊還有些沒用完的冰鎮水果，順手拿過來。俐落的拿起雕刻刀，隨手幾刀就雕成了形狀各異的花朵。看似不經意的放在盤子裡，等到最後，用碧綠的西瓜皮雕成大片的葉子做裝飾。

寧汐的手纖細而靈巧，動作俐落輕快，從頭至尾都沒有一刀敗筆，這麼短的時間裡竟然就做出了這麼一大盤水果拼盤。盤子裡的水果如百花盛開，美不勝收。

小安子看得眼都直了。一直知道寧汐的手藝好，不然少爺也不可能天天來鼎香樓蹭飯，可親眼看到這樣的刀功，他還是被震住了！

寧汐看著小安子驚嘆不已的樣子，心情陡然好了許多，抿唇笑道：「好了，快些端去吧！別讓他們等急了。」

小安子連連笑著點頭，順便叮囑道：「寧姑娘，記得早些過來。」

寧汐隨意地點頭應了。一會兒忙這個，一會兒做那個，磨蹭了許久也不肯到前樓去。到最後，連寧有方都看不下去了，催促道：「汐兒，別磨蹭了，快些過去。」

寧汐不情願地點頭應了，低頭看了眼自己。整天在爐灶邊打轉，身上沾些油星是免不了的，灰色的粗布衣裳早就被磨得有些泛白了，還隱隱的散發著油污的味道。長長的髮辮垂在腰際，卻有幾絲調皮的髮絲鑽了出來，被汗水黏在了耳際。

這樣的她，一定很難看吧……

寧汐抿了抿嘴唇，將這些莫名其妙的念頭趕出腦海，慢吞吞的去了前樓。

此時已經過了用飯的高峰期，可鼎香樓的大堂裡至少也有八、九成客人，熙熙攘攘很是熱鬧。孫掌櫃精神抖擻的在撥算盤算帳，見寧汐過來，笑著說道：「汐丫頭，容少爺又派人叫妳過去嗎？」

奇怪，孫掌櫃的笑容怎麼怪怪的？寧汐沒有多想，隨口應了一聲。

孫掌櫃意味不明地笑了笑。「那妳動作快些，別讓容少爺等得著急了。」

如果說剛才寧汐還沒留心，可現在卻是沒辦法不多心了。孫掌櫃的眼角眉梢都是曖昧的笑意，那句話更是若有所指……

寧汐忽地頓住了腳步，笑咪咪的說道：「孫伯伯，冬雪姊姊回洛陽這麼久了，有沒有捎信給您？」

提到這個，孫掌櫃不由得嘆了口氣。「這丫頭，哪有心思捎信給我。」一顆心都在陸子言的身上，女大不中留啊！

寧汐眸光一閃，看似隨意地問道：「冬雪姊姊以後會嫁給東家少爺嗎？」

孫掌櫃的笑容淡了下來。這句話直直的戳中了他的心口，偏偏寧汐的表情天真又無辜，讓他只能把這口悶氣嚥回去。「冬雪只是個丫鬟，哪能配得上少爺，以後做個通房丫鬟倒是有可能。」

寧汐惋惜的搖搖頭。「真是好可惜。如果換了是我，一定不會做什麼通房丫鬟或是小妾。不管是誰，想娶我就得娶我為妻，誰要是貶低小瞧了我，我肯定不會理他的。」也不管孫掌櫃有沒有聽懂話外之意，就笑咪咪的走了。

孫掌櫃啞然片刻，反覆的琢磨著寧汐最後的幾句話，越想越覺得驚訝。不確定的想著，剛才寧汐是什麼意思？該不會是他想的那樣吧……看來，以後他說話可得留意些，別讓一個小丫頭抓住話柄……

寧汐輕巧的上了二樓，毫不遲疑地往靠窗的聽風軒走去。

這個雅間不算大，可佈置得卻很雅致，又能透過窗子看到外面的景致，堪稱鼎香樓最好的雅間，現在更是成了容瑾專用的。

這些日子，寧汐也來過了不少次，對這裡的環境自然很熟悉。她甚至清楚地記得，推開門就能看見那張漂亮的山水屏風。

越靠近門邊，寧汐的心跳得越快。邵晏就在裡面，待會兒見了面，她該說些什麼才好？算了，不要多想了，他只是來吃飯的客人，到這兒來，絕不會是為了她……

寧汐反覆的寬慰自己，狠狠心敲了敲門。一個慵懶的聲音響了起來。「進來吧！」

寧汐輕輕地推門，門應聲開了。

她輕盈地走了進去，沒等說話，就對上了那雙熟悉的溫潤眸子。那雙眼眸平靜地看著她，浮著淡不可察的喜悅。

他不是隨意的路過，他不是專程來吃飯，他來就是為了見見她……

第一百三十六章　波濤暗湧

雅間裡共有五個人。除了容瑾和邵晏之外，還有王鴻運。另外兩個少年也只有十六、七歲，一副風流公子哥兒的模樣。

見了寧汐進來，各人都忍不住凝神看了過去。

長得漂亮的少女實在見得不少，可寧汐的甜美秀氣還是讓眾人眼前一亮。

不施脂粉卻麗質天生，明亮的眸子似一汪清泉般清澈，翹挺的鼻梁、紅潤的唇瓣，長長的髮辮從右側繞到胸前，又黑又亮，臉蛋紅撲撲的，額上還有汗珠，幾縷髮絲散亂的黏在耳際。粗布衣裳絲毫無損她的風姿，反而多了幾分隨意的瀟灑。

這麼多的美味佳餚，竟然都是這個美麗少女做出來的?!

各人的眼裡都閃動著驚嘆，再回味剛才吃進腹中的菜餚，不免又添了幾分滋味。只是，這個小美人兒似乎有些心不在焉，進來之後就沒說過話，似乎一直在看著邵晏……

王鴻運等人有意無意地瞄了容瑾一眼，眼裡不乏調侃嘲弄之意。不管到哪兒，容三少爺都是少女們矚目的焦點，可今天倒好，竟然被邵晏搶了風頭。

他們幾個能察覺到的，容瑾自然不可能忽略。他冷眼旁觀兩人默默的對視，唇角緊緊的抿著，閒閒地開了口。「寧汐，今天來的幾位貴客，妳還不認識吧?我來給妳介紹一下。」

寧汐這才留意到自己的失禮，忙收斂心神，向各人行禮問好。

王鴻運自然是認識的，那個皮膚特別白、長得柔弱秀氣的少年叫葉書懷，還有一個長得娃娃臉的叫沈倫，看來都是容瑾的知交好友。

容瑾隨口介紹了幾句，似笑非笑地看了寧汐一眼。「這位穿著白衣的不用我介紹了，妳應該很熟悉了。」

寧汐莫名地有些心虛，不自覺地移開目光，擠出笑容來，乾巴巴地說道：「邵公子，好久不見了。」

邵晏微笑著應了聲。「是啊，確實好久不見了。今天冒昧前來，有勞寧姑娘了。」那笑容溫和有禮，讓人如沐春風。

對寧汐來說，這樣的笑容實在太熟悉了。她不知花了多少力氣，才勉強著自己沒有失態。「這是小女子分內的事，哪裡算得上辛苦，只希望各位貴客不要嫌棄才是。」

王鴻運笑著插嘴。「寧姑娘上次在百味樓大展身手，竟然和薛大廚鬥個平手，我們早就心生仰慕了。今天厚著臉皮跟著容兄到鼎香樓來，果然沒有失望，剛才的菜餚實在太美味了，比我家裡的廚子可強多了。」

葉書懷讚不絕口地附和。「是啊，尤其是那道川汁鴨掌，實在是太好吃了。」

話音未落，沈倫就笑著接了口。「以後我們肯定會常來的，寧姑娘可別嫌麻煩才好。」

三人你一言我一語，說得熱鬧極了，目光更是捨不得離開寧汐的俏臉。美味佳餚固然讓人喜歡，可這樣美麗的少女更讓人無法忽視。再一想到這樣的美味出自眼前的少女之手，心裡更像貓爪子撓了似的。

容瑾瞄了三位好友一眼，輕飄飄地說了句。「寧汐還沒出師，今天動手做菜只是偶爾一回，你們就別想下次了。」

王鴻運第一個怪叫起來。「喂喂喂，你也太不夠意思了。別以為我們幾個不知道，你每天中午過來吃飯，都是寧姑娘親自動手做菜的吧！」怎麼輪到他們這兒，就變成「偶爾一回別想下次」了？

容瑾輕哼一聲。「你們怎麼能和我比。」

事實上，他已經開始後悔了，今天頭腦一發熱，竟然把這幾個傢伙都帶到鼎香樓來了。嚐過了寧汐的手藝，又見了寧汐的人，以後起什麼歪心思怎麼辦？

想及此，容瑾又補充了一句。「以後再到鼎香樓來，就讓寧大廚動手做菜好了。」

幾人都是笑鬧慣的，王鴻運立刻不懷好意地問道：「你說這話我們可不愛聽。什麼叫我們不能和你比？難道你和寧姑娘關係很好嗎？」

容瑾斜睨了他一眼，笑罵道：「狗嘴裡吐不出象牙，別把你那套猥瑣齷齪的想法搬到別人身上。」聽到這樣明顯的調侃，他居然心情不錯，和平時一提到愛慕他的少女就皺眉頭的反應大相徑庭。

葉書懷嘖嘖驚嘆了。「這還是我認識的那個對任何女子都不假辭色的容瑾嗎？」

沈倫擠眉弄眼地說道：「別多想啊，人家是鼎香樓的幕後東家，有點特殊待遇也是正常的嘛！」

容瑾笑罵道：「好了好了，你們幾個別亂嚼舌頭，別嚇到人家小姑娘。」不由自主地瞄了寧汐一眼。

他們幾個在一起說話肆意慣了，互相嘲弄調侃更是常事。尤其是王鴻運，生性風流，說話免不了有些輕浮，只怕寧汐會不習慣……

寧汐確實沒遇到過這樣的陣仗，顯然有些不自在，笑容有些僵硬。

邵晏和他們幾人並不算熟絡，一直沒有插嘴，此時忽然微笑著說道：「寧姑娘，今天所有的菜餚都很好，尤其是最後一道冰鎮水果，實在做得很漂亮。」

話題一扯到菜餚上，寧汐果然自如多了，笑著應道：「多謝邵公子誇讚，我的刀功還差得遠呢！」

邵晏凝視著寧汐。「寧姑娘太謙虛了，那些水果被雕刻得栩栩如生，讓人不忍動筷子，我今天可是開了眼界了。」

那抹專注與溫柔，一如記憶中的那般令人迷醉。寧汐雖然竭力克制自己，卻依然不小心的和邵晏對視了一眼，那股微妙的氣氛頓時瀰漫開來。

在座的都不是蠢人，誰能看不出寧汐和邵晏之間的異常？尤其是邵晏，看著寧汐的目光裡閃爍著光芒，分明是心懷好感……

容瑾暗暗咬牙，故作若無其事地笑了笑。「寧汐，廚房那邊一定很忙，妳還是先回去吧！」

寧汐正要點頭，就聽邵晏笑道：「寧姑娘請稍等，今天這道川汁鴨掌是我最喜歡吃的，寧姑娘手藝高超，做得實在好極了。些許打賞，還請寧姑娘收下。」說著，竟然站起身走了過來，將早已準備好的銀子遞了上來。

寧汐只好接下那封厚實的賞銀，笑著道了謝。

邵晏又笑道：「寧姑娘做菜很合我的胃口，以後不免要來多多打擾了。」

寧汐按捺住心裡的一絲異樣，得體地應道：「邵公子過獎了，歡迎你多到我們鼎香樓來，只是小女子尚未出師，掌勺的機會並不多。」

邵晏眸光一閃，淡淡地一笑，意味深長地說道：「無妨，只要寧姑娘不嫌我來得多就好。」

寧汐的笑容一頓，並未接茬兒，匆匆地告退，自始至終，都未曾看容瑾一眼。

容瑾眼眸微眯，唇角早已沒了弧度，今天被忽視得可真夠徹底啊……

邵晏倒是分外的氣定神閒，回了位置坐下，輕鬆地笑道：「多謝容少爺今天作東，不然我也沒機會吃到這樣的美味佳餚。」

容瑾皮笑肉不笑地應了句。「哪裡哪裡，不用這麼客氣，偶爾一次罷了。」

偶爾一次？邵晏微微挑眉，忽地笑了。「寧姑娘手藝這麼好，肯定會很快出師的吧！」

這麼年輕漂亮的女孩子，偏偏又有一手好廚藝，不管是誰，也無法遮掩住她的光芒吧！

是啊，寧汐遲早總是要出師的。就算沒出師，邵晏來了，若是指名要寧汐做菜，寧汐也不好拒絕的吧！

言辭犀利的容瑾生平第一次落了下風，俊臉微微有些扭曲，迅速的恢復鎮定，笑著說道：「什麼時候出師，得看寧大廚的意思。」至於寧大廚會聽誰的，這不是很明顯嗎？

邵晏淡淡地一笑，並未再說什麼。

一時之間，無人說話，氣氛實在有些冷凝尷尬。

王鴻運咳嗽一聲，打起了圓場。「吃也吃飽了，我們就別在這兒賴著不走了，免得耽誤了鼎香樓做生意，還不如去泛舟遊湖。」

葉書懷和沈倫很配合的點頭，紛紛說道：「是啊，這主意不錯。」總比待在這兒看人家唇槍舌劍要好多了。萬一一個不小心擦出什麼「火花」，可就不好收場了。

容瑾點點頭，瞄了邵晏一眼，不怎麼真誠的邀請。「邵晏，你也一起去吧！」

邵晏笑了笑，委婉地拒絕道：「四皇子殿下還有事吩咐我去辦，我就不打擾你們的雅興了。」如果他真的去了，只怕某人心裡會更不痛快吧！

容瑾眸光一閃，似笑非笑地說道：「既然你有事要忙，那就改日再聚。」

第一百三十七章　你怎麼在這兒？

幾人一起下了樓。

五個衣衫鮮亮的英俊少年一起出現，自然引來不少的目光。一身絳色衣衫的容瑾，一襲飄飄白衣的邵晏，都成了眾人的焦點。王鴻運等人也算俊朗少年了，可在容瑾和邵晏的映襯下，卻不免相形失色。

到了酒樓門口，邵晏彬彬有禮地告退先走了。

他長得斯文俊俏，談吐不俗，一舉一動都溫文爾雅，從不失禮於人。就算容瑾再不喜歡他，也不得不承認邵晏確實是一等一的人才。就算比起自己來，也毫不遜色……

容瑾看著邵晏翩然的身影，眼裡閃過一絲冷意。葉書懷好奇的問道：「聽說這個邵晏身分低微，可卻很得四皇子的器重。你們知道這其中的緣故嗎？」

沈倫搶過話頭。「邵晏的生母是四皇子的乳娘，自小就伴在四皇子的身邊，自然有些情分。」

四皇子再不得寵，畢竟是大燕王朝堂堂的皇子，不管走到哪兒，都有一堆人跟著奉承討好。邵晏是四皇子身邊的心腹親隨，其實就是四皇子身邊的奴才，可誰也不敢小覷了邵晏。四皇子對邵晏的器重幾乎人盡皆知。萬一有那麼一天，四皇子得了勢，邵晏的前途可是不可限量啊！所以，這些傲氣的貴族少年們對邵晏還算客氣。

王鴻運的眼珠轉了轉，忽然壓低了聲音。「對了，有個小道消息，不知你們聽說了沒有？」

他這副神神秘秘的樣子，立刻引起了眾人的好奇心。容瑾也忍不住將頭湊了過去，聽王鴻運說起了所謂的小道消息。

「聽說，四皇子殿下有些『與眾不同』的嗜好，他的府裡美人兒不多，可小廝卻一個賽一個的俊俏……」

聰明人說話自然不用說得那麼直白，光這兩句已經透露出很多了。葉、沈兩人一起張大了嘴巴，合都合不攏了，容瑾卻微微皺起了眉頭。

王鴻運擠眉弄眼地抵了抵容瑾。「容瑾，你和四皇子殿下有同窗之誼，總該聽過點風聲吧！」

容瑾斜睨了他一眼，輕哼一聲。「你以為誰都像你這麼八卦嗎？」他從來沒關注過這些好吧！

王鴻運忿忿地抗議。「喂喂喂，我這怎麼能算是八卦，我也是聽別人說的。看你們是好兄弟，這才說給你們聽的。」

葉書懷前後一聯想，忽然得出一個驚悚的結論。「邵晏這麼得四皇子的器重，該不會是因為……」邵晏出眾的皮相吧！

沈倫也瞪大了眼珠接道：「不會吧……」難道邵晏和四皇子會有「那層關係」？

王鴻運咧嘴一笑。「這誰能說得準？」

容瑾翻了個白眼，聽不下去了。「好了好了，別胡扯了，我看你們三個在一起，比那些長舌婦可厲害多了。到底去不去遊湖了？要是不去，我就回府了。」

幾人哈哈一笑，果然不再說這些無聊的小道消息，一起泛舟遊湖去也。直到夕陽西下，才盡興而歸。

夜幕低垂，本該回容府了，可容瑾卻莫名的有些煩躁，壓抑了一個下午故作無事，可一旦安靜下來，寧汐和邵晏默默對視的那一幕忽然又浮上了腦海……

容瑾嘴唇抿得緊緊的，忽然翻身上了馬。

小安子一驚，連忙湊了過來。「少爺，您這是要上哪兒去？」今天在外面晃悠了整整一天，按少爺的習慣，應該回府看書才對吧！

容瑾淡淡地吩咐。「我一個人騎馬出去轉轉，你先回去。」

小安子一愣，連忙陪笑。「少爺，這可使不得，奴才還是跟您一起去吧！」

容瑾不耐地皺眉。「不用了，我一會兒就回來。」說著，便一夾馬腹，飛馳了出去。小安子追之不及，只能眼睜睜的看著容瑾的身影消失在眼前，心裡叫苦不迭。

少爺還是那麼任性妄為，也不替他這個小跟班的考慮考慮。萬一出了什麼岔子，他可怎麼辦啊！嗚嗚嗚！

這一些，寧汐自然不清楚。

廚房裡依舊忙得熱火朝天，寧有方一邊做菜，一邊還得顧著大廚房裡的活兒，恨不得將一個人分成兩個才好。這個時候，張展瑜的作用就體現出來了。寧有方負責的宴席，有一半左右都是張展瑜動手做的。

至於寧汐……張展瑜忙裡偷閒瞄了寧汐一眼，心裡頗不是個滋味。

自從中午從雅間回來，寧汐就有些怪怪的，一聲不吭地悶頭做事，不管和她說什麼，她最多就是嗯一聲，和往日愛說愛笑的活潑大相徑庭。中午到底發生了什麼？

張展瑜趁著短暫的休息工夫，忍不住問了句。「汐妹子，妳今天是怎麼了？怎麼一直不說話？」

寧汐隨意地笑了笑，敷衍道：「沒什麼，有點累了，實在沒力氣說話。」

張展瑜默然片刻，並未揭穿寧汐的謊話，反而順著話意嘆道：「是啊，這麼忙碌，別說妳了，就連我也有點吃不消了。不過，酒樓生意好總是件好事。」

寧汐打起精神，笑著應道：「是啊，你看都這個時辰了，客人還沒散呢！」開業一個來，幾乎日日如此，就算比起對面的雲來居，也是毫不遜色。照這樣的形勢下去，寧有方年底的一成分紅一定很可觀了。

隨意地閒聊了幾句，張展瑜忽地漫不經心的問道：「對了，今天中午容少爺帶來的客人，是不是有妳認識的？」

寧汐淡淡地一笑，簡潔地應道：「嗯，有個叫邵晏的。」

張展瑜很快地想起了這個人是誰，頓時默然了。雖然他沒見過這個邵晏，可也知道邵晏是四皇子身邊的親信，年齡不大，不知道長得怎麼樣……

寧汐也不再說話，低頭揉起了手中的麵團，腦子裡忽然又浮出邵晏的面孔。

邵晏今天特地到鼎香樓，分明就是為了見她而來。以她對他的瞭解，這樣的舉動絕不可能只有一次……

她該怎麼辦？難道要任由邵晏這樣出現在她的生活裡嗎？

不，她不想再重蹈覆轍。

可是，她選擇了現在這樣的生活，根本不可能避開邵晏有心的接近。更重要的是，當面對著邵晏的時候，她根本做不到無動於衷……

寧汐咬了咬嘴唇，賭氣似的將麵團重重的摔在了案板上，發出一聲悶響。

寧有方正好走了進來，被這動靜嚇了一跳，急急的湊過來。「汐兒，妳怎麼了？」張展瑜也是滿臉的關切，直直的看了過來。

寧汐深呼吸一口氣，擠出笑容。「沒什麼。這裡實在太熱了，我出去待會兒。」

寧有方不疑有他，憐愛地點了點頭。張展瑜眸光閃爍，揣測是因為容瑾之故，卻是什麼也沒說，眼睜睜地看著寧汐出了廚房。

外面果然涼爽多了，煩躁不安的心情也散去不少。寧汐不知不覺的走到了後門邊，輕輕地推開門。

這裡本是一條狹窄的巷子，後來把礙事的牆拆了之後，倒是寬闊了不少。可饒是如此，也遠不如鼎香樓門前的道路寬敞。

此時皓月當空繁星閃爍，窄窄的巷子被灑下一層銀輝。一陣微風吹過，拂起寧汐頰邊的髮絲。如同她紛亂的心情，在晚風中飄飄悠悠的飄蕩。

寧汐靜靜的站在那兒，悄然嘆了口氣。今天她嘆氣的次數，只怕比過去的半年加起來都要多……

沈溺在自己心緒裡的寧汐，壓根兒沒留意月光照不到的巷子角落，有一雙眼眸在緊緊的盯著她。

那雙眼眸的主人，漫不經心地倚在身後的駿馬上。

疾風平時可沒那麼好的脾氣，可在牠的主人面前，卻溫馴得不得了。乖乖的站在角落裡，任由主人這麼靠著。可同一個姿勢維持得久了，難免有些不耐，疾風忍了許久終於忍不住了，馬蹄輕輕刨著地面，也算是解悶了。

那「嘚嘚」的動靜不算很大，至少比鼎香樓裡的動靜要小得多了，可這裡畢竟是僻靜的巷子，寧汐立刻被驚動了，反射性地看了過去。「誰？」

疾風神氣地嘶叫一聲。

那馬嘶聲實在是耳熟……雖然離得遠，影影綽綽的根本看不清楚人影，可寧汐忽然有了預感，心裡一跳，不敢置信地低語。「容瑾？」一個不小心，竟然將容瑾的名字直呼了出來。

容瑾耳尖的聽到那句輕喃，忽地挑眉笑了，慢悠悠地走到了亮處。「妳叫我？」

寧汐這才會意過來自己剛才說了什麼，俏臉滾燙，難得地說話不利索了。「對不起，我、我不該直呼你的名字。」想了想，又忿忿地補了一句。「可是，你也不該這麼嚇我吧！」

容瑾嘴唇微微勾起，慢條斯理地說道：「我什麼時候嚇妳了？我一直待在那兒，是妳出來唉聲嘆氣的嚇我才對吧！」

一想到剛才自己皺眉嘆息的樣子落入容瑾的眼底，寧汐就覺得說不出的彆扭，輕哼一聲瞪了過去。「這麼晚了，你不好好待在容府裡，跑到這兒來幹什麼。」這可不像是容瑾的行事風格。

容瑾顧左右而言他，不答反問。「這個時候應該是廚房最忙的時候，妳不在裡面做事，怎麼反而跑出來了？」

寧汐有些不滿。「我先問你的，你還沒回答我呢！」

容瑾自然不會說實話，事實上，他也不知道騎著馬怎麼就到這兒來了。隨口應道：「我悶得發慌，隨便出來轉轉。」

隨便轉轉會轉到這兒來？寧汐撇撇嘴，這樣的鬼話她要相信才怪。「容少爺今天心情可真不錯，竟然到這兒來轉悠。」

容瑾咳嗽一聲。「我心情好，不行嗎？」

「行行行，當然行！」寧汐懶得和他較勁，隨口敷衍。

容瑾見她這副反應，心裡又不痛快了，繃著臉問道：「妳呢，為什麼不在廚房做事，反而跑出來了？」

第一百三十八章 那抹溫柔

寧汐把應付寧有方的說辭又搬了出來。「廚房裡又悶又熱，我出來待會兒再進去。」

這麼顯而易見的謊話，自然騙不了容瑾。他似笑非笑地勾起了唇角。「哦？只是因為這個嗎？」

寧汐撇撇嘴，反問道：「不然呢？你以為還會因為什麼？」

容瑾瞄了寧汐一眼，忽然不想就這個話題再說下去，隨意的扯開話題。「廚房裡每天都很忙吧！妳能吃得消嗎？」

話題轉得如此快，寧汐一時有點反應不過來。「呃，還算過得去。」

雖然她不肯訴苦，可眼角眉梢的倦容卻是瞞不了任何人。容瑾默然片刻，忽然冒出一句。「要是太辛苦，妳就別做學徒了。」

寧汐卻沒聽出他話語中那絲淡不可察的關心，立刻瞪圓了眼睛。「你說這話是什麼意思？誰說我吃不了苦了？我可是打算著以後要做一個好廚子的，誰也別想攆我走。」一副戒備的樣子。

容瑾沒好氣地白了她一眼，哼了一聲。「好好好，只要妳樂意吃苦，一切都隨妳好了。」

寧汐得意洋洋地揚起了秀氣的小臉。「你就等著看好了，不出兩年，我一定會成為一個真正的大廚。到時候，京城所有人都會知道寧汐這個名字。」

容瑾勾起了唇角。「好，那我就等著看妳闖蕩出名氣來。」

是月光太美了嗎？她竟然在容瑾的眼中看到一抹溫柔……不不不，一定是她的錯覺！高傲彆扭的容三少爺，怎麼可能會有溫柔的時候？

寧汐不自覺地眨眨眼，盯著容瑾看了片刻。

容瑾被看得有些不自在，卻不肯表露出來，反而嘲弄地一笑。「怎麼一直盯著我看？終於發現我是多麼的英俊瀟灑器宇不凡玉樹臨風了嗎？」

寧汐噗哧一聲笑了起來。「沒見過這麼誇自己的，真不害臊！」

那清脆的笑聲如銀鈴般在夜風中飄揚，無比的悅耳。容瑾微微勾起唇角，眼裡流露出淺淺的一絲溫柔。

如水的月光下，那個高高在上的驕傲少年，第一次用這樣專注的眼神靜靜的看著她。這一刻，時間似靜止一般。

寧汐心裡一跳，再也沒辦法騙自己說那只是錯覺。

她不是懵懂無知的青澀少女，容瑾對她的種種特別，其實顯而易見，只是她一直不肯多想。可這一刻，她不多想也不行了……

臉頰忽然熱了起來，心怦怦地亂跳，忽然不敢再看那雙含笑的眼眸。寧汐不自覺地移開視線。「你……這麼晚了，你該回去了吧！」

那抹少女的羞澀和嫣紅，在清亮的月光裡一覽無遺。

「可我不想回去。」容瑾低低地笑了，語氣說不出的親暱隨意。明明隔著六尺遠，可他的話語就像在她的耳邊呢喃。寧汐拚命地壓抑住臉紅的衝動，很殺風景地應道：「可我得進去做事了。」

容瑾的笑容一頓，過了片刻，才若無其事地說道：「好，那妳回去吧！」

寧汐悄然鬆了口氣，轉身離開。剛走了沒兩步，身後的容瑾突然問了句。「妳覺得邵晏怎麼樣？」

寧汐的身子一顫，不自覺地停住了腳步，故作平靜的說道：「我和他只見過幾次，不算熟悉。你怎麼忽然問起這個來了？」

不算熟悉嗎？可人家絲毫不掩愛慕之情，已經找上門來了！

容瑾盯著她僵硬的背影，眼裡已然沒了笑意，聲音也冷了下來。「沒什麼，我隨便問問，妳回去做事吧！」

寧汐匆匆地嗯了一聲，頭也沒回地回了廚房。今晚的容瑾實在是和平時大不一樣，既陌生又危險。她直覺的想逃離這樣的他，越快越好！

容瑾面無表情的看著寧汐迫不及待地離開，默默地在原地站了許久，才上馬回了容府。

這一晚，寧汐理所當然地失眠了。躺在床上，睜著眼睛看著窗外的月光，腦子裡不停的回想起今天發生的種種，越想越覺得亂糟糟的。

邵晏的出現已經讓她夠煩心的了，再多一個容瑾……

寧汐長長的嘆了口氣，又翻了個身。

以後該怎麼辦？

事實上，不管是邵晏還是容瑾，都是她避之唯恐不及的。她固然不想和邵晏有任何的牽扯，可容瑾流露出的些微好感更讓她驚慌失措。

她的人生規劃裡，並不包括成為某位貴公子的小妾之類的事情。

所以，從明天開始，她要和容瑾保持距離，堅決不讓這絲好感有萌芽的機會。以容瑾的高傲，肯定會很快察覺出她的排斥之意，絕不會糾纏著她不放的。

想妥了之後，寧汐總算平靜了一些，迷迷糊糊地睡著了。

胡思亂想的下場當然是睡過了頭。

第二天早上，寧有方見寧汐遲遲沒起，便一個人先走了。寧汐醒來的時候，日頭已經老高了。

寧汐連嘆氣的時間都沒有，一骨碌從床上翻起來，飛速的穿衣下床洗漱。

阮氏端了早飯過來，笑著安撫道：「妳爹走之前吩咐過了，讓妳今天別去酒樓，好好的歇一天。」

寧汐哪裡肯，隨手拿起一個饅頭往嘴裡塞。「酒樓這麼忙，要是我不去，爹更忙不過來了。」說著，就拔腿往外跑。

阮氏忙喊了聲。「汐兒，今天是十五，妳哥哥中午會回來呢！妳就別去酒樓了，陪妳哥哥說說話。」

一聽到寧暉要回來，寧汐頓時停住了腳步。自寧暉去了于夫子的學館裡讀書，中間只回來過一次，她和寧有方都在酒樓忙活，根本沒見著寧暉的人影。算起來，她已經一個多月沒見到寧暉了。

算了，今天就不去了，正好不用找藉口避開容瑾了。寧汐越想越高興，笑咪咪的坐到桌子前吃起了早飯。

阮氏每天一個人待在院子裡，連個說話解悶的人都沒有。今天有寧汐在，自然免不了要絮叨幾句。「汐兒，妳一個姑娘家，整天和一堆男子待在一起做事，總是不大合適。以前也就算了，可妳現在也不小了，過了年就十四了，總得避嫌……」說來說去，無非是想勸寧汐不要再做學徒了。女孩子嘛，還是找個好夫婿嫁了才是正理。

寧汐沒有吱聲，任由阮氏嘮叨了半天。等阮氏說得口乾舌燥了，才冷不防地來了一句。「娘，您就別勸我了，我不會半途而廢的。最多再過一年，我就出師，到時候我要做鼎香樓的大廚，闖出些名頭來。」

阮氏一聽這話就急了。「傻丫頭，妳一個女孩子要什麼名頭？」整天拋頭露面的做廚子，以後想找個好人家可就難了。

寧汐淡淡地笑了笑。「男子能做的事情，我也一定可以。娘，我不想瞞您，一開始我確實是為了哥哥著想才做了學徒，不過，現在我已經喜歡上了做菜。我想正大光明的做個廚子，讓所有客人都以吃到我親手做的菜餚為榮！」

這一番話透著說不出的豪情壯志，讓阮氏聽得傻眼了。想再勸，卻見寧汐笑嘻嘻地站了起來。「我去後門口等哥哥去。」說著，就麻溜的跑了。

阮氏又好氣又好笑，眼睜睜的看著寧汐溜走了，無奈地嘆了口氣，心裡暗暗想著，以後總得找個好時機好好的勸勸寧汐不可。

未出閣的少女做大廚……這算怎麼回事？

看守後門的管事婆子，對寧汐早就熟悉得不能再熟悉了，老遠地見了寧汐的身影，便殷勤地笑著迎了上來打招呼。「寧姑娘，妳今天來得有點遲，妳爹已經走了。我這就給妳開門去。」一得罪了四小姐還能安然無恙的住在容府裡的主兒，許嬤嬤自然開罪不起。而且，容府裡隱隱約約流傳的小道消息，更讓許嬤嬤對寧汐刮目相看。也因此，她平日裡對寧家父女都客氣得不得了。

寧汐笑咪咪地說道：「多謝許嬤嬤關照。我今天不去鼎香樓，打算在這兒等哥哥回來呢！」

許嬤嬤笑了笑。「我這就給妳開門，在外面等好了。」開了門之後，又殷勤地端了凳子給寧汐。這樣的熱情讓寧汐實在有些吃不消，只得連連道謝。

許嬤嬤整日裡除了開門關門之外，也沒什麼別的事情。陪著寧汐在後門外等著，有一搭沒一搭地閒聊了幾句。

許嬤嬤不著痕跡地打量寧汐兩眼，忽然壓低了聲音笑道：「寧姑娘，妳別怪老婆子多嘴。做廚子的，天天待在廚房裡煙燻火燎的也太辛苦了，妳難道真打算一直做學徒不成？」

一天之內，已經是第二個人對她說這些了。阮氏是出於關心和愛護，可許嬤嬤卻分明在試探什麼……

寧汐不動聲色地笑道：「做學徒確實有些辛苦。不過，習慣了也就好了。」

許嬤嬤曖昧地一笑。「妳長得這麼標緻，以後自然有大好前程，何必這麼辛苦？」雖然說得語焉不詳，可話裡話外都透出點別的意思來，以寧汐的聰慧，豈能聽不出來？

寧汐的笑容淡了下來，眸光一閃，故作不經意地問道：「許嬤嬤，妳說這話是什麼意思？」

第一百三十九章　流言就是這麼來的……

許嬤嬤只以為女孩子臉皮薄，不好意思承認，擠眉弄眼地笑道：「哎喲，寧姑娘，在我老婆子面前妳就別不好意思了。妳現在年齡還小，再過個一、兩年，三少爺總會給妳個名分的。以後若是做了姨娘，可就飛上枝頭成鳳凰了，到時候還請寧姑娘多多提點……」

寧汐聽得臉都黑了，暗暗咬牙切齒，不客氣地打斷許嬤嬤。「許嬤嬤，我不懂妳說什麼。」要是識趣的，聽到這話就該打住了。

可許嬤嬤今天的八卦之心熊熊燃燒，又難得的遇到了緋聞的女主角，竟然沒留意到寧汐的臉色是多麼的難看，逕自地說道：「不是我老婆子吹噓，我們三少爺可是出了名的美少年。不管走到哪兒，都有一堆少女愛慕。張大人家的小姐，王少爺的妹妹，還有楚大人家的千金，可都是一等一的美人兒，以後少爺不管娶了誰，都是門當戶對的好姻緣……」

許嬤嬤在留意到寧汐的難看臉色之後，立刻陪笑著說道：「不過，三少爺心裡真正喜歡的根本不是那些嬌貴的千金小姐，這我們都知道的。寧姑娘，我這人心直口快，有什麼不中聽的，妳可千萬別往心裡去。」

寧汐忍住罵人的衝動，皮笑肉不笑地應道：「許嬤嬤說的不錯，三少爺人品相貌才情世間罕見。像他這樣的，自然不愁娶不到好姑娘。」

門當戶對的貴族小姐多得是，容瑾愛娶誰娶誰，她可沒打算摻和。

許嬤嬤顯然誤會了寧汐的不悅，忙笑著安撫道：「寧姑娘，妳這身分，做正室自然不可能。不過，等妳被三少爺收了房，以後總有熬出頭的那一日……」

寧汐再也聽不下去了，霍然站了起來，繃著臉說道：「許嬤嬤，別再說了。」

許嬤嬤一愣，笑容有些僵硬。

寧汐冷冷地說道：「我不知道妳怎麼會有這樣的誤會。不過，我現在可以告訴妳，我只是個普通的廚子，和容三少爺絕沒有什麼私情，以後也不可能有什麼關係。妳以後別再亂說了，更不要把我和他扯在一起。」這話擲地有聲，說得異常堅決。

許嬤嬤再怎麼樣遲鈍也聽出不對勁了。「寧姑娘，妳……妳和三少爺……」真的不是那種關係？

寧汐抿緊了嘴唇，再一次申明。「絕對沒有任何關係。」

許嬤嬤尷尬地笑了笑，不再多嘴，可顯然並未完全相信寧汐的說辭。

容三少爺的高傲可是遠近聞名的，誰曾見過他對哪一個少女和顏悅色？就連府裡刁蠻任性的四小姐，在三少爺面前都乖乖的不敢多嘴，唯恐惹惱了他。而且，容瑾對任何女子都不假辭色，連應付幾句都嫌麻煩，可眼前這個少女，卻成了那個例外。

聽說，三少爺特地親自給她安排了住處……

聽說，三少爺為了她狠狠的訓斥了四小姐一頓……

聽說，三少爺天天去鼎香樓，還指名讓她親自做菜……

還聽說，平日裡高傲慵懶的三少爺，見了她的時候話比平時多得多……

這種種跡象，足以表明了她在三少爺心目當中，絕不只是個普通的女孩子。許嬤嬤心裡不停的嘀咕著，眼神閃爍個不停。

寧汐深呼吸一口氣，溫和地問道：「許嬤嬤，妳是不是聽說過些什麼？」

聽說過的可多了！許嬤嬤訕訕的笑道：「也沒聽過多少……」

「說給我聽聽吧！」寧汐故作不經意的笑道：「我天天早出晚歸的，和容府裡的下人也不大熟悉，不知道她們在背地裡都怎麼看我的呢！」

許嬤嬤遲疑了。背地裡怎麼說是一回事，可當著人家的面說一遍似乎不太好吧！可是，話說到這分上，要是什麼也不告訴寧汐，豈不是說不過去？

寧汐很有耐心地等了許久，終於聽許嬤嬤吶吶地張嘴說道：「其實大夥兒也沒說什麼，就是無聊的時候說著解悶。」

寧汐微微一笑，溫和地說道：「這個也是在所難免的。每天接觸的人和事就是這些，說的話不免也圍著府裡的人打轉。更何況，容三少爺正值年少，又長得俊美，大夥兒自然對他關注得最多。」

這話說得實在很入耳，許嬤嬤興奮地點點頭，不自覺的透露了一點點。「是啊，我們府裡喜歡三少爺的丫鬟多得很，尤其是翠環，生得出挑，又在三少爺的院子裡伺候了兩年。大家都說，她被收房的機會最大，所以，翠環一直心氣很高，在別的丫鬟面前一副高高在上的樣子。」

不過，自寧汐到了容府之後，翠環可就徹底成了笑話。三少爺對寧汐的留意，可是有目共睹。別的丫鬟不免有幸災樂禍的，故意在翠環面前總提起寧汐。

翠環氣了個半死，隨口冒出一句。「哼，她有什麼了不起的，不過是靠著一點廚藝博得了少爺的歡心，以後能不能被少爺收房可還不一定。」

結果，這話就這麼傳了出來，一來二去，就成了最新版本的流言——容三少爺打算將寧汐收房了！

許嬤嬤邊說邊偷偷看寧汐的臉色，寧汐面色如常甚至興致勃勃地托著下巴聽得分外入神，彷彿許嬤嬤口中流言蜚語中的女主角是別人似的。

寧汐表現得如此淡定，許嬤嬤也輕鬆了許多，越發說得起勁。

寧汐不動聲色地將許嬤嬤知道的一切都問了個遍，心裡明明氣了個半死，面上卻笑得坦然。「她們這麼說，可真是抬舉我了。三少爺喜歡美食，對手藝好的廚子總有些另眼相看。我其實是沾了我爹的光，才有幸借住到了容府來，大家怎麼會以為三少爺會喜歡我這樣的普通女孩子？別說那些千金小姐，就說容府裡，漂亮的丫鬟多得是，我這點姿色，哪裡入得了容少爺的眼。」寧汐竭力地貶低自己，總算有了點效果。

許嬤嬤想了想，笑道：「我日日待在後門這兒，只聽她們胡亂嚼舌頭就相信了，真是汗顏了。寧姑娘，妳可千萬別生氣。」看了看寧汐，又補充了一句。「寧姑娘生得這麼水靈秀氣，我們容府裡也找不出第二個來。」

寧汐輕笑一聲。「許嬤嬤過獎了。做人最要緊是有自知之明，我可沒敢奢望著飛上枝頭做鳳凰。日後若是有人再說起這些，煩勞許嬤嬤替我辯解幾句，我的名聲倒不要緊，可千萬別讓人背地裡取笑三少爺沒眼光。」

許嬤嬤也笑了，爽快地答應了。

寧汐悄然鬆了口氣。剛才花了這麼多的口舌功夫總算沒有白費，至少先澄清了一回。許嬤嬤這裡可不是什麼僻靜的地方，相反每天都有大小丫鬟婆子進進出出。只要許嬤嬤肯替她辯解幾句，以後說閒話的人肯定會少得多。

正盤算著，寧暉的身影出現了。多日不見，寧暉沈穩了不少，一舉一動也比原來多了內斂的風度。看來，有個好夫子果然好處多多！

寧汐眼睛一亮，忙笑著迎了上去，親熱地挽著寧暉的胳膊。「哥哥，你可總算回來了，我在這兒等好久了呢！」

寧暉咧嘴一笑，親暱的摸了摸寧汐的頭。「這麼遠，我走了大半個時辰，已經是一路小跑了，肚子都跑得餓了。」

寧汐俏皮地一笑。「中午我親自下廚，給你做些好吃的，保准讓你吃得飽飽的。」

兄妹兩個有說有笑的進了容府。

許嬤嬤目送著兄妹兩個走遠，正打算把後門關起來，就見一個俏麗的丫鬟走了進來，正是四小姐身邊的丫鬟綠竹。

許嬤嬤立刻堆出笑容，上前打了招呼。

綠竹顯然是奉命出去買東西，時間充裕，便隨口和許嬤嬤閒扯了起來。

許嬤嬤忽地壓低了聲音笑道：「綠竹，上次妳跟我說的，我今天算是領教了。」

綠竹微微一愣，旋即明白過來。「那個叫寧汐的和妳說什麼了嗎？」

許嬤嬤擠眉弄眼地笑道：「她剛才到後門來等她哥哥，我就和她聊了幾句。之前我倒是半信半疑的，可今兒個一聽她說話，我就知道她和三少爺的關係不同尋常了。」

說著，將寧汐說過的話挑了一些學給綠竹聽。「……妳聽聽，要是真沒那個心思，怎麼可能費那麼大的勁兒解釋，還特地叮囑我替她辯解幾句，分明是心虛嘛！」

少爺這樣的人才，連她一個老婆子見了都會臉紅，何況是正值妙齡的少女，肯定早就芳心暗許了。

綠竹也連連點頭。「就是就是，少爺對她那麼好，傻子都能看出不對勁了。那一回小姐和她發生爭執，少爺可護著她了，竟然把小姐都罵哭了，我可是親眼瞧見了。」

許嬤嬤見有人附和自己，說得越發興奮了。「妳等著看吧，不出兩年，少爺一定會把她收房……」

說笑一番之後，綠竹才從後門走了。

過了片刻，大少奶奶身邊的管事婆子又過來了。許嬤嬤立刻拉住來人，又巴拉巴拉說了一大通。

好在寧汐不知道這些，不然肯定要被氣得吐血。

流言，原來就是這麼傳出來的……

第一百四十章　城門起火殃及池魚

到了下午，寧暉便打算動身回學館了。

寧汐依依不捨地拉著寧暉的袖子。「哥哥，這麼早就回去嗎？吃了晚飯再走不行嗎？」這麼久沒見，兄妹兩個似乎有說不完的話，真捨不得寧暉就這麼走了呢！

寧暉苦笑一聲。「于夫子的脾氣妳不是不知道，要是我回得遲了，肯定要被罵一頓，說不定還會挨板子。」

寧汐一愣。「不是吧！你們都那麼大的人了，于夫子還打手板子？」

寧暉摸摸鼻子。「嗯，師兄們也都挨過板子。」

文章背不上來，字寫得不工整，寫的文章不夠好等等，但凡于夫子不滿意的，都會動板子，而且絕對不會有半點手軟。寧暉挨了幾次火辣辣的板子之後，比原來更勤奮刻苦，充分證明了板子的作用。

寧汐一想到寧暉老老實實站在那兒挨手板的樣子，忍不住笑了起來。

阮氏聽了卻是一陣心疼，拉著寧暉的手翻來覆去的看。

寧暉笑道：「娘，我一開始挨過幾回，現在已經很少挨板子了。」再說了，就算挨板子，手上也不至於留下瘀痕什麼的。

阮氏嘆口氣，卻沒多說什麼，只是從屋子裡又取了些散碎的銀子塞到寧暉的手裡。「有什麼喜歡的只管買，別捨不得。」

寧暉沒推辭，口中卻笑道：「我們天天在學館裡讀書，連出來的機會都很少，哪有什麼機會閒逛買東西。好了，我真要走了，回去遲了可不好。」

寧汐搶著說道：「哥哥，我送送你。」寧暉笑著點點頭，扯著寧汐的袖子一起出了院子。

出後門的時候，許嬤嬤笑得分外熱情客氣，還朝寧汐眨了眨眼。

寧汐心裡不免有些沾沾自喜，以後再有人說三道四的，至少有許嬤嬤幫著辯駁幾句，流言肯定會越來越少了。

等走出老遠了，寧暉才放心地嘟囔一句。「這個看守後門的許嬤嬤今天好奇怪。」簡直熱情得過了頭。

寧汐笑了笑，卻不打算把那些令人煩心的流言蜚語告訴寧暉，隨意的扯開了話題。「哥哥，你和同窗們相處得還好嗎？」那幾個一看就知道是富家公子哥兒，也不知道有沒有欺負寧暉什麼的。

寧暉隨意的笑了笑。「還算不錯。」他們幾個倒不至於欺負他，只不過，對他也不算熱情就是了。家世背景的差距擺在那兒，隔閡和距離肯定有的，他早有心理準備，倒也坦然。

聽這話意，寧汐哪有不明白的，忍不住輕嘆口氣。

寧暉笑著安撫道：「妹妹，離鄉試還有一年多，我一定用功讀書準備，等考中了舉人，別人自然都會高看我一眼。」想要別人的尊重，也得有實力才行。

寧汐想了想，用力地點點頭。「好，你用功讀書考取功名，我努力做個好廚子。我們兄妹兩個一起努力。」

寧暉卻皺起了眉頭，不以為然地說道：「做廚子太辛苦了，又得天天拋頭露面。妳就別想著以後做廚子了。」

這陣子是怎麼回事？怎麼一個一個見了她都說這話？寧汐的強脾氣也上來了。「不，我就是要做廚子。不僅要做，而且還要做最有名氣最好的大廚。哥哥，你以後別勸我了，我已經決定了。」小臉一片嚴肅，顯然不是在說笑。

寧暉啞然失笑，打趣道：「妹妹，妳就不怕以後嫁不出去嗎？」

寧汐嘻嘻一笑，隨口應道：「想娶我的，自然不會嫌棄我，要是敢嫌棄我是個廚子，那就離我遠點好了，本姑娘還不稀罕呢！」

寧暉被逗樂了，邊走邊笑道：「那我就等著看著，未來的妹夫會是什麼樣。」

寧汐不假思索地回了一句。「你就別惦記我了，還是想想早點給我娶個嫂子回來才是。」

寧暉的笑容頓時淡了下來，一張嬌俏的面容在腦子裡一閃而過，心裡隱隱地抽痛起來。

寧汐暗暗懊惱自己的失言，忙笑著補救。「以哥哥這樣的才貌人品，以後可勁兒的挑也沒問題。」

寧暉自嘲地笑了笑。「就我這樣，哪家姑娘能看得中我？」說著，深深地看了寧汐一眼。「孫冬雪跟著陸少爺回洛陽了吧！」

這事瞞不過去，寧汐只得點了點頭，想了想，又狠狠心說道：「孫伯伯說過，冬雪姊姊很快就是陸少爺的通房丫鬟了。」

寧暉停住了腳步，默然了許久。

現在說什麼安慰的話都顯得空洞無力，寧汐沒有吱聲，就這麼陪著寧暉站在那兒。偶爾有人路過，見一雙少男少女呆呆的站在那兒，忍不住頻頻看了過來。

就這麼站下去也不是法子……寧汐柔聲的安撫道：「哥哥，你和她沒這個緣分，以後就忘了她吧！」總這麼放在心裡惦記著，豈不是在折磨自己？

寧暉的嘴角浮起一絲苦笑，沒精打采地嘆道：「妳還小，不懂這些。如果真的喜歡一個人，哪裡是說忘就能忘了。」那個人一直被放在心裡，怎麼都揮之不去。越是想忘，越是忘不掉……

她怎麼會不懂？

寧汐自嘲地笑了笑。「我確實不懂，不過，有一點我卻是知道的，感情一事不能勉強，是你的就是你的，不是你的強求不來。」

這話說起來容易，可想做到卻太難了！

寧暉打起精神擠出一絲笑容。「妳不用擔心，我會好好的。時候也不早了，我還得趕著回去，妳就別送我了。」

寧汐點點頭，目送著寧暉遠去。等那個熟悉的身影完全消失在眼前，寧汐才悄然嘆了口氣，轉身回了容府。

走沒兩步，忽然聽到身後有人氣喘吁吁的喊道：「寧姑娘！」

那聲音實在耳熟，寧汐不用回頭也能聽出是誰，心裡忽然一跳。迅速的轉身，待看到只有小安子一個人，也不知道是慶幸還是失望，總之心裡怪怪的。「小安子哥哥，你怎麼在這兒？」

小安子跑了過來，重重的嘆了口氣。「別提了，少爺今天一整天都繃著臉，一會兒差我買這個，一會兒派我買那個，我這已經跑了第四趟了。」

主子心情不好，他就成了出氣筒。不過，他寧願出來跑腿，也不願意待在容瑾身邊，免得時時刻刻對著那張面無表情的臉。

寧汐忍不住追問道：「容少爺怎麼了？心情不好嗎？」

小安子瞄了寧汐一眼，若有所指地說道：「是啊，少爺昨天晚上一個人騎了馬出去，很晚才回來。在書房裡折騰到半夜才睡，今天早晨起來之後一直沒個笑臉。中午的時候去鼎香樓吃飯，沒想到寧姑娘妳又不在……」

容瑾當時倒是很平靜，隨意地吃了些就回來了，可之後就一直繃著個臉，顯然心情很不好。近身伺候的丫鬟小廝無一例外都被挑剌訓了幾句，尤其是他，腿都跑得發軟了。

這不，書房裡明明有一堆筆墨紙硯，可容瑾卻吩咐他出來買一方新的硯臺回去。這大熱天跑來跑去的，身上的汗都可以洗澡了。

想來想去，能讓容瑾心情波動得如此厲害的，也就只有眼前的寧汐了。

小安子的目光讓寧汐渾身不自在，不由得解釋道：「今天哥哥回來，我就沒去鼎香樓。」她可不會承認自己故意在躲著容瑾。

小安子了然地笑了，識趣地並未多嘴。

不過，在進了容府的後門之後，終於忍不住試探了一句。「寧姑娘，妳明天會到鼎香樓去吧？」

寧汐不假思索地點了點頭。她是打算去鼎香樓沒錯，不過，她可沒打算和容瑾再有什麼接觸……

小安子自然不清楚寧汐的打算，樂顛顛地跑回了院子，殷勤地把買回來的硯臺送到了書房裡，卻見容瑾冷著臉正在訓翠環。「……誰讓妳隨便進書房裡來的？難道不知道我寫字的時候不喜歡別人進來打擾嗎？」

翠環可憐巴巴的站在那兒，眼淚在眼眶裡委屈的直打轉。她只是想來送碗冰鎮酸梅湯而已，少爺不領情也就罷了，還不留情面地罵了她一頓。這事要是傳開，她可就成了眾人眼裡的笑柄了。

小安子咳嗽一聲，陪笑道：「少爺，奴才把硯臺買回來了。」少爺真是不懂什麼叫憐香惜玉，沒見翠環都快哭了嗎？

容瑾瞄了硯臺一眼，隨意地「嗯」了一聲，注意力總算從可憐的翠環身上移開了。

小安子連連朝翠環使眼色。還不走想幹麼？還想挨訓嗎？

翠環眨巴眨巴眼睛，將淚水壓了回去，忙退了出去。

容瑾自然沒錯過小安子的擠眉弄眼，輕哼一聲。「小安子，你膽子可真是越來越大了。」居然還學會英雄救美了！

小安子連連陪笑。「少爺可千萬別這麼說，奴才可不敢當。要不，奴才這就把翠環再叫進來……」

容瑾沒好氣地瞪了他一眼。「多事！」口氣仍然不算好，不過，總算沒繃著臉了。

小安子的眼珠骨碌一轉，笑咪咪的說道：「少爺，奴才剛才買東西回來，在後門那邊碰到寧姑娘了。」

第一百四十一章　就是要躲著你

容瑾微微挑眉。「她在那兒做什麼？」

語氣雖然還是很淡然，可比起之前卻好太多了。小安子慶幸自己選對了話題，忙笑著說道：「寧姑娘的哥哥今天回來，所以她才沒去酒樓，她剛才是送寧公子才會在後門那邊。」

寧暉今天回來過？容瑾隨意地嗯了聲，沈重的氣氛忽然緩和了許多。

小安子頓感輕鬆不少，咧嘴笑道：「少爺，寧姑娘說了，她明天會去鼎香樓的。」不會再讓您撲個空了。當然，最後這一句話就是再借兩個膽子給小安子他也不敢說出口。

容瑾忽然又彆扭了，冷冷地瞪了過來。「誰讓你問她這個了？難道她不在，我就不能去鼎香樓吃午飯嗎？」

「能能能，當然能，都是奴才多嘴。」小安子一臉的陪笑，恨不得給自己一巴掌。少爺的心思豈能隨便揣測？就算他猜到了，也不該說出來嘛！要是少爺惱羞成怒了，吃排頭的還不是他？

容瑾輕哼一聲，懶得再訓小安子，低頭寫起了文章，下筆顯然流暢多了，而且也沒再繃著臉罵人了。

小安子悄悄鬆口氣。好了好了，少爺心情好多了，他也能有點好日子過了。

只可惜，這口氣鬆得太早了！

到了第二天中午，容瑾慣例去了鼎香樓的雅座待著，隨口吩咐小安子。「去廚房說一聲，今天我要吃炒蝦仁……」隨口報了一長串菜名，小安子聚精會神地將菜名都記下，然後匆匆地跑到了廚房去找寧汐。

寧汐果然在廚房，小安子精神一振，笑著湊了過去。「寧姑娘，少爺今天點了幾個菜。」說著，就將容瑾要吃的菜名說了一遍。

寧汐抬頭看了小安子一眼，笑著應道：「好，菜名我記下了，待會兒就請我爹動手做。」

小安子的笑容頓了一頓。「寧姑娘，妳沒空嗎？」好好的，為什麼突然要讓寧大廚做菜？

寧汐微微一笑。「我這兩天不太舒服，沒力氣做菜。」

小安子不動聲色地打量面色紅潤神清氣爽的寧汐兩眼，識趣地沒有多問，點點頭表示知道了。等回去覆命的時候，原原本本的將寧汐說過的話學給容瑾聽了一遍。

容瑾微微皺眉，沈聲問道：「她有沒有說哪兒不舒服？請大夫看了嗎？」

呃，這個該怎麼回答？小安子謹慎地答道：「這個奴才也不清楚。」事實上，寧汐的臉色好得不得了，壓根兒看不出有任何不舒服的跡象。只是，這樣的大實話，打死他也不敢直說啊！

容瑾不悅地擰起了眉頭。「什麼叫不清楚？你就沒問問嗎？」

小安子苦著臉，期期艾艾地應道：「這個，我也不好多問……」關鍵是，人家寧姑娘擺明是隨口敷衍，他要是真的追問，才是自討沒趣吧！

容瑾沈著臉起身，這動靜把小安子嚇了一跳。「少爺，您這是要去哪兒？」

容瑾簡短地應了句。「去廚房。」

去、去廚房？小安子一愣，旋即反應過來，忙勸道：「少爺，依奴才看，寧姑娘應該沒什麼，您還是別去了吧！」那語氣實在是迫切，像是隱藏了什麼內情似的……

容瑾的腳步一停，眼眸微瞇，冷冷地問道：「到底是怎麼回事？別吞吞吐吐的。」

小安子支支吾吾了半天，終於扛不住容瑾冷然的目光，老實地說了實話。「少爺，寧姑娘說自己不舒服，沒力氣做菜。不過，奴才看著，她的臉色挺紅潤，挺有精神的。」

也就是說，她根本就是隨意找了個藉口，其實只是想避開他而已……

容瑾的臉陡然黑了，周身散發著強冷氣流，讓小安子不自覺的抖了一抖，再也不敢多嘴了。

容瑾立在原地半晌，忽然又抬腳往廚房走。

小安子忙跟了上去。「少爺，您還是要去看看寧姑娘嗎？」

容瑾冷笑一聲。「我倒要看看，她到底是哪兒不舒服。」一口氣堵在嗓子眼，上不來下不去，實在憋屈極了。他還從來沒嘗過這種被人嫌棄敷衍的滋味，今天非得找寧汐當面問個清楚不可！哼！

孫掌櫃見容瑾冷著臉走過來，正想笑著上前打招呼，卻見小安子擠眉弄眼的使眼色，頓時一愣。就這一眨眼的工夫，容瑾已經面無表情地走了過去。

孫掌櫃疑惑不解地看了小安子一眼。容少爺這是怎麼了？來的時候還好好的，怎麼一轉眼就這副神情了？

小安子苦著臉搖搖頭，沒時間多說，忙跟了上去。

眼看著廚房就要到了，容瑾忽然放慢了步伐，故作悠閒地走了進去。

寧有方和張展瑜背對著廚房門口在爐灶邊忙碌著，寧汐則低著頭在案板邊切菜配菜，一切都和平日裡相差無幾。

容瑾輕輕地咳嗽一聲。

寧汐抬起頭，對容瑾的到來竟然一點都不驚訝，甚至還笑著打了個招呼。「容少爺，您怎麼到這兒來了？這兒可是又悶又熱呢！」

容瑾黑幽的眸子緊緊地盯著寧汐的俏臉，慢悠悠地開了口。「聽小安子說，妳身體不舒服，連做菜的力氣都沒有，我特地過來看看。」

寧汐瞄了倜促不安的小安子一眼，忽然抿唇笑了。「多謝容少爺關心，我沒什麼大毛病，只要注意休息就行了。」

確實沒什麼大毛病，瞧那張神采奕奕的紅潤俏臉，精神得很啊！

容瑾暗暗咬牙，放在身後的左手悄然握緊，硬是擠出若無其事的笑容來。「既然如此，那就讓寧大廚做菜好了。」

寧有方忙得不可開交，聞言匆匆地回頭笑道：「請容少爺在雅間裡稍微等上片刻，飯菜一會兒就好了。」

一大早寧汐就對他說，這幾天想稍微休息一下，不想站在爐灶邊對著爐火鍋灶了。寧有方連問都沒問就點頭答應了，直到現在，寧有方才咂摸出點味道來。

不過，不管寧汐心裡是何打算，他都不樂見寧汐和容瑾有太多接觸，現在這樣再好不過了。

容瑾的嘴唇抿得緊緊的，眼眸裡飛快地閃過一絲隱忍的怒火，卻笑得淡然。「也好，那就有勞寧大廚了。」施施然轉身，頭也不回地離開了。

那個挺拔的背影，比平日挺得更直。

寧汐靜靜地看著容瑾的身影離開視線，手裡的動作忽然停頓了下來。

她之前想的果然沒錯。容瑾是那樣的驕傲，就算對她有一絲好感，也不會死皮賴臉的糾纏不休。只要她隨意的找個藉口，暗示出自己想避開的心意，他一定會一言不發地離開。

一切如她所願！

估計，過了今天之後，他不會再來鼎香樓了吧！不會再讓小安子喊她到雅間說話，不會再刻薄的批評她做的菜餚有什麼缺點，不會每天派馬車來接他們回去，不會在清亮的月光下溫柔的看著她……

寧汐默默地拿起刀，專注地切起了肉片。她是那樣的心無旁騖，甚至連寧有方什麼時候站到她的身邊都沒留意。

冷不防地聽到寧有方的聲音在耳邊響起時，寧汐的手抖了一下，差點切到手指。驚魂未定地將刀放下之後，寧汐才發起了牢騷。「爹，您什麼時候站我身後的？怎麼也不說一聲，可把我嚇死了。」

寧有方無辜地聳聳肩。「我站妳身後很久了，可妳一直沒理我，我只好喊妳一聲。」

張展瑜得照看著爐火，沒時間回頭說話，可耳朵卻豎得老長。

「您還有好幾桌的菜餚都沒做吧！怎麼有空來和我說話了？」寧汐迅速的恢復如常，笑嘻嘻地問道。

寧有方意味深長的一笑。「剛才沒來得及問，妳今天怎麼了？到底哪兒不舒服？要不要我去找個大夫來給妳看看？」

這是關心還是試探？寧汐將頭腦裡這絲奇怪的念頭揮開，笑著應道：「也沒什麼，就是覺得渾身都沒力氣，休息兩天就好了。」

「那等妳身體好了，容少爺的飯菜還由妳來做？」寧有方看似隨意地笑道。

寧汐笑了笑，沒有回答這個問題，繼續低頭和肉片奮戰。

寧有方自覺試探有了效果，也不再多問了，笑著回到爐灶邊繼續做菜。

容少爺除了說話太過犀利毒舌之外，其他方面簡直無可挑剔，可正因為如此，寧汐才更要離他遠一些。不然，等流言四起的時候，以後還怎麼做人？

現在既然寧汐自己想到了這一層，並且委婉的解決了此事，他也放心多了。

寧有方的動作很利索，不一會兒就將容瑾點的菜餚都做好了，讓跑堂的端了過去，然後就忙起了其他幾桌酒宴。

寧汐倒是想幫忙，可一想到自己之前曾說過的話，只得按捺住性子，繼續做二廚。

等忙得差不多了，寧有方才想起問跑堂的。「今天的菜餚，容少爺說什麼了嗎？」按著容瑾的習慣，至少也該把他喊去點評幾句的吧！

跑堂的撓撓頭，為難地說道：「容少爺倒是什麼也沒說，不過……」

「不過什麼？」跑堂的支支吾吾的樣子，讓寧有方滿心疑惑。

第一百四十二章　容瑾的驕傲

寧汐下意識地抬起頭來，在聽到跑堂的下一句話之後，愣住了。

「不過，容少爺根本一口都沒吃。坐在雅間裡大概半個時辰，後來就走了。」

一口都沒吃……寧有方和張展瑜也是一愣。

尤其是寧有方，急急地問道：「怎麼會一口都沒吃？是不是我今天做的菜有什麼問題？」雖然容瑾對吃很挑剔，可從來沒有不動筷子的先例。

跑堂的說不出個所以然來，搖搖頭表示不知道。

張展瑜咳嗽一聲，委婉地暗示道：「師傅您別著急，既然容少爺一口都沒吃，說明不是菜餚有什麼問題。」恐怕是心情不太好吧！

寧有方又是一愣，不自覺地看了寧汐一眼。

寧汐若無其事地笑了笑。「容少爺肯定是沒什麼胃口才沒吃，爹，您就別把這點小事放在心上了。」

寧有方沒有說什麼，隨意地點了點頭。

寧汐口中說得淡然，可心裡卻是波濤洶湧久久無法平靜。容瑾一定很生氣吧！他是那樣的驕傲，從不肯在人前示弱，可今天卻連飯菜都不肯吃一口……

那雙隱含著怒火的眸子在她的腦海裡不停的晃動著，揮之不去。

寧汐的話陡然少了許多，一直沈默著，寧有方和張展瑜識趣地沒來打擾她。

到了晚上，容府的馬車一如既往的在外面等候。只有車伕，卻沒了小安子熟悉的身影。

寧汐隨著寧有方一起上了馬車，孫掌櫃忍不住多嘴問了一句。「今兒個小安子怎麼沒來？」

寧有方咳了咳，笑著說道：「這個我也不太清楚。」

孫掌櫃瞄了寧汐一眼，有意無意地說道：「容少爺今天似乎心情不太好，中午的飯菜一口都沒動就走了。」寧汐做菜的時候，容瑾可是每天都吃了不少。今天忽然換了寧有方掌廚，就鬧了這麼一齣，讓人不生疑心都難啊！

寧汐淡淡地笑了笑，沒有吱聲。

寧有方又接過了話頭。「可能是容少爺沒什麼胃口。具體怎麼回事，還得問問容少爺才知道。」話是這麼說，可誰有這個膽子去問容瑾？

孫掌櫃眸光一閃，識趣地扯開了話題。

接下來一連數日，容瑾再也沒來過鼎香樓。寧汐每天早出晚歸，從不主動打聽容瑾的消息。之前頻頻出現的那個人，一下子遠離了她的生活。

這樣的日子果然平靜多了。

寧汐依舊忙忙碌碌地做著學徒，每天琢磨著新菜式，廚藝越發的純熟精湛。可不知怎麼的，她反而沒了多少興致掌勺。

其間，邵晏曾來過一回，指名讓她做了幾道菜。她沒有拒絕，可卻不肯再出去見他。好在邵晏並沒強人所難，很有風度地走了。

生活裡似乎少了些什麼，可她卻不願去深想到底少的是什麼……

日子一久，連張展瑜都覺得寧汐有點不對勁了。她還是活潑爽朗，每天笑咪咪的跑來跑去，可偶爾安靜下來，笑容卻有幾分寂寥。

出於某種不可告人的自私心理，張展瑜對這一切選擇了沈默。聊天的時候，從不提及那個名字。

倒是寧汐自己，偶爾說得興起，會說漏了嘴。「……這道桂花醬雞味道香濃，要是容少爺吃了，肯定挑不出毛病來……」頓了頓，又若無其事地扯開話題。「爹、張大哥，你們都來嚐嚐。」

張展瑜笑了笑，嚐了一口，然後連連點頭。「味道果然很好，汐妹子，這是怎麼做出來的？」

寧汐打起精神笑道：「說起來也很簡單，將雞醃漬過後上鍋蒸熟，然後將雞肉撕成細絲就行了。」

這道菜的奧妙之處，就在於桂花醬的調製。那本神秘的食譜裡記錄了好多種醬汁的調製方法，這桂花醬就是其中一種。今天寧汐小試了一番身手，效果果然極好。

寧有方邊吃邊讚道：「好好好，這味道果然不錯。今天的宴席，就配上這道菜好了。」

每天的宴席菜單，都是由寧有方擬定的。為了讓客人吃著新鮮不重樣，這菜單每隔兩天就要調整更換。

寧汐笑咪咪地點點頭。「剛才我調製了不少的桂花醬，足夠今天用的了。」

正說著話，孫掌櫃忽然匆匆地走了進來，寧有方立刻迎了上去。這個時候孫掌櫃到廚房來，不用問也知道，肯定是有重要的事情吩咐了。

果然，就聽孫掌櫃笑著說道：「寧老弟，今天二樓的雅間被王少爺全部訂下了，說是照著最高規格上菜，你今天可要好好露一手了。」

寧有方不假思索地笑著應了。自鼎香樓開業以來，被客人包場的也有過幾回。這樣的情況下，自然要拿出看家本事來，不能讓客人失望。

寧汐在一旁聽著，心裡忽然一動，試探著問道：「這位王少爺，是不是尚書大人府上的大少爺？」

孫掌櫃笑著應道：「正是王鴻運王少爺。」

王鴻運和容瑾的關係極好，只要看見容瑾的地方，通常都有王鴻運的身影。反之亦然。既然今天是王鴻運作東請客，容瑾肯定也會出現吧……

寧汐的心情莫名的好了起來，接下來忙起宴席來，都特別的有精神，做了冷盤之後，又掌勺做了幾樣熱炒。

寧有方忙裡偷閒地取笑。「汐兒，妳今天倒是挺有精神。」之前都好幾天沒掌過勺了。

寧汐臉頰有些發燙，隨口嗯了一聲。

寧有方忙完了自己的部分之後，又去別的大廚那裡轉悠了一圈，等所有菜都上齊了，才算稍稍鬆了口氣。

寧汐往外瞄了幾眼，忽然笑著問道：「爹，等宴席結束了，王少爺肯定會喊您過去說話吧！」包場的貴客見見掌勺的主廚，一般還有打賞什麼的，這也算不成文的慣例了。

寧有方嗯了一聲，卻沒接著這個話題往下說。寧汐張張嘴，把到了嘴邊的話又嚥了回去。

等了半個時辰左右，王鴻運果然派人來請寧有方過去。寧有方笑著應了，見寧汐一臉的渴盼，便隨意地說了句。「妳想不想一起過去？」

寧汐立刻笑著點了點頭，眼眸閃著不自覺的亮光。

奇怪，寧汐什麼時候對這樣的場合感興趣了？看來，肯定是日日在廚房裡被悶壞了……

寧有方憐愛地看了寧汐一眼，笑著說道：「到了貴客面前，千萬別多嘴，免得惹惱了貴客。」

寧汐不服氣了。「爹，您說這話我可不愛聽，我什麼時候在客人面前多嘴過了？」

真的沒有嗎？寧有方揶揄地看了過來。

寧汐這才想起自己對著容瑾的時候的言行舉止，尷尬地笑了笑，小聲地保證。「我保證今天不會亂說話的。」她只是……只是有一點點想見見那個人罷了……

當然，她絕沒有別的什麼想法，只不過快有一個月沒見容瑾了，也不知道容瑾氣消了沒有，總不至於鬧崩了連普通朋友都做不成了吧！

寧汐理直氣壯地想著，跟在寧有方的身後去了前樓雅間。

門沒關好，老遠的就能聽到雅間裡傳來熙熙攘攘的說笑聲，王鴻運的聲音尤其的響亮，還有那個葉書懷略顯尖細的笑聲，就連沈倫的聲音她都聽見了，可是唯獨沒聽見容瑾的……難道容瑾今天沒來嗎？

寧汐暗自思忖著，心底泛起一絲淡淡的失落，直到她的眼角餘光瞄到一個熟悉的身影，忽然安心了。

門開了，雅間裡所有客人一覽無遺。王鴻運手裡還端著酒杯，搖頭晃腦地鬧騰著要繼續喝酒，葉書懷等人都在起鬨。

坐在王鴻運身邊的絳衣少年，卻百無聊賴的靠在椅子上，漫不經心地笑著。那雙狹長的鳳眸，微微瞇著，修長的手指無意識地敲著椅子。然後，他看見了低頭走進來的纖弱少女，手指陡然一頓。

那個一向伶牙俐齒聰慧機靈的少女，今天卻異常的老實安分，只抬頭瞄了一眼，就匆匆地垂下了眼瞼。那長長的眼睫毛遮住了她明亮的雙眸，讓他莫名的心煩意亂起來。

哼，來了又不肯正眼看他！

容瑾抿著唇角，眼裡閃過一絲陰霾，卻怎麼也移不開視線。

快一個月沒來鼎香樓了，在容府裡又刻意的避開彼此，算起來，自從那一日過後，他就再也沒見過她……

葉書懷推了推王鴻運。「好了，別鬧了，寧大廚來了。」

王鴻運放下酒杯，上下打量寧有方幾眼，毫不吝嗇讚美之詞。「早就聽說寧大廚手藝高超，今天我可算領教了。」尤其是那道桂花醬雞，實在是香濃可口。

客人的誇讚當然是最令人愉快的，寧有方忙笑著自謙了幾句。「多謝王少爺誇獎，只要王少爺不嫌棄就好。」

王鴻運朗聲笑道：「寧大廚太謙虛了。這樣的手藝，也難怪鼎香樓客似雲來，生意這麼好了。來人，看賞！」

王鴻運生性慷慨，打賞自然厚重，厚厚的一封銀子，至少也有十兩。饒是寧有方習慣了客人的打賞，也有些受寵若驚了，連連道謝。

容瑾忽然嗤笑一聲。「人家忙了半天，這點打賞虧你也拿得出手。」

王鴻運無辜地摸摸鼻子。

第一百四十三章　好消息

容瑾卻不肯再多說了，只瞄了寧汐一眼。

王鴻運何等的通透，立刻明白過來了，自嘲的笑道：「確實是我考慮得不周。來人，給寧姑娘看賞！」

寧汐反射性地抬頭，客氣有禮地笑道：「多謝王少爺的美意，賞銀我爹已經領了，我就不用了……」

王鴻運挑眉一笑。「寧姑娘，妳就別替我省銀子了，不然，今天肯定有人要奚落我到底了。」至於那個人是誰，大家都懂的。

一堆衣衫鮮亮的貴族公子哥兒都擠眉弄眼地笑了起來，看著容瑾的眼神要多曖昧有多曖昧，更有不少盯著寧汐看個不停。

拜大嘴巴的王鴻運所賜，在座的誰不知道眼高於頂的容三少爺居然看中了一個標緻的小廚娘？這種風流韻事若是發生在別人身上，實在不算什麼，可對方偏偏是對女孩子從不假辭色的京城最驕傲的美少年容瑾，這可就讓眾人的好奇心都被吊得老高了。

今天難得有機會親眼見見傳聞中的少女，眾人當然都不肯放過，上上下下仔仔細細的打量了幾眼，不約而同的在心中驚嘆一聲。

眼前的少女雖然還未完全長開，可眉目如畫，說不出的水靈秀氣，分明是個美人胚子。

容瑾果然好眼光啊！

寧汐被眾人看得渾身不自在，不得已接了賞銀，心裡暗暗期盼著眾人的注意力趕快轉移，別用這種看猴子的眼光看她了……

容瑾慵懶的聲音響了起來。「不是說要去西山騎馬嗎？既然吃飽喝足了，我們就出發吧！先說好，誰騎馬輸了明天要作東。」

此言一出，眾人立刻鬥志高昂，紛紛笑道：「好好好，一言為定！」

葉書懷調侃道：「說到這個，我可要抗議了，誰不知道你的疾風是罕見的駿馬，我們再添兩條腿也不是你的對手。」

容瑾挑眉一笑。「要是不服氣，我們就換馬好了。」

葉書懷臉色一白，連連擺手。「算了，我可不想再從馬上摔下來。」想起那匹和主人一樣桀驁不馴的駿馬，葉書懷就覺得腰際還在隱隱作痛。

王鴻運等人樂得哈哈大笑。話題很自然的轉移到了騎馬上，總算沒人再盯著寧汐看了。

容瑾含笑的眼眸迅速地看了寧汐一眼。

寧汐幾乎立刻就領會了他的意思，忙和寧有方一起告退出去了。在回廚房的路上，寧汐將手裡那封銀子塞給寧有方。

寧有方笑道：「這是貴客賞的，妳就拿著吧！留著買點自己喜歡的東西。」女孩子喜歡的珠花首飾香粉什麼的，都是比較貴的，不過，寧汐似乎對這些東西不太熱衷。

果然，就聽寧汐笑道：「不用了，我天天在廚房裡做事，什麼也用不著。」

寧有方想了想，點了點頭。「也好，這銀子我替妳收著，留給妳以後做嫁妝。」

說得好好的，怎麼又提到嫁妝了？寧汐哭笑不得。「爹，我還小著呢，嫁妝什麼的以後再說。」

寧有方咧嘴一笑。「男大當婚女大當嫁，這是天經地義的事情，沒什麼可害羞的。對了，閨女，妳心裡中意什麼樣的男孩子？先告訴爹，爹以後替妳多留心點。」

寧汐的耳際一片滾燙，嬌嗔不已。「爹！我哪有什麼中意的……」

寧有方正色說道：「閨女，只要妳喜歡，爹總不會攔著妳的。不過，齊大非偶，攀不起的我們還是離得遠一些最好。爹就妳這麼一個閨女，總希望妳過得好好的。」正正經經的嫁人生子才是正途。那些貴族公子哥兒，一時興起的喜歡，誰能保證有多長久？

寧有方話語裡的深意，寧汐自然不可能聽不出來，心裡顫了一顫，臉上卻若無其事地笑著應道：「爹，我知道了。」

寧有方笑了笑，沒有再多說什麼。

到了下午，鼎香樓總算閒了下來，廚子也算有了點休息的時間，三三兩兩的坐在一起閒聊。

寧汐搬了椅子，坐在院子裡發呆，幾個打雜的婦人正在低頭洗碗，時不時的有廚子出來轉悠一圈，一切都和平日無異。她怔怔地坐著，思緒早已飛到九霄雲外去了。

到京城也有幾個月了，哥哥寧暉在書館裡用功苦讀，鼎香樓開業之後生意出乎意料的好，一切和前世迥然不同。這樣平靜又充實的生活，她應該很知足很高興才對。

可是，每當想起前世那一幕幕慘厲的回憶，她的心底就會泛起一絲絲的涼意。總有種莫名的驚惶，似乎這樣的平靜快樂只是短暫的……

「汐妹子！」張展瑜匆匆地跑了過來，聲音裡有掩飾不住的興奮和激動。「太好了，師傅接到邀請帖了。」

邀請帖？寧汐一愣。

張展瑜忙笑著補充。「是這樣的，剛才孫掌櫃把師傅喊去商量事情，我也跟了去。聽孫掌櫃說，張侍郎大人府上的老夫人過壽，要辦三天的流水席。他們府上的廚子人手不夠，特地到我們鼎香樓來聘師傅過去掌廚。」

寧汐眼睛一亮，脫口而出。「真的嗎？這可太好了！」

對一個廚子來說，這不僅是身分地位的象徵，更是揚名立萬的好機會啊！到時候貴客雲集，只要有一、兩道菜餚入了客人們的眼，寧有方的名頭可就徹底響了。

張展瑜咧嘴笑道：「張大人府上特地派人來請了，自然不會有假。聽說，往年都是請雲來居的江大廚去掌廚的。」這次居然來請寧有方去掌廚，真是意想不到的好事！

「太好了，我現在就去找爹問問。」寧汐興奮地站了起來。

張展瑜笑了笑。「別著急，師傅正在和孫掌櫃商量這事呢！到時候肯定得帶些廚子過去的。」不用問也知道，他和寧汐肯定都得跟著去的。

等了約莫小半個時辰，寧有方終於回來了。滿面紅光，精神煥發，神采飛揚，總之，各種振奮！

寧汐笑嘻嘻地湊了過去。「爹，恭喜您，名頭已經這麼響了，人家辦宴席都來請您去掌廚呢！」

寧有方朗聲笑了，眼裡閃爍著歡喜的光芒。「是啊，我也沒想到能遇到這樣的好事。」酬金多少反而不是最重要的了。當然，酬金確實也豐厚得令人咋舌就是了。

寧有方湊到寧汐的耳邊，低低地說了個數字。寧汐先是一愣，旋即笑道：「出手真大方。」都趕得上寧有方一年的工錢了。

寧有方笑了笑，正色說道：「不過，要求也很高，讓我明天就帶人過去，將菜單先擬定好，需要的食材自然有人去採買。不過，至少得花一天時間準備。」

越是昂貴的食材，越需要提前處理，魚翅、燕窩、海參、熊掌之類的，都是如此。好在已經入了秋，天氣不再那麼炎熱，不然整天站在爐火邊可真夠受的。

寧汐掐指算了一下。「明天就過去，再準備一天，加上三天的流水席，豈不是一共要去五天？」

寧有方點點頭。「確實得要五天，我打算帶幾個廚子過去。不過，鼎香樓這邊也得有人幫忙，妳和展瑜只能去一個。」

張展瑜一愣，還沒等發表意見，就見寧汐諂媚的湊了過來。「張大哥，這次讓我去吧！等下一次再有這樣的好機會，你再去好不好？」這樣的熱鬧，她哪裡捨得錯過。

「好，那我留下來。」對著那張如花的笑顏，張展瑜哪裡還能說出個不字。

寧汐頓時眉開眼笑，歡呼了起來。

看著寧汐歡快活潑的嬌俏模樣，張展瑜的眼眸裡流露出一絲寵溺的笑意。

接下來，寧有方便將此事跟眾人都說了。其他的廚子也都是滿臉的興奮雀躍，一個個都用期盼的眼神看著寧有方，顯然都想跟著去。

寧有方心裡早有打算，一連點了幾個廚子的名字，幾位大廚裡，只帶上了周大廚，其他的幾個都是二廚。

朱二仗著和寧有方熟悉，一臉陪笑地湊了過來。「寧老弟，把我也帶去見識見識吧！」

寧有方笑著安撫道：「朱二哥，鼎香樓這邊總得有人坐鎮。這幾天，就得全靠你了。」

這頂高帽子實在是恰到好處，朱二立刻不鬧騰了，連連笑著點頭。

第二日早上，寧有方特地比平日起得更早一些，正想去喊寧汐起床，就見寧汐神清氣爽的出來了。「爹，早飯我都做好了，快點吃完出發。」

寧有方啞然失笑。「妳起得倒是比我還早。」居然連早飯都做好了。

早飯很簡單，兩碟鹹菜，一碟三絲卷，一小鍋粳米粥，可味道卻都極好。尤其是那碟三絲卷，外面酥脆裡面鬆軟，細細品味，說不出的鮮香。

越是簡單的飯菜，越能看出廚子的手藝。寧有方心裡暗暗點頭，阮氏更是讚不絕口。

寧汐被誇得渾身舒暢，煎炒烹炸暫且不論，她在麵點主食上也下了不少功夫，如今也算是初有小成了。

吃了早飯，寧汐便隨著寧有方和孫掌櫃一起出了院子。還沒等走到後門口，就聽到身後響起了小安子氣喘吁吁的喊聲。「等一等！」

第一百四十四章　仗勢欺人

幾人都是一愣，停下了腳步。

小安子一路跑了過來，笑著說道：「寧大廚這幾天要去張府，來回步行太不方便了，馬車已經備好，已經在後門口等著了。」

寧有方忙推辭道：「不用不用，我走著去就行了。」坐馬車去張府也太招搖了。

小安子一臉陪笑。「馬車都備好了，你們就別推辭了，要是讓少爺知道我連這點小事都辦不好，不罵我才是怪事。」

寧有方猶豫片刻，忍不住瞄了寧汐一眼。想也知道，容瑾這樣的行為，絕對不是為了他……

寧汐故作坦然地笑了笑。「爹，既然是容少爺的一番好意，我們就別推辭了。」

孫掌櫃不明就裡，也笑著附和。「是啊，坐馬車總比步行快多了，又節省體力。待會兒到鼎香樓，就讓幾個廚子一起坐馬車到張府去，這可比走著去氣派多了。」

寧有方也不再反對，一起出後門上了馬車。這輛馬車和平日裡所見的似乎又有些不同。更寬敞了些，雖然比一般的馬車漂亮講究，倒也不算太惹眼。

寧汐安靜的坐在馬車裡，心裡卻遠不如外表那般平靜。之前一個月悄無聲息，今早又來了這麼一齣，容瑾心裡到底在想些什麼？

有一點卻是毋庸置疑的，她想要的平靜生活只怕是不太容易了……

到鼎香樓之後，寧有方先去召集了幾個廚子。正在商議著去張府的事情，張府就來人了。來人約莫三十左右，生了一張長長的馬臉，走路的時候昂著頭，眼神閃爍不定，頗有幾分傲慢。

寧汐對此人的第一印象實在欠佳，隨意地瞄了一眼就別過了頭去。

孫掌櫃熱情的迎上去寒暄了一番，然後笑著介紹。「寧大廚，我給你介紹一下。這位就是張府的馬管事，這次宴席就是由他全權負責的。」

寧有方不敢怠慢，忙笑著上前打了招呼。

馬管事淡淡地嗯了一聲，上下打量寧有方兩眼，說道：「寧大廚，久仰你的大名了。大小姐常來鼎香樓，對你可是讚不絕口。這次邀請寧大廚去府裡承辦老夫人的壽宴，也是大小姐竭力推薦的。你可要好好表現，不要辜負了我們大小姐的厚愛。」

寧有方一時也想不出這個女子是誰，一臉陪笑地點頭應了。也難怪寧有方沒什麼印象，三樓的雅間男子止步，他平日裡只負責做菜，和那些高高在上的千金小姐並無正面接觸。

寧汐卻是心裡一動，腦子裡忽然浮現一張嬌俏刁蠻的面孔。張府大小姐……該不會就是那個張敏兒吧！

馬管事隨意地瞄了眾廚子一眼，在見到寧有方身後那個窈窕的身影時，頓時閃過一絲亮光。「寧大廚，這個小姑娘是……」

寧有方忙笑著介紹。「這是我閨女寧汐，跟著我做學徒，廚藝還算過得去，這次我打算把她也帶上。」

寧汐乖巧地走上前給馬管事行禮問好。

馬管事放肆地打量寧汐幾眼，笑道：「好好好，現在就出發吧！別耽擱了正事。」

被那雙目光肆無忌憚地打量著，寧汐只覺得渾身都起了雞皮疙瘩，不動聲色地稍稍退後一步，暗暗打定主意，這幾天裡一定要離這位馬管事遠一些。

寧有方也隱隱的覺得有些不妥，心裡暗暗後悔。

往日寧汐都在廚房裡待著，平常不接觸什麼外人，可這一次卻是去張府，要是惹來什麼不懷好意別有用心的人可就糟了，早知如此，真應該帶張展瑜去張府才對。只可惜現在已經成了定局，當著人家的面，也不好再改口了……

寧有方招呼著廚子們上馬車，趁著別人不注意，低聲說道：「汐兒，到了張府，妳不要四處亂跑，一定要跟著我。」

寧汐抿緊了嘴唇，點頭應了。

半個時辰之後，馬車在張府的後門口停了下來。

馬管事領著寧有方等人去了廚房，和張府裡原有的幾個廚子見了面，一番客套之後，便開始商議起了壽宴的菜單。為了防止爐灶不夠用，張府請來工匠臨時搭了幾個爐灶。

這樣的場合自然沒寧汐插嘴的餘地，她老老實實的站在寧有方身邊，專注的聽著眾廚子商議菜單。

張府的幾個廚子顯然對新來的寧有方不甚服氣，說話不免有些陰陽怪氣的。不管寧有方提出什麼樣的建議，總有人跳出來反駁。也因此，菜單久久都沒真正定下來。寧有方心裡不痛快，臉上卻還得擠出笑容來，別提多憋屈了。

馬管事出去繞了一圈回來，見眾人還在爭論不休，頓時繃起了面孔。「這麼多人，怎麼連個菜單都沒定好。老夫人那邊還等著，要是耽擱了正事，你們一個也躲不掉。」說是一個也躲不掉，可眼睛卻在斜睨著寧有方，那份輕蔑表露無遺。

說來也是，堂堂張府管事，自然不會把一個酒樓的主廚放在眼底。

寧有方暗暗咬牙，卻也只能生生地忍了這口氣。

寧汐卻是再也忍不住了，故作天真地笑問：「馬管事，這兒到底誰是主廚？該聽誰的？」

馬管事咳嗽一聲。「既然特地請寧大廚過來，當然以寧大廚的意思為主……」

「可是不管我爹說什麼，他們幾位大廚都說不好。」寧汐睜著圓溜溜的大眼。「照這樣下去，別說一天，就算兩天也定不好菜單吧！要是真的耽擱了購買食材，可不能都怪我爹。」

這番直言無忌的話，聽得各人臉都黑了，卻也不好和一個小姑娘較勁，各自沒趣的別過了頭。

馬管事不得已，板著臉訓了那幾個廚子。「你們幾個給我放老實點，凡事都要聽寧大廚的，聽見沒有？」

幾個廚子不情願的應了一聲，接下來果然老實多了。到了下午，菜單總算初步列好了。

一份是流水席的菜單，菜餚稍微普通些。另一份則是專門招待貴客的，要講究多了，羅列的菜式都是很費工費時的美味佳餚。

等馬管事拿走了菜單去覆命之後，寧有方總算稍稍鬆了口氣。扯著寧汐到了一旁叮囑道：「汐兒，這兒不比酒樓，妳以後別隨意插嘴。」寧惹君子不惹小人，這個馬管事一看就不是什麼好相與的，還是少招惹為妙。

寧汐左右看一眼，低聲問道：「爹，明明是張府派人請您來做主廚，怎麼馬管事和那幾個廚子都故意找茬？」那幾個廚子心裡不服氣倒是情有可原，可那個馬管事又是怎麼回事？

寧有方淡淡地一笑。「恐怕是我沒孝敬，人家心裡不痛快了吧！」

被他這麼一說，寧汐頓時也明白過來，忿忿地說道：「我們是憑手藝賺錢，幹麼要看這種小人的臉色。」再說了，酬金還沒拿到手呢！

寧有方嘆口氣。「算了，待會兒我去找馬管事『聊聊』好了。」

寧汐繃著俏臉，不樂意地應道：「爹，您別去了。我倒不相信了，他還敢對我們怎麼樣。」

寧有方苦笑道：「剛才的事情妳也看到了，接下來還有幾天，要是他時不時的找不痛快，我們這差事還怎麼做？算了，拿些出來就當餵狗了。」人在屋簷下，不得不低頭啊！

寧汐不好再多嘴，只好眼睜睜地看著寧有方去了。

過了一炷香左右，寧有方才回來，卻是一臉的怒氣，拳頭握得緊緊的，額頭上青筋隱隱地露了出來。

寧汐一驚，忙湊了過去。「爹，您這是怎麼了？馬管事說什麼難聽話了？」

寧有方冷哼一聲，勉強壓低了聲音。「我剛一暗示，他就獅子大開口，說酬金我只能拿一半。」另外一半自然就被他吞進囊中了。

寧汐陡然變了臉色。「這種人實在太過分了，我們現在就去找張府的主子評評理。」說著，拔腿就要走。

寧有方反倒冷靜了不少，一把扯住寧汐的胳膊。「我們對這兒不熟悉，找誰都不合適，還是別去了。錢少賺一點就少一點吧！」貿然地跑去找張府裡的主子，只怕會惹出更多的亂子來，廚子地位低微卑下，去求見人家也不見得肯理睬。

寧汐生平第一次領略到了這樣的滋味，心裡憋了一肚子火氣，卻也無可奈何，恨恨的跺了跺腳。「這也不行、那也不行，難道我們就這麼眼睜睜的受氣嗎？」

寧有方自我解嘲道：「不受氣又能怎麼樣？到時候酬金就是從馬管事手裡拿的，他扣下一半，我也找不到地方說理去，這口悶氣不受也得受了。」

頓了頓，忽然嘆道：「現在想想，容少爺其實真的不錯，他雖然說話毒辣不中聽，可倒是從來沒擺過架子。」

論身分地位，容瑾和馬管事這樣的奴才簡直就是一天一地，根本不能相提並論。可容瑾對他，倒是還算客氣。連帶著王鴻運那些公子哥兒，對他也多了分尊重。現在乍然遇到這麼一個仗勢欺人的奴才，倒是一時無法適應了。

第一百四十五章　找茬

一提到容瑾的名字，寧汐的火氣忽然散了不少。

是啊，容瑾雖然高傲了點、說話毒舌了點，可在她和寧有方面前，倒是從不擺架子，甚至算得上平易近人了。

如果……如果不是因為家世身分差距太大，或許，她也不會那樣的排斥他吧……

寧汐心裡浮起難以言喻的複雜滋味，久久沒有說話，輕輕嘆了口氣。

寧有方卻不知道她心裡的千迴百轉，打起精神笑道：「不說這個了，就算只拿一半，酬勞也不算少了。不管怎麼樣，這次我都得好好的露一手，讓客人們都大飽口福。」

寧汐只好配合的轉移話題，俏皮地笑道：「過了這次之後，只怕以後來請您上門掌勺的越來越多，到時候忙都忙不過來呢！」

寧有方被逗得哈哈大笑。「要是真的這樣，再累我也心甘情願了。」

到了第二天，照著菜單購買的食材送進了張府。寧有方領著一眾廚子開始處理食材，有部分得提前燒好，免得臨時忙不過來。

寧汐沒有去爐灶前掌勺，可那一手俐落的刀功也足以讓人咋舌了。尤其是張府裡的幾個廚子，看到寧汐手起刀落的將雞肉切成細絲，簡直不敢相信自己的眼睛。本以為這個笑得甜甜的小姑娘就是跟著來玩的，沒想到居然挺有兩把刷子。

寧汐早已察覺到了眾人異樣的目光，卻只當沒看見，目不斜視地繼續做事。

其間，馬管事又來轉悠過兩回。大概是因為寧有方昨天找過他的緣故，他今天的態度倒是好了一些，至少沒有挑三揀四的找茬了。不過，卻有意無意地往寧汐的身邊湊合，那雙色迷迷的眼總在寧汐的臉上徘徊不去。

一次也就罷了，可兩次、三次都是如此，寧有方沒發現才是怪事。他氣得咬牙切齒，臉脹得通紅，緊緊的握著刀的手青筋畢露。

寧汐心裡一驚，忙朝寧有方使眼色，唯恐他一個衝動，做出什麼舉動來。

寧有方沈著臉，不知花了多少力氣才將心裡的怒火都壓了下來。等馬管事轉去了別的地方，立刻對寧汐說道：「我這就送妳回去。」

寧汐小聲地說道：「爹，您現在哪裡走得開？」正忙得熱火朝天，寧有方這個主廚肯定走不了。

寧有方冷哼一聲。「走不開也得走。」他才不會讓寧汐留下來受這種侮辱閒氣。

寧汐心裡一暖，低語道：「我自己回去就行了。」

寧有方卻不肯。「這怎麼行，從張府到容府的路程可不近，妳一個姑娘家走這麼遠回去，我哪能放心得下，還是我送妳回去吧！」

旁邊的周大廚耳尖的聽到了他們兩人的對話，小聲的說道：「寧老弟，你還是快點送汐丫頭回去吧，那個馬管事一看就不是好東西。」別說寧有方，就連他也看不下去了。

寧有方點點頭，放了東西就領著寧汐往後門走。還沒等走上兩步，就見馬管事迎面走了過來，先是瞄了寧汐一眼，才沈著臉問道：「寧大廚，你這是要到哪兒去？」

寧有方繃著臉答道：「汐兒有些不舒服，我要送她回去。」

那馬管事一愣，然後怒斥道：「這一來一回得花一個多時辰，等你趕回來，天都黑了。這兒一攤子事情怎麼辦？我們張府花重金聘你來掌廚，要是出了半點差錯，十個你都賠不起！」

寧有方的倔強脾氣也上來了，硬邦邦地回了句。「我送了她就回來，不會耽擱做事。」

馬管事氣得鼻子都歪了，伸出手指直直的指著寧有方。「你、你好大的膽子！你要是膽敢再走一步，我這就去稟報一聲，保准叫你吃不了兜著走……」

「吵吵鬧鬧的怎麼回事？」一個嬌蠻的少女聲音忽然響了起來。來人，正是張府大小姐張敏兒。

馬管事一驚，忙擠出笑容湊上去行禮。「啟稟大小姐，事情是這樣的，這兒正忙得很，這位寧大廚非要在這個時候出府，奴才看不過去，說了他幾句……」顛倒黑白的功夫倒是高得很，輕飄飄地就將責任都推到了寧有方的頭上。

寧汐聽得渾身火氣，強自按捺著心底的不快解釋道：「這個不能怪我爹，是因為我身子不舒服，我爹放心不下，才想著要送我回去。」

張敏兒瞄了寧汐一眼，輕哼一聲。「我看妳精神得很，哪兒像不舒服的樣子。」

馬管事連連附和道：「大小姐說得是，剛才還見她做事挺利索，這一轉眼的工夫，就說不舒服，分明是想偷懶。」

寧有方的火氣蹭蹭的往外冒。「馬管事，你說這話是什麼意思？誰說汐兒偷懶了？要不是你……」眼看著實話就要往外蹦了。

寧汐見勢不妙，忙接過話頭。「都怪我，站了半天就覺得腰疼背痛不舒服，在這兒也做不了什麼事了，這才惦記著回去休息。」

張敏兒一聽到「回去」兩個字，眼眸忽然亮了一亮，第一次正視寧汐。「妳是住在容府裡吧！」

冷不防冒出這麼一個問題來，寧汐愣了一愣，很自然地點了點頭。

張敏兒忽然有了笑容，自顧自地說道：「我正好要出去，順便送妳一程好了。」也不管別人是什麼反應，回頭就吩咐身邊的丫鬟去備馬車。

寧有方和寧汐面面相覷，這又是怎麼回事？剛才還一副要找茬的樣子，怎麼轉眼就要送她回容府了？

馬管事也是丈二金剛摸不著頭腦，卻也知道張敏兒刁蠻潑辣的性子，壓根兒不敢多嘴。

寧汐咳嗽一聲。「不麻煩大小姐了，我自己回去就是了。」看這架勢，寧有方是走不了了。

張敏兒柳眉一豎，不耐煩地瞪了過來。「都說是順便了，又不是專程送妳。」

馬管事立刻附和。「就是，大小姐一番好心，別不識好歹了。」乘機又狠狠地看了寧汐幾眼，好在有張敏兒在，他不敢太過分。

饒是如此，也夠寧有方生氣的了，忍不住握著拳頭上前一步，眼裡射出憤怒的火焰。

馬管事有些心虛地退後一步，旋即裝腔作勢地喊道：「你想幹什麼？我可告訴你，這兒是張府，你要是敢亂來，我這就攆你出去。」

寧有方冷笑一聲，目光凜冽，要是早知道會遇到這樣糟心的事情，他才不會來張府掌什麼勺。

張敏兒微微皺眉，瞪了馬管事一眼。「你給我閉嘴！」這個節骨眼上，要是真的攆寧有方走人，明天的壽宴怎麼辦？仗勢欺人也不分個時候！再說了，寧有方可是由她推薦的廚子，要是真的出了岔子，她的面子往哪兒放？

馬管事不敢再吭聲，卻忿忿地瞪了寧有方一眼，顯然是記上仇了。

就這片刻工夫，張敏兒身邊的丫鬟匆匆地跑了過來。「小姐，馬車已經備好了。」

張敏兒隨意地嗯了一聲。「走吧！」說著，就領著幾個丫鬟往前走。

看這架勢，不去也不行了，寧汐低低地說了句。「爹，我先回去了。」

寧有方雖然放心不下，可也不好再說什麼，只能眼睜睜的看著寧汐走了。

等張敏兒的身影一消失，馬管事立刻趾高氣揚起來。「寧大廚，你也該回去做事了吧！天黑之前，要是事情做不完，我可就要扣你工錢了。」

寧有方懶得搭理他，一聲不吭地轉身去忙了。馬管事被氣得吹鬍子瞪眼的，心裡暗暗想著，一定得找個機會為難為難寧有方才能出了心頭這口氣。

坐在華麗精緻的馬車裡，寧汐只覺得渾身不自在。

馬車的奢華講究倒也不算什麼，比起容府的馬車來，這輛馬車充其量也就算普通。可坐在對面的張敏兒，卻一直盯著她看，那略帶些敵意的審視目光，讓她起了渾身的雞皮疙瘩。

明明兩人之前沒有過什麼接觸好吧！張敏兒這麼看著自己又是什麼意思？

寧汐不著痕跡地將頭別了過去，心裡暗暗嘆氣，今天的張府之行，實在讓人覺得心裡憋屈啊！

張敏兒定定的打量寧汐幾眼，忽然問道：「妳在鼎香樓也是廚子嗎？」那高高在上的語氣，讓人聽了著實不舒服。

寧汐按捺住心裡的不快，有禮地應道：「我還沒出師，現在只是學徒。」

張敏兒的眸子裡迅速地閃過一絲什麼。「聽說容瑾常去鼎香樓吃午飯，每次都會指名讓妳做菜是不是？」話語裡的酸意明顯極了。

寧汐心念電轉，總算明白過來。張敏兒聲稱要送她回去，其實就是想找個機會來質問這些的吧！真是太可笑了，有什麼事直接去跟容瑾說就好，來為難她算怎麼回事？

「張小姐肯定是誤會了。」寧汐若無其事地笑道：「鼎香樓客人多，每天都忙不過來，所以才由我這個學徒偶爾動手做菜。」

張敏兒輕哼一聲。「我可是聽王嬌嬌說了，每次都是容瑾指名道姓要妳動手。」一個學徒的手藝能好到哪兒去？分明是醉翁之意不在酒……再看寧汐那張異常秀麗的臉龐，張敏兒心裡就更不痛快了。一個小廚娘，長得這麼標緻做什麼！

第一百四十六章　大駕光臨

寧汐故意嘆口氣。「說起這個，我可就更慚愧了。容少爺對食物最挑剔講究，每次都嫌我做的飯菜味道不好，總要挑一堆毛病呢！」

那副愁眉苦臉的樣子，落在張敏兒的眼中，卻是順眼極了，迫不及待地追問：「妳說的都是真的嗎？」

張敏兒這樣的脾氣，倒也好應付。寧汐心裡暗笑，小臉卻苦巴巴的。「當然是真的。每次不管我多用心做出的菜餚，總會被批評得一塌糊塗，容少爺可真是太難伺候了。」

張敏兒聽得心花怒放，咳嗽一聲說道：「既然如此，以後他再指名要妳做菜，妳推辭不做就是了。」

寧汐裝模作樣地嘆道：「我只是個小學徒，哪裡有這膽子。」

她越是這麼貶低自己，張敏兒心情就越好，假意安撫寧汐幾句，心裡卻輕鬆多了。默默想著，下次見到王嬌嬌的時候，可得好好取笑她一番，不過就是個普通的小廚娘，哪有她說得那麼誇張……

到了容府的大門口，寧汐忙謝過張敏兒，然後才下了馬車。

張敏兒咳嗽一聲，竟然也跟著下了馬車。「我好久沒見容瑤了，既然來了，順便找她說說話。」渾然忘記自己應該是「順便路過」容府才對。

寧汐忍住笑意，和張敏兒一起進了容府。

說來也巧，剛走沒幾步，容瑤就迎面走了過來，並排同行的，還有一個風姿妖嬈的婦人，正是容瑤的生母陶姨娘。

張敏兒笑著迎了上去，和容瑤打了個招呼。

容瑤和張敏兒還算有些交情，對她的到來倒是有幾分驚喜，笑著寒暄幾句，目光在寧汐的身上打了個轉。「敏兒，妳怎麼會和她走在一起？」那一絲鄙夷和輕視毫不遮掩地流露出來。

張敏兒隨意的笑道：「祖母過壽，便請了寧大廚過去掌勺，這位寧姑娘也跟著去了。今天覺得身子不適，要回容府，我正好想來找妳，就順路帶她一起過來了。」

容瑤撇撇嘴。「妳倒真是好心腸，這種八竿子打不著的外人，妳也有心情理會。」絲毫沒壓低聲音，擺明了故意說給寧汐聽見。

只可惜寧汐壓根兒沒理會她的挑釁，淡淡地笑了笑，便告退離開了。

容瑤恨恨地瞪著寧汐的背影，自從那一次交鋒過後，她就記恨上了寧汐。碰面的機會雖然不多，可每次都是火花四射，只不過寧汐很沈得住氣，輕易不肯搭理她，這讓容瑤心裡更加不是滋味了。她是堂堂容府四小姐，可在寧汐的面前卻絲毫占不到上風，這怎能不讓她心裡鬱悶懊惱？

張敏兒好奇地問道：「這個寧汐不是住在容府嗎？怎麼見了妳也不知道行禮？」

容瑤輕哼一聲。「三哥說了，人家是客人，又不是我們容府的下人，自然不用行禮。」

如果不是容瑾處處維護，她早就對寧汐不客氣了。

張敏兒心裡一動，壓低聲音問道：「容瑾對這個寧汐很好嗎？」

容瑤不高興地嗯了一聲。「何止是好，還為了寧汐罵過我一回。」害得她丟盡了顏面。

張敏兒可從來不是喜怒不形於色的脾氣，臉色立刻變了。「到底是怎麼回事？妳說來給我聽聽。」難道，這個丫頭在她面前說的那些都是裝模作樣？

容瑤可不管張敏兒心裡在想些什麼，竹筒倒豆子似地將那一日發生的事情原原本本地說了一遍，虧得她記性好，隔了幾個月居然還記得清清楚楚。

末了，還加了幾句。「……也不知三哥吃了什麼迷魂藥，對那個丫頭好得不像話，竟然每天晚上都派馬車去鼎香樓接她回來。看這架勢，遲早是要納了做小妾。」

張敏兒聽得俏臉都扭曲了，手裡的那條帕子被絞來絞去，簡直不成樣子。

陶姨娘卻是精明多了，連連朝容瑤使眼色，別再多說了，沒見張大小姐的臉色已經很難看了嗎？

容瑤這才遲鈍地想起一件事來。張敏兒對自家三哥可是一直有愛慕之心，自己偏偏說這些，也難怪她的臉色這麼難看了。

容瑤不自然地扯開話題。「好了，不說這些不愉快的事，我們去園子裡轉轉去，現在桂花開得正好呢！」

張敏兒擠出一絲笑容，點了點頭，漫不經心地隨著容瑤在容府裡轉來轉去，心裡暗暗期盼著來個「巧遇」什麼的。大概是她這份渴盼的心情太過強烈了，連老天爺都幫了她一把，居然真的遇上了容瑾。

當張敏兒看到容瑾愜意悠閒地坐在亭子裡撫琴時，激動得不得了，立刻熱情地喊了聲。

「容瑾！你居然也在，真是太巧了……」

琴聲戛然而止。

容瑾皺著眉頭看著那個興奮過度的少女，漠然地吐出幾個字。「妳是誰？」

又是這一句！張敏兒的少女芳心被打擊成了一片一片。明明見過這麼多次，可他每次見面都要問這麼一句，實在太傷人自尊了！

容瑤忙笑著打圓場。「三哥，這位是張侍郎大人府上的大小姐，閨名敏兒。」

容瑾輕哼一聲，多事！以為他真記不得嗎？只是不想理她才會這麼說的罷了。

不過，他也低估了張敏兒的毅力和臉皮厚度，張敏兒竟然很快地恢復如常，又揚著笑臉湊了過來。「你撫琴真好聽，再彈一曲吧！」

「我累了。」容瑾淡淡地應了一句。

張敏兒又碰了個軟釘子，俏臉都脹紅了。

容瑤只得又硬著頭皮打圓場。「三哥，你要是累了，就讓敏兒來撫琴一曲好了，敏兒的琴藝也很好呢！」

張敏兒眼睛一亮，正待點頭，就聽容瑾冷漠的聲音傳了過來。「我不喜歡別人碰我的琴。」說著，便長身而立，打算離開。

張敏兒咬咬嘴唇，忽然說道：「你就不想知道我為什麼會到容府來嗎？我是送寧汐才會過來的。」

一聽到寧汐的名字，容瑾的腳步頓住了，慢悠悠地轉過身來，眼眸微瞇。「寧大廚不是被張府邀請去掌勺了嗎？寧汐怎麼會半途回來了？」

張敏兒如願以償地留住了容瑾，心裡卻更不痛快，沒好氣地說道：「沒見過她這麼嬌氣的，做了會兒事就喊不舒服，非鬧著要走。要不是怕寧大廚一走會耽擱了明天的壽宴，我也不用巴巴的跑這一趟。」

容瑾眸光一閃，似笑非笑地說了句。「煩勞張小姐跑一趟了。四妹，妳陪著張小姐好好轉轉。」說著，又抬腳走了。

張敏兒臉皮再厚也不好張口了，眼睜睜地看著容瑾的身影消失在眼前，和容瑤說了會兒話，便快快不樂地離開了。

至於寧汐，早已回了院子裡。

阮氏見寧汐早早的回來，驚訝得不得了，忙湊上前去問道：「汐兒，妳不是去張府做事嗎？怎麼這個時候回來了？」這可還沒天黑呢！寧汐從未在這個時候回來過。

寧汐自然不肯說實話，隨口敷衍道：「我身子有點不舒服，就先回來了。」

阮氏一驚，忙追問道：「哪兒不舒服？我給妳去請個大夫來吧！」

寧汐忙笑道：「不用了，我睡著歇會兒就好了。」要是真請大夫來，可就穿幫了。

阮氏還想再說什麼，卻見寧汐一溜煙地溜回了自己的屋子裡。阮氏追之不及，只得無奈地隨了她。想了想，就去了廚房，動手熬了一罐紅棗枸杞湯，打算著讓寧汐晚上起來喝一點補補身子。

正忙活著，院門忽然被敲響了。自從住進容府之後，這個院子幾乎從沒外人來過，每天只有兩個粗使丫鬟來打掃整理，這個時候會是誰來敲門？

阮氏頗有些意外，忙去開了門。待見到來人，更是一驚，結結巴巴的話都說不利索了。「容、容少爺，你怎麼來了……不，我是說，快請進！」說到半途，才想起人家是這兒的主人，脹紅著臉改了口。

若是換在平時，容瑾早就不客氣地出言奚落了，可今天倒是出乎意料的溫和有禮。「寧汐在嗎？」

阮氏連連點頭。「她早就回來了，說是身子有些不舒服，正在屋子裡睡著呢！要不，我現在就去喊她……」

容瑾挑了挑濃眉，淡淡的說道：「不用叫，等她醒了再說。」說著，轉頭吩咐容府的岳大夫。「先進去坐著等會兒吧！」

岳大夫忙笑著點了頭，拎著藥箱走了進來。

一看這架勢，阮氏自然明白了容瑾的來意，心裡別提多感激了。「多謝容少爺了，我剛才倒是想著出去找位大夫來給汐兒看看，可她卻怎麼都不肯讓我去。這丫頭今天也不知怎麼了，問她哪兒不舒服，支支吾吾地不肯說……」

阮氏絮絮叨叨地說了半天，容瑾竟然沒一絲不耐煩，專注地聽著，偶爾還插嘴問上一、兩句。「她回來的時候臉色怎麼樣？」

阮氏嘆道：「倒也看不出什麼異常，可這好端端的，忽然從張府跑回來，總讓人放心不下。」

容瑾不自覺地點了點頭。是啊，一想到寧汐蒼白著俏臉的樣子，他就覺得渾身不對勁，壓根兒冷靜不下來。

第一百四十七章　他的心意

天色漸漸暗了下來，寧汐迷迷糊糊地也不知睡了多久，睜開眼的時候，才發現天已經黑了，肚子餓得咕嚕直叫。

寧汐忙起身穿衣，一邊揉眼一邊喊道：「娘，我肚子好餓，有吃的沒有……」話音忽然戛然而止。

他、他怎麼會在這裡？還一副閒適的樣子和阮氏聊天？

這畫面的衝擊力實在太大了，寧汐立刻清醒了，瞪圓了眼睛，嘴巴不自覺地微張，一副見了鬼的樣子。

他怎麼可能是容瑾？容瑾怎麼可能有耐心陪著一個中年婦人聊天？該不會是另外一個和容瑾長得相像的少年吧！

可那微微勾起的唇角、似笑非笑的眼神，分明就是她再熟悉不過的那個少年……

「汐兒，妳可總算醒了。」阮氏如釋重負地鬆了口氣，笑著迎了上來。「容少爺聽說妳生了病，特地請了容府裡的岳大夫過來，可妳倒好，竟然睡到現在才起來。」

寧汐無辜地為自己辯解。「我哪裡知道容少爺和岳大夫都在，要是知道的話，我肯定早就起來了。娘，您怎的也不喊我一聲？」一想到堂堂容府三少爺紆尊降貴的在這兒等她，她就覺得渾身都不對勁。

阮氏瞄了容瑾一眼，笑著說道：「容少爺吩咐，讓妳多睡會兒，我就沒去喊妳。」

又是容瑾……寧汐莫名的有些羞窘，臉頰悄然地發燙，竟然不敢直視容瑾了。

容瑾深幽的目光定定的落在寧汐的俏臉上，見她臉頰發紅，頓時皺起了眉頭，沈聲吩咐道：「岳大夫，你看看寧汐是怎麼了？」瞧她臉頰潮紅的樣子，該不是真的生病了吧？

岳大夫利索地應了，客氣地說道：「寧姑娘，請妳坐下來，老朽給妳號脈。」

寧汐一愣，反射性地搖頭。「我沒什麼大礙，就不煩勞岳大夫了。」她哪裡有什麼病，要是一號脈，可就全露餡兒了。

還沒等岳大夫發話，容瑾就沈聲說道：「妳要是沒病，張敏兒怎麼會特地送妳回來？」

寧汐啞然，硬著頭皮胡扯。「我、我之前就是覺得有些累了，現在睡一覺，已經好多了，真的不用這麼麻煩了。」

連阮氏都聽不下去了，瞪了寧汐一眼。「妳這丫頭，容少爺和岳大夫在這兒等了半天了，快些過來坐下。」人家一番心意，總不能這麼不領情吧！

阮氏難得地發威，寧汐只好乖乖地過來坐下，心裡暗暗嘆息。看這架勢，今天發生的事情是甭想瞞過去了……

果然，岳大夫搭脈過後，眉頭皺了起來。「寧姑娘脈象平和，應該沒什麼病才對。」

容瑾眼眸微瞇，直直的看著寧汐。

阮氏一愣，脫口而出。「不可能吧！汐兒明明說身體不舒服，才會從張府回來的。」怎麼可能一點事都沒有？

岳大夫的專業水準受到了質疑，心裡也有些不快，淡淡地說道：「老朽從醫以來，還從沒誤診過。」

阮氏這才意識到自己的失言，忙笑著賠不是。「對不起，岳大夫，我一時口快，絕沒有別的意思，您別往心裡去。」

岳大夫的臉色這才好了些，若有所思地看了寧汐一眼。「寧姑娘，妳到底哪裡覺得不舒服，直說無妨。」

寧汐尷尬地咳嗽一聲，在幾雙質疑的眼神裡，老實地招供。「其實……我沒生病。」

沒生病？容瑾挑了挑眉。「那妳為什麼要假裝生病中途回來？」

這個嘛……寧汐低頭擺弄著自己的手指，一時也不知該從何說起。事實上，有容瑾在，那些話根本就說不出口好吧！

阮氏也皺起了眉頭。「汐兒，到底是怎麼回事？妳今兒個怎麼吞吞吐吐的？」

寧汐狠狠心，迅速地將事情說了一遍。「……那個馬管事，不僅為難我爹，而且總是色迷迷的看著我，所以我只好裝病先回來……」

話音未落，容瑾便霍然站了起來，拳頭握得緊緊的，俊臉陰沈得不得了，眼裡的怒火似在燃燒。

寧汐被嚇了一跳，她還從未見過這樣的容瑾。相比之下，阮氏的大驚失色倒不算什麼了。

「汐兒，那個馬管事有沒有對妳動手動腳？」

寧汐扯出笑容，安撫阮氏。「娘，您別擔心，當時這麼多人在，他不敢亂來的。」最多就是老往她身邊湊合，然後用那種讓人雞皮疙瘩直冒的眼神上下打量她而已。

阮氏重重地嘆了口氣，一時也不知該說什麼，心裡別提是什麼滋味了。

容瑾的身子緊繃著，說話也有些硬邦邦的。「明天妳哪兒都別去，好好的休息。」

寧汐微微一愣，忙笑道：「我也沒那麼嬌貴，現在已經好好的了，張府我是不會再去了。不過，我總得去鼎香樓，讓張大哥替我去張府做事，不然肯定忙不過來的。」

容瑾深幽的眸子定定地看了過來，眼裡迅速地閃過一絲什麼，語氣倒是平靜了不少。「也好，那妳今天早些休息。」說著，就領著岳大夫一起出去了。

阮氏忙扯著寧汐一起送容瑾出了院子。說來也巧，剛出院子，就見翠環拎著燈籠匆匆的走了過來。見容瑾果然在這兒，翠環顯然鬆了口氣。「少爺，奴婢總算找著您了。」

容瑾心情不佳，冷冷地說道：「有什麼事急著找我？」

翠環被噎了一下，聲音不自覺的小了下來。「也、也沒什麼事，就是天色不早了，奴婢和小安子都沒在您身邊伺候，又不知道您在哪兒……」

「我又不是三歲的孩子，還怕我走丟了不成。」容瑾斜睨了翠環一眼。

翠環反射性地瑟縮一下，再也不敢多嘴了。少爺的脾氣最近越來越陰陽怪氣了，真是太難伺候了嗚嗚！

這一邊，寧汐卻在經受著阮氏審視的眼神考驗。

寧汐力持鎮定，若無其事地去廚房做了簡單的晚飯，然後和阮氏一起坐下吃飯。阮氏壓根兒沒有心情吃飯，撥弄了幾口之後，索性放下了筷子，直勾勾地看著寧汐。

難為寧汐在這樣的眼神下，居然還有胃口吃飯，而且吃得津津有味。吃了一碗又去裝了一碗，埋頭吃得不亦樂乎。

阮氏終於忍不住了。「汐兒，我有話問妳。」

該來的總是躲不掉！寧汐心裡暗暗嘆息，臉上卻是俏皮的笑容。「娘，有什麼話吃完飯再說嘛！」

阮氏哪裡還有心情吃飯，一本正經地問道：「汐兒，妳覺得容少爺怎麼樣？」

寧汐神色自若地笑道：「怎麼忽然問起這個來了，我們還是先吃飯吧……」阮氏一記瞪眼過來，寧汐只得乖乖地改口應道：「容少爺家世一流，相貌出眾，風度翩翩，才華無雙。」除了說話刻薄性子高傲一點，幾乎是無可挑剔。

阮氏凝視著寧汐，輕聲說道：「容少爺喜歡妳。」

她早就有這樣的預感了。容瑾是那樣的高傲，可每次見了寧汐，目光就不自覺地柔和起來。再細細想想容瑾平日裡的一舉一動，更是透露了他的心意。

尤其是今天，一聽說寧汐身體不舒服，立刻就喊了岳大夫過來，等了一個時辰也沒有絲毫不耐。如果不是喜歡，容瑾怎麼可能有這樣的耐性？

那短短的幾個字，在寧汐的耳邊不停的迴響。一直不肯正視的事實，就這麼被阮氏說出了口，寧汐只覺得耳際都有些火辣辣的。

阮氏自顧自的說了下去。「汐兒，妳喜歡容少爺嗎？」

呃，問得好直接……寧汐沒有吱聲，抿著嘴唇靜靜的坐在那兒。

如果說一點都不喜歡，那真是太矯情了。容瑾的體貼和細心，只有細細的品味才能體會，然後一點一滴的匯聚在心頭。每當想到他，她的心裡總是甜絲絲的，偏又摻雜著濃濃的無奈。

「娘，」寧汐緩緩地開口。「他是堂堂的容府三少爺，以後必然會娶一個門當戶對的女子。以後這些話，千萬別再說了，不然，會被人家恥笑的。」

喜歡又能怎麼樣？容瑾不可能娶她這樣的平民出身的女子為妻，她也絕不會委屈自己做任何一個男人的小妾！他們注定沒有未來，又何必苦苦糾纏？

阮氏也默然了片刻，嘆道：「容府這樣的門第，我們確實高攀不起。」

寧汐心裡流淌過一絲苦澀，卻故作輕快地說道：「是啊，我們高攀不起容府，所以還是離得遠遠的才好。娘，您不用擔心，我知道分寸的。」

阮氏又嘆口氣，拉著寧汐的手說道：「如果容少爺不是出生在這樣的顯赫門第，你們兩個倒是很般配。」她也會樂見其成這樣的好事。可現在，她心裡卻是憂喜參半。

高興的是女兒光華難掩，這樣優秀的少年也為之傾心；難過的，卻是女兒的終身大事將來必然要受家世的拖累……

寧汐擠出一絲笑容。「娘，這樣的假設不存在，不必去想了。做人最要緊的是有自知之明，我以後會離他遠遠的。」

阮氏欲言又止。女兒啊女兒，就算妳想離得遠遠的，也得容少爺肯配合才行吧！

第一百四十八章　吃貨

第二天天還沒亮，寧有方就去了張府。

寧汐到了鼎香樓之後，先去找了張展瑜。「張大哥，今天我留在鼎香樓，你去張府做事吧！」

張展瑜一愣。「怎麼了？出什麼事情了？」

對著張展瑜，寧汐倒沒有隱瞞，低聲將昨天發生的事情說了一遍。

張展瑜臉色越來越難看，握緊了拳頭，咬牙切齒地罵道：「這個人渣。」

寧汐苦笑一聲。「算了，跟這種人置氣也沒什麼意思。我避開就是了。張大哥，你今天去做事，千萬別衝動。」馬管事再不是個東西，畢竟也是張府的人，要是真的鬧翻了也是個麻煩。

張展瑜重重地嘆口氣，別過了臉去，拳頭不自覺地握緊。

寧汐放柔了語氣。「張大哥，你快些過去吧，別耽擱了正事。」

張展瑜點點頭，意味難明地看了寧汐一眼，想說什麼，終於又忍了回去。

等張展瑜走了之後，寧汐便開始忙碌起來。因為寧有方不在，孫掌櫃只安排她做兩桌宴席，都是三樓的女客。

菜單是寧有方之前就定好的。若是張展瑜在，肯定是老老實實地按著菜單做菜，寧汐卻將其中不少的菜式都改了，換成了自己最拿手的菜式。考慮到女子的喜好，寧汐特地將口味做得稍微清淡一些，又添了幾道味道偏甜的菜式。

一道蜜餞菱角，湯汁晶瑩透亮，菱角清甜美味，做法雖然簡單，可卻是最受女客歡迎的一道菜式。

另外一道拔絲蘋果，卻是很考究廚子的手藝的。先將蘋果切成方塊下鍋炸至八分熟備用，然後在鍋中放些熱油，等油熱了，再放些白糖，熬製糖稀。火不能太大，得控制著油溫。等白糖完全化開之後，鍋裡的糖稀黏黏稠稠的，迅速地將蘋果塊倒入，翻炒幾下就可以出鍋了。

吃拔絲蘋果的時候，最有趣味。挾起一塊，就會拉出晶瑩剔透的糖絲，吃進口中，外脆裡嫩，香甜綿軟，實在是一道美味。

最後一道上的，卻是銀耳蓮子湯。這道羹湯很常見，也是女子比較喜愛的一味菜式。寧汐特地挑了最新鮮的蓮子，又用了上好的銀耳，火候掌握得好，熬出來的銀耳蓮子湯自然味道極好。

跑來跑去上菜的是一個二十一、二歲的女子，叫趙芸。她相貌清秀，動作利索，專門負責三樓的雅間。

等菜式全部上齊了，趙芸才有時間休息片刻，笑著對寧汐說道：「客人們對妳做的菜式都很滿意呢！尤其是那道拔絲蘋果，幾乎都被吃光了。」

聽到這樣的話，寧汐自然很愉快，笑咪咪地應道：「這樣就好，別砸了我們鼎香樓的招牌就行。」

開業不到半年，鼎香樓已經一躍成為京城最有名氣的酒樓之一。尤其是專門招待女客的三樓，更是吸引了眾多京城貴女貴婦們前來。寧汐心裡早有打算，等以後出師了，她就要求負責三樓的宴席。到時候就算免不了要和客人打交道，至少都是女子，說話都方便多了，也會少了許多「異樣」的目光。在經過這一次的張府之行過後，寧汐更堅定了這個想法。說起來，到明年，她也就能出師了……

正想著，就見趙芸匆匆的跑了過來。「寧汐妹子，有一桌的客人請妳過去說話。」所謂說話，也就是打賞的意思，廚子當然都喜歡這樣的好事。

寧汐欣然點頭應了，跟著趙芸一起去了三樓。

比起嘈雜的大堂、熱鬧的二樓，三樓顯然安靜多了。偶爾有些聲音，也是溫軟的女子說笑聲，聽著說不出的悅耳舒適。

趙芸領著寧汐在三樓最好的雅間停了下來，低聲笑道：「待會兒進去，妳包准會嚇一跳。」

這話頓時把寧汐的好奇心勾了起來，輕輕的敲了敲門，一個清脆嬌嫩的少女聲音響了起來。「進來！」

寧汐笑著推門而入，目光略略一掃，便愣住了。

偌大的雅間裡，竟然只有一個少女坐在那兒，另有一個俏麗的丫鬟站在一旁伺候，除此之外，並無旁人。滿滿一桌子菜餚，卻被吃了一半左右。而那個衣著華麗的少女，正低頭和那碗銀耳蓮子湯「奮戰不休」……

這也太能吃了吧！

貴族小姐們吃飯都講究優雅，食量更是一個賽一個的小，每次都會剩下好多的菜餚，有些甚至只動過一、兩筷子而已。寧汐早已習慣了，乍然看到這麼一個吃貨，頓時被震住了。

那個年約十六、七歲的俏麗丫鬟，咳嗽一聲低聲提醒道：「公……小姐，廚子來了。」

少女依依不捨的停止了吃東西，笑咪咪的抬起頭來，在見到寧汐之後，忍不住驚嘆一聲。「妳就是這兒的大廚嗎？」明明還是個幼齒可愛的小姑娘，怎麼會有這麼好的廚藝？

而寧汐，卻在看清那個少女的面容後驚呆了！

長長的鵝蛋臉，水汪汪的大眼睛，紅潤的嘴唇，是個小美人兒，舉手投足更有種與生俱來的貴氣，一看就知道出身顯赫門第，只是唇角還有未擦乾淨的油漬，平添了幾分可笑。

這一切當然不是最重要的！重要的是，這張俏臉有些眼熟。

前世，她只遠遠的見過兩次，從未近距離接觸過，更未說過話。所以，一時也不敢確定眼前的少女到底是不是那個無比尊貴的女孩子……

那個少女好奇地打量寧汐兩眼。「妳今年多大了？應該不超過十四歲吧！這麼小居然就做大廚了，真是厲害。」

寧汐連忙收斂心神，恭恭敬敬地應道：「我爹是這兒的大廚，我現在還是學徒。今天我爹不在，所以才由我動手，希望……小姐對我做的菜式滿意。」雖然暫時不敢確定這個少女是不是她記憶中的那個人，可寧汐的態度卻十分的恭敬。

那個少女聳聳肩，露齒一笑。「滿意，當然滿意。那個蜜餞菱角，還有拔絲蘋果，都很合我的胃口。最後這道銀耳蓮子湯，也很好吃。」邊說邊咂吧嘴巴，一副意猶未盡的樣子。

寧汐抿唇輕笑。「多謝小姐誇讚。」少女大多愛吃甜食，看來，眼前這個少女也不例外，所以才會對幾道甜的菜式情有獨鍾。

那個少女笑咪咪的說道：「以後我會常來的，妳記得下一次多做些甜的菜式。」

常來？寧汐忙笑著應了，心裡卻疑惑起來。難道，這個少女只是和她記憶中的那位貴人長得相像嗎？不然，她怎麼會說常來……

那個丫鬟低低地提醒道：「小姐，這次妳是偷溜出來的。」還沒等回去，就惦記著下次，要是被逮著了，她可就被主子害死了。

那少女癟癟嘴，抱怨道：「荷香，妳真是太掃興了。別總提醒我這個好不好？我難得出來一次，妳讓我玩得開心點嘛！」

荷香無奈地住了嘴。

那少女轉過頭來，笑著朝寧汐招手。「走近點來說話。」

寧汐一直豎起耳朵留意著這個少女和丫鬟荷香的對話，聞言笑著點頭，走近了幾步。

那少女睜著圓溜溜的大眼，興致盎然的問道：「妳的廚藝真好，比那些不知所謂的御廚強多了。」忽然意識到失言，忙又補了一句。「我想肯定是這樣。」

不知所謂的御廚……寧汐笑了笑，若無其事的應道：「小姐這麼誇讚，我可真是愧不敢當呢！」

那少女的性子倒是很隨和，絲毫沒擺架子。「有什麼不敢當的，妳的手藝確實很好嘛！荷香，看賞！」最後兩個字說得極其熟稔，自然而然地流露出上位者的氣度。

荷香顯然早已習慣了少女的脾氣，微笑著點點頭，塞了個小小的荷包過來。那荷包精緻小巧，做工極好，上面繡著精美的圖案，裡面不知放了什麼，捏起來很厚實。

寧汐接了荷包，連忙道謝。

那少女瞄了桌子一眼，又好奇的問道：「那個拔絲蘋果做起來很費事嗎？」

寧汐笑道：「也不算很費事。」簡單地將做的過程說了一遍。

那少女聽得津津有味，時不時地插嘴問兩句，末了還意猶未盡地嘆道：「只可惜我沒這個天分，不然，自己做著吃多好。」

荷香被嚇了一跳，連忙說道：「小姐，要是您喜歡這道菜，回去之後讓……廚子們做就是了。」主子身分尊貴，怎麼能到廚房那樣油膩骯髒的地方去。

那少女瞪了荷香一眼，不滿的說道：「我就是隨口說說，瞧妳緊張的樣子。真是沒意思，下次我再出來，再也不帶妳一起了。」

荷香頓時噤聲，不敢再多嘴了。

那少女脾氣來得快去得更快，轉眼又是笑咪咪的看了過來。「妳叫什麼名字？」

寧汐笑著應道：「我叫寧汐。」

那少女笑著讚道：「這個名字真好聽，不像我的名字，又俗氣又難聽。真不知父……我爹是怎麼想出來的。」

有了前車之鑑，荷香充耳不聞，只當作沒聽見那少女口中的大不敬之詞。

到了這一刻，寧汐幾乎可以確定了這個少女的身分。

第一百四十九章　大燕明月

眼前這個少女，姓蕭，閨名月兒，是大皇子的親妹妹，是已逝皇后的小女兒，是當今聖上視之如珍寶的掌上明珠，也是大燕王朝最耀眼的明月公主。

放眼大燕王朝，再也找不到身分比她更尊貴的少女。

在前世，寧汐曾遠遠的見過她兩次，對她印象不算深刻，所以剛才一直不敢確定對方的身分。可聽到現在，自然再無疑惑。這個少女，就是蕭月兒無疑！

至於堂堂的明月公主為什麼會出現在這裡，也不難推斷。顯然是偷偷溜出宮來，又因為嘴饞才找到了鼎香樓。天家公主身分尊貴，普通人當然無緣一見，所以，蕭月兒壓根兒不怕任何人認出自己來。

只不過，她萬萬不會料到這兒有一個寧汐，在這麼短的時間裡就摸清了她的身分。

寧汐凝視著蕭月兒姣好鮮活的臉龐，心裡悄然嘆息。只有她知道，這位天之驕女在不久的將來，就會出意外暴斃而亡。這朵鮮嫩的花朵，還沒等完全綻放光華，就令人惋惜的隕落了。

想及此，寧汐的眼裡流露出一絲憐惜，說話的聲音也柔和了許多。「小姐長得這麼漂亮，妳爹一定很疼愛妳。」

這話可說到蕭月兒的心坎裡了，連連點頭。「是啊，我爹最疼我了，不管我要什麼，他都會毫不猶豫的滿足我的要求。」

不知想到了什麼，又嘆了口氣，沒精打采地說道：「不過，我爹也有不好的地方。總是管著我，不准我去這兒不准我去那兒，我天天像被關在籠子裡一樣。」

再豪華再氣派的地方，住得久了都像個牢籠。她偶爾也想出來透透氣，卻是難之又難啊！

寧汐同情地看了她一眼。「這樣確實挺悶的。」

蕭月兒大概是憋悶得太久了，難得有訴苦的機會，又嘆口氣說道：「我倒是想常出來轉悠，可不管怎麼央求，我爹都不同意。這一次出來，還是背著他的，等回去之後，我肯定要挨一頓罵了。」

看著蕭月兒苦巴著小臉的樣子，寧汐心裡悄然一動。

現在的情形很微妙，她知道蕭月兒的真實身分，可蕭月兒對她卻是一無所知。而且，看這架勢，蕭月兒對她印象還算不錯。如果趁這樣的機會，和蕭月兒攀點交情，豈不是穩賺不賠的好事嗎？

「小姐，要不，我給妳出個主意。」寧汐甜甜的笑道：「擔保妳回去不會挨罵，說不定妳爹還會誇妳呢！」

蕭月兒一愣，旋即興致勃勃地追問：「快點說來給我聽聽。」

荷香雖然沒出聲，卻也好奇地看了過來。

寧汐抿唇笑道：「小姐在這兒吃了這麼多好吃的，也該帶一點回去給妳爹嚐嚐才對。到時候問起來，小姐就可以說，是特地出去給爹買好吃的，妳爹肯定會很高興，絕不會罵妳了。」

頓了頓，又俏皮地笑了笑。「我平日裡惹我爹生氣的時候，都會用這一招，一直都很管用的。」雖然天子的心意難測，可只要是一個父親，都不可能忍心拒絕女兒這樣的心意吧！

蕭月兒眼睛一亮，連連拍手叫好。「對對對，這個主意好極了，就這麼辦！」

荷香也笑了。「寧姑娘，妳可真是聰慧過人，居然能想出這樣的好主意來。」

見自己的主意被採納，寧汐的心情也很好，笑著問道：「小姐，不知妳爹喜歡吃些什麼？要是不嫌棄的話，我現在就去廚房做一些，到時候打包好了再帶走如何？」

蕭月兒不假思索地點了點頭，然後皺眉苦苦思索。父皇到底喜歡吃什麼呢？想了半天，才不太確定地說道：「魚翅、鮑魚、海參、熊掌什麼的，妳看著做一點吧！」

寧汐心裡卻另有主意，笑著勸道：「這些珍貴食材，處理起來比較費時間。要不，我做些清爽可口的菜餚吧！」

事實上，這些珍貴食材鼎香樓也有。只不過，當今聖上什麼山珍海味沒吃過？帶這些菜餚反而沒什麼新意，倒不如帶些皇宮裡很少見的民間菜餚回去呢！

蕭月兒想了想，便點頭應了，順口問道：「大概要多久時間能做好？」

寧汐笑道：「一會兒就好，要是小姐不急著回去，就在這兒稍等片刻。」

蕭月兒眼珠轉了轉，忽然笑道：「在這兒乾等太無聊了，這樣吧，我去廚房看著妳做好了。」

此言一出，寧汐和荷香都是一驚，尤其是荷香，立刻皺眉反對。「小姐，這可萬萬使不得，廚房裡又悶又熱，到處都油膩膩的，您還是別去了吧！」千金之軀，怎麼能到那樣骯髒的地方。要是被外人窺見了公主的容顏，可就糟了！

寧汐既然知道對方的身分，自然也不敢答應這樣兒戲的提議。「荷香姑娘說得是，小姐還是在雅間裡等會兒吧！」

蕭月兒噘著嘴巴，不情願地點頭。「那好吧！妳動作快一點。」

寧汐笑著應了，俐落地回了廚房。

等到了廚房裡，一直緊繃著的神經才鬆懈下來，壓根兒沒有長吁短嘆的時間，立刻打起精神忙活起來。

以往也有些客人要求打包些食物帶回去，不過，這一次可不一樣。對方可是大燕王朝的天子，是這個世上最尊貴的男人。一想到自己動手做的菜餚，會被奉到當今聖上的面前，寧汐就無法抑制的激動起來，手裡的動作卻越發的仔細謹慎。

不管怎樣，一定要發揮出壓箱底的本事才行！

熱騰騰的菜餚當然味道最好，過了一段時間再吃，難免會有點失色。尤其是魚蝦肉類，涼了還會有點腥氣，所以，只能選擇做些素食。

寧汐選了最鮮嫩的菜心和蘑菇，做了道鮮蘑菜心，看著便覺得鮮嫩爽口。

另外一道則是麻辣豆腐。將豆腐切成片，在鍋中煎至兩面金黃，再放入蔥白、木耳、豆瓣醬、辣椒一起烹煮片刻，麻辣鮮香，簡單又美味。

做好的菜放在白底印花的乾淨盤子上，再放進食盒裡。最後，再放上兩個玉米窩窩頭，就大功告成了！

那玉米窩窩頭也是她早上親手做出來的。入口清香又有嚼勁，外型做得精緻小巧，看著便讓人食慾大開。

寧汐看了兩眼，頗為滿意地點點頭。

越是簡單的菜餚，越能看出廚子的手藝來。剛才做菜時，她用心的程度簡直是前所未有，出鍋之時特地嚐過，味道自然好極了。

不過，蕭月兒顯然不是這麼想的，當她看到食盒裡的菜餚時，驚訝地瞪圓了眼睛。

「妳、妳就做了這些？」

父皇對吃可是最挑剔的，平日裡這麼多御廚費盡心思做出的山珍海味，他都挑三揀四的不肯多吃。這樣簡單的菜餚，他要是肯吃才是怪事！

寧汐笑道：「小姐妳就放心好了，妳爹一定會喜歡的。」

態度如此的篤定，倒讓蕭月兒也淡定了不少。算了，就帶回去好了。如果父皇不喜歡吃，她就留著自己吃。

想及此，蕭月兒露齒一笑，歡快地吩咐道：「荷香，快點去結帳，我們回去。」

荷香等了半天，總算等到這句話了，幾乎要痛哭流涕感激上蒼了，連忙點頭應了，匆匆的下樓去結帳。

難得有獨處的機會，寧汐自然不肯放過，笑著問道：「小姐，敢問您貴姓？」

蕭月兒遲疑了片刻，才笑著說道：「我姓蕭，在家裡排行第五，妳叫我五小姐好了。」

寧汐從善如流的改口。「五小姐，下次若是有空，歡迎妳到鼎香樓來。我還有好多拿手的菜餚沒做給妳吃呢！」

一提到吃，蕭月兒的眼又亮了，連連點頭。「好，只要有空我一定來，妳記得再做拔絲蘋果給我吃。」

寧汐微笑著點頭。

這片刻工夫，荷香回來了，笑著說道：「小姐，我們也出來很久，該回去了。」

蕭月兒這次沒有噘嘴沒有搖頭，笑著點了點頭，便領著荷香下了樓。在走過寧汐的身邊時，蕭月兒忽然頓住了腳步，朝寧汐笑了笑。「寧汐，認識妳很高興。」

身邊的人怕她畏她敬她，要嘛就是有求於她，從沒人會這樣侃侃而談的和她說話。這種感覺很新鮮，也很有趣。

寧汐微微一愣，旋即含笑應道：「認識五小姐，是我的榮幸。」

待蕭月兒的身影消失在眼前，寧汐的笑容才漸漸淡了。這麼可愛的少女，擁有世上一切令人羨慕的東西，可生命卻是那樣的短暫，讓她無法不唏噓。

寧汐的手指觸到袖中的荷包，忍不住將荷包拿了出來，細細地端詳幾眼。

其實，有些細節之處，是瞞不過有心人的。這荷包用料講究，圖案精美，顯然出自精於女紅之人的手筆。等閒人家的女子，哪裡捨得隨隨便便的就打賞出去。

打開一看，寧汐更是被嚇了一跳，裡面赫然是一個金錁子，至少也有二兩左右。以金銀的換算比率，這簡直就是一筆鉅款啊！

「寧姑娘！」一個熟悉的聲音響了起來。

寧汐不假思索地將荷包收好塞回袖子裡，這才抬頭看向來人。

第一百五十章 意想不到的舉動

來人是容瑾的貼身小廝小安子。

他眼尖的瞄到寧汐的動作，打趣道：「什麼好東西，收得這麼快？不能讓我瞧一瞧嗎？」

寧汐和他很熟絡，說話便也多了三分隨意，笑著眨眨眼。「女孩子的東西，當然不能給你看了。對了，你不跟著容少爺，怎麼到這兒來了？」這裡可是鼎香樓的三樓，男子止步的好吧！

一提容瑾，小安子的臉頓時皺得像個包子。「別提了，一大早少爺就去張府了，還不准我跟著。我在府裡等到中午，也沒見少爺回去，只好去張府找了一圈。沒想到，聽張府的門房說……」

寧汐的心裡一跳，迫不及待地追問：「怎麼了？」

小安子苦笑一聲。「具體發生什麼事情我也不知道，只聽說張府有一個管事被少爺罵了，少爺還踹了人家一腳。」正逢張府辦壽宴，卻在人家的府上罵人還踹人，小安子真是佩服自家少爺了。

寧汐顫抖著追問：「那個管事是不是姓馬？」

小安子點點頭。「嗯，就是姓馬。也不知道這個人怎麼不長眼惹到少爺了，惹得少爺發了這麼大的火。」雖然容瑾不算好伺候，可這麼找一個下人的麻煩卻是前所未有。

寧汐垂下頭，怔怔地看著地板，不知在想些什麼。

一向聰明伶俐的小安子，這次卻愣是沒想到此事和寧汐有什麼關聯，一個勁兒的發牢騷。「少爺也太衝動了，不管為了什麼，也該告知張府一聲，讓張府懲治下人就是了。現在鬧出這麼一齣，以後見了張府的人多尷尬……寧姑娘，妳說對不對？喂，寧姑娘，妳到底有沒有在聽我說話？」

寧汐幡然醒悟，回過神來，歉然的一笑。「對、對不起，我剛才走神了，沒留意你說什麼。要不，你再說一遍？」

得，說了半天，人家心不在焉的根本沒聽進去，小安子無奈地攤攤手。「算了，我還是繼續去找少爺好了。」不在張府，又不在鼎香樓，也不知到底跑哪兒去了。

寧汐頭腦裡亂糟糟的一片，也沒心情說什麼，隨意地點點頭，目送著小安子下了樓，然後緩緩地坐了下來。

容瑾……寧汐在心裡默默念叨著這個名字，心裡五味雜陳。他又彆扭又驕傲，從不肯說半句軟話，可就這樣的他，卻為了她做出這樣衝動不理智的事情……

這樣的心意，但凡是女子都會感動，她自然也不例外。可是，她已經下定決心，從此以後都離他遠遠的，再也不要有半點牽扯。她又該怎麼面對容瑾的這份情意？

如果再見到容瑾，她真不知道該說什麼才好了……

寧汐長長的嘆口氣，徹底體會了一回心亂如麻的滋味。一直到晚上，都有些心神不定。

直到寧有方領著一幫廚子回來了，寧汐才將這些紛亂的心思都揮開，笑著迎了上去。

「爹，您一定很累了，快點坐下休息會兒。」

寧有方擦了擦額頭的汗，笑道：「確實夠累的。不過，今天的菜餚上桌之後反響不錯。」

周大廚湊趣地笑道：「寧老弟你也太謙虛了，何止是反響不錯，不少客人都在打聽掌勺的大廚是誰。你這名頭可算是徹底響了。」能到張府作客的，非富則貴，在這樣貴客雲集的場合裡露臉，寧有方想不出名都難了。

寧汐自然也為寧有方高興，連連拍手叫好。

張展瑜卻一直沒吭聲，也不知道在想些什麼，目光靜靜的落在寧汐的俏臉上。

等眾廚子都散了，寧有方才咳嗽一聲，低聲問道：「汐兒，有件事妳還不知道吧！今天容少爺也去張府了，不知怎麼碰到了那個馬管事，也不知馬管事到底說了什麼，惹怒了容少爺，被容少爺不留情面地罵了一通，還踹了一腳，當時可把張府的人都驚動了。」

雖然已經聽小安子說過此事，可此刻再聽寧有方提起這個，寧汐的心裡不免又是一顫。

「那後來怎麼樣？」

寧有方遲疑了片刻，才應道：「後來到底怎麼樣，我也不太清楚，反正又換了個管事到廚房來，新來的管事比馬管事要客氣得多了。」

那是當然，有馬管事的先例在前，誰也不敢再為難寧有方了。

寧汐不自然地笑了笑。「那倒真是好事呢！」

確實是好事，只是容瑾這番行動背後的心意昭然若揭啊！寧有方意味深長地瞄了寧汐一眼，礙著張展瑜也在，什麼也沒多說。

可張展瑜卻忍不住了，輕輕地說道：「那個馬管事囂張跋扈，容少爺今天可算是替師傅和汐妹子出氣了。」只恨他身分低微，什麼也做不了……

一提到容瑾，寧汐莫名地有些心虛，咳嗽一聲說道：「時候也不早了，我們也回去吧！」

寧有方點點頭，隨口叮囑道：「展瑜，你也早些回去休息，明天還得早起去張府。」

張展瑜應了一聲，便和其他的廚子一起走了。臨走前，忍不住又看了寧汐一眼。寧汐顯然有些心不在焉，壓根兒沒留意他的回首。

等廚房裡就剩下寧有方和寧汐兩人了，寧有方才低聲問道：「汐兒，容少爺分明是在替妳出氣，妳……」

寧汐迅速回道：「爹，我知道你想問我什麼。」頓了頓，才緩緩的說道：「昨天晚上，娘也問我了，我的想法和以前一樣。齊大非偶！我高攀不起，也不可能委屈自己。」所以，容瑾的這份心意，她只能狠心的視而不見。

寧有方默然片刻，長長地嘆口氣。這樣的好兒郎，偏偏生在這樣的富貴之家。寧汐和他之間的差距，實在太大了，讓人連點奢望都不敢有……

一路無話，回了容府之後，寧汐匆匆的洗漱一番，就回了自己的屋子。

阮氏心裡暗暗詫異，低聲問寧有方。「汐兒今天是怎麼了？」

寧有方低聲將今天發生的事情說了一遍。阮氏聽得瞠目結舌，久久才嘆了句。「唉，真是可惜了。」到底在惋惜什麼，夫妻兩個心裡都有數，卻也沒心情挑明了說。

至於寧汐，躺在床上輾轉難眠，腦子裡不停的晃動著那張俊臉，心裡暗暗琢磨著下次見了容瑾該說什麼才好。

當面道謝有點怪怪的，可要是什麼都不說，豈不是成了不識好歹的白眼狼？

翻來覆去一夜都沒睡好，第二天又得早起，寧汐照鏡子時，頓時呻吟一聲，這黑眼圈也太明顯了。要是就這麼去了鼎香樓，非得被眾人取笑不可。匆忙之下，只好去阮氏的屋子裡尋了些脂粉敷在眼角，總算不那麼顯眼了。

阮氏隨口笑道：「汐兒，妳昨夜沒睡好嗎？」

寧汐哪裡肯承認。「沒有的事，睡得好著呢！」唯恐阮氏再追問不休，一溜煙地跑了。

阮氏啞然失笑。閨女大了，開始有少女心事了。算了，還是暫時別追問不休了，免得惹得寧汐反感。

這一整天，寧汐的精神都緊繃著，總擔心容瑾隨時會蹦出來，可容瑾卻一直不曾露面。不僅如此，就連接下來的幾天也都沒露面。

寧汐輕鬆之餘，莫名的又有些失落，旋即暗笑自己。之前想東想西的，實在是自作多情了。事實證明，容瑾根本沒把這樣的小事放在心上，虧她還琢磨了好久，想著怎麼應對容瑾……

經此一事之後，寧有方的名氣又攀上了一個新臺階，有好事的食客，將其與雲來居的江四海、百味樓的薛大廚還有一品樓的上官大廚，並列為京城四大名廚。

說起來，寧有方倒也擔得起這個稱謂。之前和江四海鬥廚藝鬥了個平手，再有寧汐代替他出戰薛大廚，竟然也鬥了個不相上下，一時之間，早已傳遍京城，用聲名鵲起來形容也不為過。鼎香樓開業以來客人絡繹不絕，有大半都是寧有方的功勞。

而這一次在張府掌勺的精彩表現，也讓眾位貴客記住了寧有方這個名字。比起前三位名頭響亮的大廚，寧有方確實絲毫不遜色。

這個消息一傳到寧有方的耳朵裡，寧有方別提多高興了。

寧汐淘氣地笑道：「爹，恭喜恭喜。」京城四大名廚耶，多響亮多氣派！

寧有方咧嘴笑了起來，眼裡滿是自得。短短半年內，在京城闖出這樣的名頭來，想不驕傲都不行啊！

張展瑜也湊趣地笑道：「怪不得這兩天酒樓的客人更多了，照這樣下去，只怕孫掌櫃算帳都算不過來了。」

寧汐噗哧一聲笑了起來。可不是嘛？這兩天孫掌櫃忙著招呼客人安排桌席，腿跑得發軟，說得口乾舌燥，可卻是越忙越有精神。

正說笑著，就見孫掌櫃急匆匆地走了過來。寧有方笑著迎了上去。「孫掌櫃怎麼親自過來了？派人說一聲就是了。」

孫掌櫃笑了笑，目光卻朝寧汐瞟了過去。

寧汐心裡一動，笑著湊上前來。「孫掌櫃，有事只管吩咐。」

孫掌櫃猶豫片刻，才說道：「倒也沒什麼大事，有人早上來訂了三樓的雅間，而且包了場，只有一桌。不過，客人指名讓妳做菜。」

第一百五十一章　京城貴女

此言一出，眾人都是一愣。

肯包場的，當然都是貴客，出手很慷慨。酒樓有這樣的客人，自然是好事。二樓被包場倒是常有，可三樓的雅間卻是極少有這樣的事情。到底是哪位京城貴女如此的大手筆？

更奇怪的是，這位貴客居然指定寧汐做菜。寧汐雖然偶爾也動手做菜，可畢竟還沒正式出師呢！

寧有方忍不住問道：「是哪位府上的小姐？」

孫掌櫃咳嗽一聲。「是張府的大小姐。」

張府大小姐張敏兒？寧有方一愣，心裡忽然有一絲不妙的預感，於是看向寧汐。

寧汐心裡也是一個咯噔，又是包場又是指名讓她做菜，這個張敏兒似乎來意不善啊！

孫掌櫃為難地嘆道：「汐丫頭還沒出師，這樣的要求確實有點強人所難。不過，來者是客，我也實在找不出什麼理由拒絕。」開門做生意，總要應付各種各樣的客人，像這樣的貴客，自然不能得罪。

寧汐笑了笑。「既是這樣，那就由我來做這桌宴席好了。」兵來將擋水來土掩，她倒要看看張敏兒今天到底要怎麼樣。

孫掌櫃鬆了口氣，忙笑道：「張大小姐派人來吩咐過了，說是照我們鼎香樓最高規格的宴席上菜。」

鼎香樓最高規格的宴席，是十兩銀子的席面，平日裡都是由寧有方動手。寧汐自然沒做過這樣規格的宴席，可寧汐絲毫沒有慌亂，笑吟吟地點了點頭。

等孫掌櫃走了，寧有方才皺起了眉頭。「汐兒，要不這樣吧！菜餚由我來做，到時候報妳的名字就是了。」

寧汐挑眉一笑。「爹，您是擔心我應付不來嗎？」語氣裡滿滿的都是自信。

寧有方啞然失笑，也覺得自己多慮了。

寧汐的廚藝精進之快，連他這個師傅都咋舌不已。比起自己來或許還差點火候，可卻又多了分靈氣，偶爾琢磨出的新菜式，甚至連他也有驚豔的感覺，應付這些嬌貴的千金小姐肯定沒問題。

寧汐打起精神準備了起來。菜單自然要重新擬定，把自己拿手的菜餚都添上，還得準備幾道「壓軸」的菜式。別看只有一桌，可卻足夠寧汐忙活的。

張展瑜本來打算來幫忙，被寧汐笑著婉拒了。「張大哥，只有一桌客人，我能應付的。」她可是打算著以後要專門負責三樓宴席的，這點陣仗就算磨練自己了。

張展瑜只得笑道：「需要幫忙的時候妳喊一聲就行。」

寧汐笑著點頭，又低頭忙活起來。

花式冷盤是她的拿手好戲，今天成心要在張敏兒面前露一手，自然做得更加用心。八道冷盤花式各異，齊齊的放在一起，卻又有種整齊的美感。

跑堂的趙芸過來端菜的時候，簡直嘆為觀止。「寧汐妹子的手可真是太巧了，這樣的菜餚端上桌去，誰能捨得動筷子啊！」

寧汐抿唇輕笑，問道：「客人都來了吧！」

趙芸笑著點點頭。「都來了。」想了想，又補充了一句。「王小姐也來了，還有容府的四小姐。」

王嬌嬌和容瑤？寧汐若無其事的笑著點點頭。王嬌嬌倒是鼎香樓的常客，可容瑤卻從沒踏足過鼎香樓一步。今天竟然都來了……

寧汐沒有繼續再多想。做菜的時候，一定要集中所有的注意力，心無旁騖才能做出真正的美味佳餚。不管這些嬌貴的千金小姐打算要做什麼，對她來說，最要緊的是要做出讓人驚豔的美味來。

考慮到女子的口味，寧汐特地準備了幾樣精緻的湯品和點心。一道五香杏仁，一道金糕卷，一盤蜜餞小棗，還有用清火慢燉出的紅豆羹。等菜式都上齊了，已經是一個時辰以後的事情了。

最後一道菜餚被端走了之後，寧汐才鬆了口氣，這才發現自己的額頭滿是汗珠。剛想用袖子擦拭，一條擰過的溫熱毛巾出現在她眼前。

寧汐笑道：「謝謝張大哥。」隨手接過毛巾，細細的擦了臉。還沒等她休息片刻，趙芸就匆匆的跑了過來。「寧汐妹子，客人們請妳過去呢！」

寧有方和張展瑜一起看了過來，眼裡流露出擔憂。

寧汐安撫地笑了笑。「不用擔心，我去去就來。」她又不是沒應付過難纏的客人。連容瑾那樣口舌犀利毒辣的，她都沒膽怯過。這些嬌貴的千金小姐們，總不會比容瑾更難應付吧！

寧有方只好點點頭，眼睜睜的看著寧汐隨趙芸一起出了廚房。

「師傅，汐妹子就這麼一個人過去行嗎？」張展瑜忐忑不安地低聲問道。

寧有方嘆道：「我總不能跟著去，只好讓汐兒一個人去應付了。」好在寧汐一向機靈，應該不會鬧出什麼岔子的吧！

張展瑜雖然放心不下，可也不好再說什麼。

此刻的寧汐，倒是前所未有的鎮定，穩穩地推開雅間的門。

坐在最上首的，正是張敏兒，左右分別坐著王嬌嬌和容瑤。另外還有幾個少女，也都穿戴得十分華麗。見寧汐進來，眾人不約而同的停止了說話，唰地一起看了過來。

待看到寧汐樸素得近乎寒酸的衣著打扮，這些高高在上的貴族小姐們，幾乎都露出了輕蔑的笑容，可那張異常秀麗的俏臉，卻又讓人心裡酸溜溜的。尤其是張敏兒，緊緊地盯著寧汐的臉，眼裡閃過一絲嫉恨。

面對眾人審視的目光，寧汐不慌不忙的斂身行禮。「小女子寧汐，見過諸位小姐。」

當然，沒人會對她回禮。所以，寧汐行了禮之後便泰然自若地站好了。在眾人虎視眈眈的目光下，分外的鎮靜。

張敏兒像是第一次見寧汐似的，上上下下仔仔細細的打量幾眼，然後嗤笑道：「聽說容瑾每次來鼎香樓，都會指名讓妳做菜，我還以為妳廚藝有多好，今天一嚐，不過如此。」話語裡的輕蔑，顯而易見。

寧汐早有心理準備，聽到這樣刻薄的言詞並不動怒，淡淡地笑道：「不知道張小姐對今天的菜式有什麼地方不滿意？還請您明示，以後小女子一定改進。」

張敏兒哼了一聲。「通通都不滿意。像妳這樣的手藝，至少也得學個三年、五年，這個時候就掌勺，簡直不自量力！」

容瑤第一個點頭附和。「敏兒說得對。就這點微薄廚藝，也好意思掌勺，真是丟人現眼。」

寧汐鎮靜地應道：「我只是個學徒，還沒出師，廚藝確實還需要再磨練，所以平日裡我很少掌勺。可今天這桌宴席，是張小姐指定讓我做的，我不敢推辭，只好硬著頭皮才應了下來。」現在再來胡亂指責，豈不是可笑？

張敏兒被噎了一下，俏臉隱隱有些扭曲。

王嬌嬌連忙插嘴助陣。「指定讓妳做菜，那是看得起妳。」

寧汐不慌不忙的應道：「那就多謝張小姐的厚愛了。」

張敏兒回過神來，想到自己剛才竟然被一個小學徒問住了，不由得惱怒起來。「誰厚愛妳了，我是聽說容瑾常指名讓妳做菜，今天才想來見識見識。沒想到妳的廚藝根本不怎麼樣，做的菜都難吃得要命。」

在座的都是張敏兒的知交好友，自然一面倒的向著張敏兒說話，頓時妳一言我一語的指責起來。

「就是就是，做的菜難吃得不得了……」

「尤其是那個什麼五香杏仁和紅豆羹，甜膩膩的，一點都不好吃……」

一點都不好吃？那桌子上的菜餚都被誰吃了？上了這麼多的菜，根本就沒剩多少好吧！五香杏仁和紅豆羹，更是被一掃而空了好吧！

寧汐差點笑出聲了。眼前這一堆十幾歲的少女，說來說去就是這幾句，比起容瑾的毒舌段數來，實在差得太遠了，憑這些幼稚的挑釁就妄想打擊她，實在太可笑了！

寧汐不動聲色地聽著眾人諷刺奚落，一個字都沒反駁。

見寧汐悶不吭聲，張敏兒顯然越說越起勁了。「……妳別以為憑著這點微末手藝，就妄圖攀高枝。我告訴妳，這根本是不可能的。就妳這種低微的身分，連做容瑾的小妾都不夠資格……」

寧汐笑容一斂，淡淡地打斷張敏兒。「張小姐，我只是個小學徒，我知道自己的身分，也從來沒有攀高枝的想法，還請妳收回剛才的話。」就算她身分低微，也絕不受人這樣的侮辱。

容瑤不屑地冷笑。「妳廚藝不怎麼樣，裝模作樣的功夫倒是挺厲害。容府裡上上下下都傳遍了，誰不知道三哥處處護著妳。也不知道妳有什麼好，三哥都快被妳迷昏頭了。」

寧汐淡淡地瞄了容瑤一眼。「四小姐，這話可不能隨便亂說，要是容少爺聽到了，肯定會生氣。他的脾氣，妳應該很清楚的。」

一想到容瑾板著臉的樣子，容瑤顫了顫，不自覺地閉了嘴。上一次的教訓實在太過深刻了，再加上容瑾餘威積存，容瑤倒是不敢多嘴了。

張敏兒冷哼一聲。「前幾天容瑾去我們張府，故意找個由頭發落了馬管事一頓，妳敢說跟妳一點關係都沒有嗎？」

第一百五十二章　羞辱？自取其辱！

一說起這件事，張敏兒的氣就不打一處來。

張老夫人過壽，容府自然也在被邀請的賓客之列。不過，以容瑾的性子，居然肯親自到張府去，實在令人意外。張敏兒得知這個消息之後，心裡別提多高興了，當下也顧不得少女矜持，立刻找了過去。

怎麼也沒想到，竟然正巧撞上了容瑾發落馬管事的那一幕。

從沒見過容瑾的臉色那般的陰沈，更沒見過容瑾那樣的不顧風度踹人。雖然踹人的姿勢帥極了，可這絲毫不能讓張敏兒釋懷。

好端端的，容瑾為什麼會故意來找一個下人的麻煩？

張敏兒越想越覺得不對勁，在容瑾走後，特地將馬管事拎到了背地裡問話。馬管事早被踹暈了，說了半天也說不出自己是哪兒得罪容三少爺了。不過，倒是支支吾吾地承認了曾用眼神調戲過寧汐的事情。

問到這個分上，張敏兒要是再反應不過來可就是傻子了。當時那個氣惱羞憤嫉妒，簡直無法用筆墨形容。忍了幾天，終於還是忍不住找上門來了。

說到馬管事，寧汐也忍不住冷笑了。「張小姐，貴府請我爹去掌勺，可那位馬管事卻處處刁難，而且整天色迷迷的往我身邊湊合。這樣的人，被踹上十腳也不為過。」

張敏兒沒料到寧汐態度如此強硬，臉色頓時難看起來，口不擇言地說道：「果然是妳在容瑾面前告狀了。哼，剛才還口口聲聲說對容瑾沒有企圖，這樣的鬼話傻子才會相信。」

一提到這個，王嬌嬌的面色也好看不到哪兒去。「哼，心懷不軌居心叵測，就憑妳也配？」

寧汐的火氣蹭蹭的往外冒，不怒反笑。「真是奇怪了，我和容少爺坦坦蕩蕩，妳們偏要把這些髒水潑到我身上，到底是什麼意思？退一步說，就算我有什麼不軌的企圖，兩位小姐今天又是以什麼身分立場來教訓我？」

張敏兒和王嬌嬌都為之語塞。雖然她們倆對容瑾的愛慕之心昭然若揭，今天擺明是拈酸吃醋來找茬的，可女孩子到底臉皮薄，誰也不好當著這麼多人的面承認吧！

寧汐扯了扯唇角。「如果沒別的事，小女子先告退了。」說著，毫不遲疑地轉身就走。

「等一等！」張敏兒不假思索地喊了聲。

寧汐無奈地停住腳步。「敢問張小姐還有何吩咐？」

張敏兒的眼珠轉了轉，忽地笑道：「雖然妳廚藝不怎麼樣，可也忙了半天，本大小姐也不是小氣的人，打賞總是要有的。」說著，朝身邊的丫鬟使了個眼色。

那個丫鬟頓時心領神會，不懷好意地笑著走上前來，故意將手裡的錢袋子往下抖落，裡面裝得滿滿的銅錢頓時掉落下來，叮叮咚咚的滾了滿地，有些甚至滾到了桌子底下。

張敏兒得意地笑道：「本小姐這麼大方，還不快點領賞？」

來鼎香樓吃飯的，大多是富家公子達官貴人之流，打賞都是銀子，誰也不會故意弄這麼一大堆銅錢還撒在地上，要領賞就得一個一個的撿拾起來，擺明了是要羞辱寧汐。

王嬌嬌等人都在一旁掩嘴笑了，等著看好戲。

寧汐的身子緊緊地繃著，黑亮的眸子直直的看著張敏兒，一言未發。

張敏兒絕不會承認自己被看得有些心虛了，虛張聲勢地喊道：「本小姐的賞賜，妳膽敢不要嗎？哼，我待會兒就去找孫掌櫃，問問他這酒樓裡有沒有廚子拒絕客人賞錢的……」

話音未落，就見寧汐清脆的聲音響了起來。「多謝張小姐賞賜！」

說著，從那個丫鬟手裡接過錢袋，緩緩地蹲下身子，將撒落在地上的銅錢一個一個的撿起來。

她的動作很小心很仔細，每撿一個銅錢，都擦得乾乾淨淨的才收進錢袋裡。她一臉的坦蕩，沒有半分被羞辱的憤怒，面色極為平靜。等空地上的銅錢撿完了，又俯身到了桌子邊一個個的找，甚至很有禮貌地說道：「請您把腳抬一下。」

那個不知姓啥名誰的千金小姐下意識地抬起腳，寧汐將她腳邊的銅錢撿了起來，心平氣和的說了聲「謝謝」。然後，繼續撿。

不知地上到底撒落了多少銅錢，那個大錢袋被裝了快大半。

眾少女的笑聲不知何時漸漸停了，啞然的看著那個低頭認真尋找銅錢的少女，心裡掠過一絲莫名的怪異感受。明明是想羞辱她，可看她那副平靜無波的樣子，為什麼讓人有自取其辱的感覺？眾人的目光有意無意的看向張敏兒。

張敏兒的笑意消失在眼底，盯著那道灰色的窈窕身影，暗暗地咬牙。

這是她之前就想好的法子，本以為寧汐一定會羞憤交加，甚至哭著跑出去。她也能出了心頭這口氣，可眼前這一幕，卻讓她成了不折不扣的笑話……

「別撿了！」張敏兒冷不防的喊了出來。再由著寧汐這麼撿下去，丟人的可是自己了！

寧汐頭都沒抬。「這是張小姐的一番心意，當然得都撿起來。不然，張小姐豈不是要怪我不知好歹了？要是孫掌櫃知道，也會不高興的，我爹更會怪我沒伺候好客人……」

張敏兒可沒那麼好的涵養，略有些粗魯地打斷寧汐。「我說不撿就不撿了！」

寧汐低頭冷笑，壓根兒不理睬她，依舊慢吞吞地將剩餘的銅錢一枚一枚的撿起來。等確定地上再無遺漏的銅錢之後，才緩緩地站了起來，捧著那個大錢袋客氣有禮地道謝。「多謝張小姐的慷慨大方。我剛才一邊撿一邊數過了，這裡面足足有一百個銅錢，足夠在我們鼎香樓點一道炒白菜了。」

話語裡的譏諷之意，傻子都能聽得出來，偏偏她的表情異常的真摯誠懇，讓人想挑毛病也無從挑起。

「妳……妳竟然諷刺我？」張敏兒被氣得都快吐血了。

寧汐的眼神分外無辜。「張小姐此話從何而來？我可是真心實意的道謝，哪裡譏諷妳了？雖然我從沒見過客人賞賜銅錢，可到底是張小姐的一番心意，我還打算著把這袋子賞錢拿到廚房裡，讓其他的廚子也開開眼界呢！」

能把容瑾氣得內傷，眼前的張敏兒就更不是寧汐的對手了，氣得火冒三丈，「妳」了半天也不知道要說些什麼。

王嬌嬌顯然也被震住了，閃爍不定的打量著寧汐，不知在琢磨些什麼。

容瑤卻不是第一次領教寧汐的犀利了，冷笑著說道：「寧汐，妳別敬酒不吃吃罰酒，要是膽敢在三哥面前告狀，我們可饒不了妳。」一色厲內荏，典型的紙老虎。之前的膽子倒是大得很，現在卻開始擔心要怎麼應付容瑾的怒火了。

寧汐淡淡地一笑。「四小姐多慮了，我從沒有告狀的習慣。再說了，張小姐好意點名讓我做菜，又特地喊了我過來『指點』幾句，還有『賞錢』，這樣的好事，我想都想不來呢！」

這幾句輕飄飄的話，把回過神來的張敏兒又氣了個半死，咬牙切齒地說道：「好了，妳快些退下吧！」

寧汐大獲全勝，微笑著行禮告退，禮數周到，無可挑剔。

等寧汐的身影消失在門邊之後，張敏兒的臉都快比鍋底還黑了，其他人面面相覷，一時也不知道要說些什麼。

本來是興致勃勃要來找寧汐的麻煩，誰也沒想到會是這樣收場……

王嬌嬌咳嗽一聲打著圓場。「敏兒，為這樣一個微不足道的小廚子生氣可不值得。」

容瑤迅速地接道：「是啊，妳別看她年紀不大，可卻牙尖嘴利，我以前也吃過她的暗虧呢！」

其他人也妳一言我一語的勸了幾句，大意都是別和寧汐斤斤計較之類的。有一個和張敏兒關係特別親近的，甚至直言無忌地說道：「這個寧汐雖然有幾分姿色，廚藝也還過得去，不過，根本不可能入容府的門。就算容瑾喜歡她，也不可能娶她為妻的，有什麼可擔心的？」

貴族少爺們婚前有些風流韻事實在太正常了。就算成親了，拈花惹草也不算什麼大事，容瑾將來必然要娶一個門當戶對的京城貴女為妻的。

這句話倒是說到張敏兒的心坎裡了，臉色總算好看多了。

王嬌嬌也是容瑾的愛慕者之一，心裡自然也有自己的小算盤，聞言故意調笑。「張口閉口就是嫁啊娶的，妳們也不嫌害臊。」仗著哥哥王鴻運和容瑾關係要好，她和容瑾見面的機會可比張敏兒多不少。

頓時有人不客氣地掀她的老底。「妳就別裝了，誰不知道妳的那點心思。」王嬌嬌喜歡容瑾早不是什麼秘密了。

眾少女一起掩嘴笑了起來。

王嬌嬌和張敏兒都有些不自然，互視一眼，不約而同的別開了頭去。

若較真起來，其實她們兩個彼此才算是勁敵。年齡相若，和容瑾的家世都算般配，往日裡見面也有點火藥味。不過，現在忽然冒出了這麼一個寧汐來，兩人自然要暫時站在同一陣線了。

不過，也只是暫時而已……

第一百五十三章 談心

寧汐從三樓的雅間下來，並沒有立刻回廚房。她一個人靜靜的站在巷子裡，良久，才輕輕嘆了口氣。

在那些嬌嬌女面前，她說得理直氣壯，可她心裡卻很清楚，她其實遠遠不如表面的那般淡定。

她們仗著身分地位肆意的羞辱她，她不是不憤怒。可若是當時就這麼不管不顧的吵起來，吃虧的還是她，更有可能連累到鼎香樓的名聲。所以這口氣，她不得不忍。

當然，她也不是好欺負的，用自己的方式狠狠地反擊了回去。從臨走前張敏兒精彩的臉色來看，還是很成功的。

只是，那種被羞辱的憤怒依舊在心裡激蕩，久久都不能平息。

她明明什麼都沒做，甚至處處有心避開容瑾，這樣還不夠嗎？為什麼還會有這樣的麻煩？她甚至有種隱隱的預感，這種麻煩只是第一次，絕不會是最後一次……

寧汐抿緊了嘴唇，眼神迅速地清明堅定下來。或許之前她的心裡還有一絲絲的猶豫和鬆動，可今天的這一幕鬧劇，卻讓她徹底的清醒了。她和容瑾根本沒有一絲可能，她萬萬不能動心！

不知站了多久，寧汐終於平靜了下來，轉身就回了廚房。

寧有方早已等得心急如焚，一把扯住寧汐。「汐兒，妳怎麼去了這麼久？張小姐是不是為難妳了？」

寧汐這一去，已經快一個時辰了，眼看著鼎香樓的客人都散得差不多了，還是遲遲不見寧汐回來，也難怪寧有方這麼著急了。要不是礙著三樓都是女客，他早就找過去了。

張展瑜也不避諱的湊了過來，關切地看向寧汐。

寧汐自然不肯說實話，隨口笑道：「沒有的事，她們就是問了幾道菜的做法，所以才耽擱了點時間。」

這麼敷衍的說辭，哪裡能瞞得過寧有方。他上上下下打量寧汐幾眼，待見到寧汐手裡的東西時，頓時皺起了眉頭。「這袋子裡是什麼？」

寧汐的笑容一頓，若無其事地應道：「這是客人的賞賜。」心裡暗暗後悔不已。剛才真是疏忽了，應該把這袋子銅板收起來才對，要是被寧有方看見了，不起疑心才是怪事……

果然，寧有方不假思索地將袋子拿了過去，打開一看，臉頓時黑了。「這就是張小姐的賞賜？」裡面一大堆銅板是怎麼回事？

張展瑜也忍不住插嘴了。「汐妹子，客人賞賜散碎銀兩很常見，可賞賜銅板倒是從沒有過。到底是怎麼回事？」

一般來說，給得起賞錢的貴客，絕不可能出手這麼寒酸。張敏兒今天又大手筆的包下了三樓的雅間，這樣的打賞就更顯得詭異了。

寧汐咳嗽一聲。「我也不知道是怎麼回事，客人賞賜多少，我就拿多少，當時也沒細看。」

寧有方沈聲說道：「汐兒，妳就別隱瞞了，那位張小姐肯定是為難妳了是吧！是不是故意將這麼多銅錢扔在地上讓妳撿？」

呃，要不要猜得這麼準！寧汐摸摸鼻子，反正瞞不過去了，乾脆默認了事。

一想到寧汐蹲下身子撿銅錢的樣子，寧有方便氣得渾身直發抖，臉色陰晴不定，握著錢袋子的手青筋畢露。

張展瑜沒那個資格表露出這樣的憤慨，可心裡的憤怒絲毫不下於寧有方。

寧汐看著兩個大男人陰沈沈的臉色，心裡暖洋洋的，殘餘的最後一絲惱怒也不翼而飛了，柔聲安撫道：「爹、張大哥，你們先別生氣。她們倒是想為難我，不過，到最後卻被我氣得鼻子都歪了。」說著，添油加醋的將剛才發生的事情娓娓道來。

她說得眉飛色舞，有意無意地將張敏兒等人的難聽話縮略了不少，著重強調了自己的反擊，寧有方和張展瑜聽著臉色倒是好了一些。

「……我本來不想告訴你們，怕你們擔心，現在你們總該放心了吧！我可不怕她們。」

寧汐笑臉如花，故意說得輕鬆歡快。

寧有方哪裡不知道她的用心良苦，嘆道：「汐兒，妳說得倒是輕巧，要是以後她們再來怎麼辦？」

寧汐挑挑眉。「爹，您也太高估她們的承受力了。有了今天這一齣，我敢擔保，一個月之內她們絕不會再來了。」今天張敏兒丟臉可是丟大了，估摸著短期之內是不會出現了。

一個月之內不來，那以後呢？寧有方將到了嘴邊的話又嚥了回去，改而笑道：「這倒也是。」下次若是再來，打死他都不會讓寧汐去受這樣的屈辱了。哼！

張展瑜關注的卻是另一個問題。「汐妹子，妳和她們根本不熟悉，也沒機會開罪她們，她們怎麼會來找妳的麻煩？」不可能只因為馬管事吧！

寧汐笑容一頓，旋即若無其事地應道：「這我可不知道。」

不知道嗎？還是不想說？

張展瑜沒有刨根問底，隨意地點了點頭便住了嘴。

當天晚上回去之後，寧有方慎重其事地將寧汐喊到屋子裡談心。「汐兒，妳的廚藝已經很好了，其實不用再去鼎香樓磨練了……」

寧汐微微蹙眉，無奈地笑道：「爹，您該不會是又要勸我別做學徒了吧！」這一陣子，幾乎人人都這麼勸過她，可越是如此，她越是倔強。

寧有方正色地點頭。「是，我之前就有這個想法。今天又發生了這樣的事情，我實在是忍不住了。汐兒，當初同意妳學廚，一來是妳很有天分，二來我也想找個人繼承我的手藝。可現在，妳的廚藝已經不下於我了，再待在鼎香樓實在沒必要。酒樓裡魚龍混雜，什麼樣的客人都有。難保以後不會再遇到難纏的客人故意來找麻煩。妳畢竟是女孩子，總這麼可不好。再說了，我還有展瑜這個徒弟……」

「爹，」寧汐緩緩地打斷寧有方。「女孩子拋頭露面確實有不方便的地方。不過，我們鼎香樓的三樓卻是專門接待女客的。我打算過了年之後，就正式的做大廚，專門負責三樓的雅間。就算要和客人打交道，也都是女客，不會和男子有什麼接觸。至於今天來找麻煩的張大小姐，她的來意是什麼，不用多說您也能猜到。就算我不去酒樓，她還是照樣會來找我。」

寧有方愣了一愣，細細地琢磨起了寧汐的話。是啊，如果專門負責女客的話，就不用和男子打交道，也不會損了閨譽，倒是個不錯的主意……

寧汐繼續說服道：「爹，我知道您是為了我著想，可我真的很喜歡做廚子，每天這麼忙忙碌碌的，我覺得很踏實很開心，您就讓我繼續待在鼎香樓吧！」

明亮的燭火下，寧汐的雙眸如寶石般閃爍，洋溢著滿滿的堅定。

這樣的神情，寧有方並不陌生。那分明是一個以自己手藝為傲的廚子才會有的自豪和堅持！

寧有方默然片刻，才輕聲問道：「汐兒，妳真的這麼喜歡做廚子嗎？」

寧汐點點頭。「嗯，我非常非常喜歡。」她喜歡將各種食材做成美味佳餚，讓客人們一飽口福。當客人讚不絕口的時候，那種滿足感從心底散發出來，讓她覺得無比的快樂滿足。

寧有方苦笑著嘆口氣。「好吧，既然妳堅持要做廚子，我也不攔著妳了。不過，以後再遇到這種故意來找茬的客人，妳可得告訴我一聲，由我出面去替妳應付。」

寧汐悄悄鬆了口氣，高興地點點頭應了。

雖然答應得乾脆，可她心裡很清楚，如果再有張敏兒之流來找麻煩，她絕不會將寧有方拖進來。再說了，人家既然是成心來找茬，想避也避不過去，不如坦坦蕩蕩的迎上去。

阮氏推門進來，抱怨道：「你們兩個說什麼非要避著我？」

寧有方和寧汐對視一眼，很有默契的決定還是別讓阮氏煩心了。寧汐隨口扯開話題。「娘，您今天忙了什麼？」

一說到這個，阮氏不免又嘆口氣。「我哪有什麼可忙的。」一個人待在院子裡，收拾屋子打掃洗衣做飯便是一天。每天接觸的就是兩個來幫忙打掃院子的小丫鬟，和容府的其他下人沒什麼來往。

寧有方歉然地笑了笑。「天天留妳一個人在這兒，妳一定很悶。」

阮氏難得訴了幾句苦。「本來就是借住在這兒，主不主僕不僕的，見了誰都覺得尷尬彆扭。」雖然容府的下人對她還算客氣，可時不時的異樣目光還是讓人挺不自在的。

寧汐插嘴道：「爹，娘說的沒錯，我們總住在這兒也不是辦法，還是找個機會搬出去吧！」這句話在她心裡已經盤算很久了。就算買不起大宅子，買個小院子夠一家四口容身也是好的。

寧有方想了想，有些為難地嘆道：「到京城這半年，容少爺對我們處處關照。就這麼說要走，我還真的不好開這個口。」總得有個合適的契機吧！

寧汐建議道：「還有兩個月就過年了。要不，等過年的時候找個機會說說看。」

寧有方點點頭應了。

第一百五十四章　羨慕

正如寧汐所料，張敏兒鬧了那一齣之後，好多天都沒露面。

容瑾得準備來年的春闈，來鼎香樓也少得多了，偶爾過來，也都匆匆忙忙的。兩人見面的機會陡然少了，單獨說話的機會更是少之又少，誰也沒提起馬管事的事。

寧汐反倒覺得輕鬆了許多，默默地數著日子等著過年。

寧有方忙了幾個月，總算狠狠心告了兩天假，領著寧汐和阮氏一起去了大伯寧有德的住處。

寧汐幾乎第一眼就喜歡上了這個院子，雖然不大，可卻收拾得乾乾淨淨，院子裡還種了些花，平添了幾分雅趣。

久未見面的兩家人湊在一起，別提多熱鬧了。寧有德個頭高高的，比寧有方要胖得多，滿臉紅光，笑起來的時候聲音幾乎將房頂都震翻了。看來，廚子果然是個好行業，十個裡倒有九個都是胖子。寧汐開始暗暗擔憂了，以後自己該不會變成一個胖妞吧！

「三弟，你都到京城這麼久了，也沒到我們家裡來看看。」寧有德給寧有方斟酒，邊不停的數落。

寧有方歉意地笑了笑。「鼎香樓開業以後，一直很忙，我也沒好意思告假。」

一提鼎香樓，寧有德立刻笑著誇道：「三弟，你現在可是響噹噹的人物了。京城四大名廚，就數你最年輕。」才到京城半年，就混出這樣的名頭，實在是很值得驕傲啊！

在自家兄弟面前，寧有方也沒了謙虛客氣那一套，不無自得地笑道：「還算過得去。」

寧有德哈哈大笑，拍了拍寧有方的肩膀，和寧有方痛痛快快地喝了起來。

一旁的徐氏，關注的焦點卻是別的，好奇地問阮氏。「你們一直住在容府裡嗎？」

阮氏笑著點點頭，徐氏別提多羨慕了。「你們可真是有福氣。」這樣的高門府邸，平日裡只能遠遠的看著，想進去都不容易，可寧有方一家子卻在裡面住著，真讓人眼熱。

阮氏雖然不是虛榮的人，可被這樣的目光看著，不免又有幾分飄飄然，口中卻笑道：「不過是借住些日子，我們打算過了年就搬出來。」

徐氏心裡一動，忙問道：「你們也打算買個院子嗎？京城這兒的房價可不便宜。妳看我們這個小院子，地段已經不算好了，又是幾年前買的，還花了一百多兩銀子呢！」

一百多兩自然不是筆小數目。

阮氏胸有成竹地笑道：「汐兒她爹在鼎香樓有一成乾股，等年底拿了分紅，買處宅院應該是夠的。」

徐氏一聽這話，別提多眼熱了，忍不住又追問起寧有方的工錢之類的，等知道之後，眼珠子都快瞪圓了，忍不住瞄了寧有德一眼，虧他還是珍味齋裡的頂樑柱，工錢可比寧有方差遠了。

接下來再聽徐氏說話，不免就有些酸溜溜的了。「唉，到底還是妳有福氣，三弟手藝好，這麼早就闖出了名頭，以後日子總是不愁的。暉兒也有出息，已經是有功名的人了。將來考中舉人，妳就等著享福吧！」

平日裡倒是覺得自己的兒子不錯，年紀輕輕就做了一家鋪子的帳房，可比起寧暉，明擺著又差了一截。

阮氏口中忙謙虛了幾句，滿臉的笑意卻是遮也遮不住。

徐氏的目光又向寧汐看了過來，忍不住讚道：「汐丫頭真是越長越漂亮了。」寧慧相貌秀麗出眾，可和寧汐坐在一起頓時失了幾分顏色。

阮氏笑道：「她整天風風火火的往外跑，性子野慣了，哪裡比得上慧丫頭穩重。」

寧汐不滿地抗議。「娘，我天天去鼎香樓可是有正經事做的。」

不提還好，一提這個，阮氏的牢騷可就更多了。「妳一個姑娘家，天天在酒樓裡待著算什麼正事……」

徐氏聽得一愣，連忙問道：「汐丫頭在酒樓裡做什麼？」

寧汐笑咪咪地應道：「我跟著爹做學徒，過了年就能出師了。」

徐氏不敢置信的瞪大了眼睛，一直端坐在一旁的寧慧也是一臉的驚訝，忍不住低聲問道：「七妹，妳打算以後做廚子嗎？」

寧汐輕鬆自若地應道：「嗯，我確實有這個打算。」

徐氏不以為然的說道：「女孩子就應該老老實實的待在家裡學些針線女紅什麼的，拋頭露面做廚子是男人的事。弟妹，妳也太由著汐丫頭的性子了。」

阮氏的笑容有些不自在。「汐兒有天分又勤快，又很喜歡做菜，我攔也攔不住。」

徐氏撇了撇嘴。「女孩子再有天分，也不該整天和一堆男子混在一起在廚房裡做事，要是傳出去，汐丫頭的閨譽肯定會受影響，以後想找個好人家可就不容易了，京城這兒可不比洛陽……」巴拉巴拉的說了一大通。

阮氏的心裡也很微妙，自己抱怨發牢騷倒是無所謂，可聽徐氏這麼一說，心裡又覺得不痛快了，很自然地為寧汐辯駁了幾句。「汐兒每天都在小廚房裡，和別的廚子接觸得很少，和外面的客人更沒什麼見面的機會，哪裡有什麼影響？」

「那以後呢？」徐氏皺著眉頭。「等出了師正式做廚子，總得要和客人打交道。十幾歲的姑娘家做廚子，客人不指指點點的才是怪事。遇到那些品行不好的，要是調笑幾句可就不好了。」寧汐本就生得標緻，要是遇到那些個風流自賞的公子哥兒動手動腳的，可就更糟了！

寧汐迅速地接過了話茬兒。「我已經和爹說好了。等明年出師，只負責三樓雅間的女客，就算要和客人打交道，也都是女子。」

這麼一來，徐氏也無話可說了，想了半天，才嘟囔了句。「總之，女孩子還是待在家裡好些。」

寧汐聳聳肩笑了笑，眉宇間的明朗和灑脫讓人眼前一亮。「我倒是覺得，女子不一定都比男子差，男子能做的事情，我也能做到。」

徐氏對這樣的論調顯然並不苟同，又囉囉嗦嗦地絮叨了幾句。

寧汐左耳聽右耳出，壓根兒沒朝心裡去，挾起菜往口中送，吃得津津有味。

寧慧怔怔的看著寧汐，心裡也不知想些什麼。等吃了飯之後，寧慧便拉了寧汐到自己的屋子裡說話。

說起來，寧汐和這個堂姊其實沒有多深厚的感情。在前世，寧慧早早的出嫁，夫家還算不錯，和寧汐之間的來往並不多。在寧汐的印象中，只覺得寧慧略有些孤僻，並不愛說話。

可今天，寧慧卻似乎很有些感慨，拉著寧汐的手說道：「七妹，真沒想到，妳居然去做了廚子。」

寧汐唇角微翹。「這有什麼想不到的。」

寧慧抿唇笑道：「我記得妳可是最愛乾淨的，廚房裡油油膩膩的，妳怎麼受得了？」姊妹幾個裡，就數寧汐生得最水靈，也最愛收拾打扮。現在卻變了個人似的，穿得異常簡單樸素，頭上連朵絹花也沒戴呢！

寧汐微微一笑，輕飄飄地應了句。「人總是會變的。」

以前的她最愛坐在梳妝鏡前，細細的描繪自己的容顏，為自己的美麗而驕傲。可現在，她最喜歡的事情卻變成了站在爐灶前，做出一道道美味佳餚。那些油煙味和鍋碗瓢盆的聲響，已經成了她生命中不可缺少的一部分。

寧慧顯然對寧汐的生活很感興趣，不停地提問。寧汐有問必答，還特地挑了些酒樓裡的趣事說給寧慧聽了。雲來居和百味樓的廚藝大戰，自然是不能遺漏的，說得最是詳細。

寧慧聽得悠然神往，看向寧汐的眼神裡滿是豔羨。「七妹，妳現在的廚藝一定很好吧！」雖然她沒嚐過百味樓薛大廚做的菜餚，也無從比較，可寧汐小小年紀就有如此廚藝，實在令人驚嘆。

寧汐一點都不謙虛地點頭。「嗯，還算可以。哪天妳有空了，到鼎香樓來找我。我一定好好的露一手，讓妳一飽口福。我們鼎香樓有專門招待女客的雅間，妳只管放心去好了。」

寧慧聽得心動不已，可一想到徐氏板著的面孔，那份欣喜雀躍又迅速的偃旗息鼓了，長長的嘆了口氣。「還是算了吧！我娘從來不讓我隨便出門的。」

寧汐不以為然地說道：「嬸娘對妳也太嚴苛了，我們鼎香樓每天都有很多女客的。」貴族小姐們到鼎香樓吃飯已經不是稀奇事了。

寧慧由衷地嘆道：「七妹，我真羨慕妳。」可以到外面的世界去，過一種全然不同的生活，哪怕累一點辛苦一點，可總比關在籠子裡好得多。

寧汐想了想，也笑了。「是啊，我也很喜歡我現在的生活。」寧有方和阮氏對女兒的縱容和寵愛真是無法用言語形容。如果不是有他們的默許，她也沒有現在這樣的生活吧！

看著寧汐意氣風發的笑容，寧慧的笑容卻有絲淡淡的苦澀。

這樣的幸運，也不是誰都有的。寧汐本就有天分，再有寧有方細心的調教，如今有了過人的廚藝傍身。將來說不定能闖出一番名堂來。

寧汐眉眼彎彎地笑道：「五姊，我一直有個夢想。」

第一百五十五章　試探

「夢想？」寧慧喃喃的重複著這兩個字，心裡有些茫然。

「是啊，」寧汐興致勃勃地說道：「我一直夢想著成為一個真正的大廚，讓所有客人都知道我的名字，以吃到我親手做的菜餚為榮。」

雖然身為女子有諸多不便之處，可也有普通廚子沒有的優勢，寧汐早已想好了將來努力的方向。京城眾多名門貴女，是一個潛在的巨大市場，她一定要好好的把握亮相的機會，爭取以後成為女客們心中最好的廚子。或許有一天，會有許多客人爭相邀請她掌勺呢！

寧慧忍不住說道：「妳不會打算一直做廚子吧！」以後嫁人了怎麼辦？

雖然寧慧沒直接說出口，可寧汐顯然明白了她的言下之意，淡淡地笑道：「如果真心喜歡我，就不會要求我整天守在閨閣裡。」

寧慧一愣，低聲問道：「七妹，妳……妳該不會打算著將來不嫁人吧！」肯允許妻子天天在外做事的男子可是少之又少，寧汐要是堅持這麼下去，遲早會做老姑婆不可。

寧汐淡淡地一笑。「對我來說，嫁人的事情太遙遠了，等過個四、五年再說。如果沒有合意的，我寧願不嫁。」

寧慧怔住了，這些話對循規蹈矩的她來說，簡直是石破天驚，平日裡想都不敢多想，可寧汐竟然這麼輕飄飄的說了出來，而且神態沒有半分作偽。

寧汐卻不再接著這個話題說下去，扯起了別的話題來。「五姊，大哥怎麼不在？」

一提到寧曜，寧慧的臉上閃過了一絲驕傲。「大哥在鋪子裡做事，每天都忙到很晚才回來。鋪子的掌櫃一直很器重他呢！」

寧汐順著話意讚了幾句，寧慧臉上的笑意越發的濃了，打開了話匣子，說起了寧曜的事情。寧汐裝出興致盎然的樣子聽了起來。

其實，有些事情寧汐比寧慧更清楚。寧曜一直很聰明很能幹，也很有野心，在前世，寧曜十九歲那年娶了大掌櫃家的獨生女，一路做到了二掌櫃。眼看著有望做大掌櫃了，偏偏寧有方在宮裡出了事，累及所有的寧家人，寧曜也不例外……

寧汐的腦海裡忽然又出現那血腥慘厲的一幕，心裡狠狠地抽痛著。

不，今生再也不會發生這些事情。

只要寧有方老老實實的在鼎香樓裡做主廚，就不會被扯進幾位皇子爭奪皇位的腥風血雨裡，寧家人也能平平安安的在大燕王朝裡活下去。

「……大哥年紀已經不小了，我娘天天惦記著請媒婆去給他說親，可他總是不樂意。」寧慧邊笑邊說著寧曜的趣事。「我娘實在著急，有一回還替他去相看媳婦。可大哥說了，自己的親事自己作主，要是娘再逼他，他就不娶媳婦了。我娘被他這麼一嚇唬，也不敢再自作主張了。」

寧汐聽得格格笑了起來，隨口說道：「讓嬸娘別操這個心了，大哥以後肯定會娶個好媳婦的。不出一年，大嫂就會過門的。」

寧慧失笑。「妳倒是很清楚似的。」

寧汐笑而不語。

寧慧不知想到了什麼，眉宇間浮起一絲陰霾。

寧汐心裡一動，低聲問道：「五姊，過了年妳就十六了，親事定了嗎？」若記得沒錯的話，寧慧便是在這一年的年底定的親事。

果然，寧慧低聲說道：「前兩天有媒婆上門來提親，不知道爹娘是什麼心意。」在婚嫁一事上，女子是沒有自主權的，寧慧也只能盼著自己的運道好些，能有個好歸宿。

寧汐笑著安撫道：「五姊妳儘管放心，妳一臉的福相，以後一定會嫁個好丈夫的。」

寧慧紅了臉，心裡卻是甜絲絲的，默然了片刻，才打起精神說道：「對了，洛陽那邊送了信過來，說是二姊在年底出嫁，爹娘都打算帶我們回去。你們回去嗎？」

寧汐還是第一次聽到這樣的消息，一臉的意外。「真的？這也太快了吧！」

寧慧笑道：「這哪裡算快？二姊本來去年就該嫁過去，卻因為李家有喪事，整整遲了一年。要是再拖到明年，可就十八歲，快成老姑婆了。我也有兩年沒回洛陽了，這次正好趁著二姊的喜事回去。」

寧汐想了想，也下定了決心。「我也要回去。」寧雅出嫁可是件大喜事，怎麼著也該回去看看。

這一天，一直到在寧有德家吃了晚飯後，寧汐才隨著父母盡興而歸。

走在路上，寧汐便問起了寧雅出嫁的事情。「……爹，聽五姊說，二姊年底就要出嫁了。」

寧有方笑著點點頭。「是啊，我也是聽妳大伯提起才知道的。這可是件大喜事，到時候肯定要回去。」反正到了年底，各大酒樓都會停業休息。一直到來年的正月十五才會開業，正好可以趕著回洛陽過年。

阮氏也笑道：「來京城這麼久了，我早就想回去看看了。」

這些話正中寧汐的下懷，咧嘴一笑，點頭應了。

休息了兩天之後，寧有方又精神抖擻的去了鼎香樓。孫掌櫃一見了他，立刻連連抱怨起來。「寧老弟，這兩天不知有多少客人點名找你，我天天解釋得口乾舌燥，不知得罪多少客人了。」

寧有方失笑道：「我才休息兩天，你別說得那麼誇張。」不過，聽到這樣的話，心裡總是很愉快的。

說笑一通之後，孫掌櫃忽然又朝寧汐笑道：「汐丫頭，前天也有客人問起妳。」

寧汐微微一愣。「哦？是誰？」她還沒正式出師做廚子，知道她的客人幾乎沒幾個吧！

「就是那位邵晏公子。」孫掌櫃的笑容有些曖昧。

聽到邵晏的名字，寧汐的笑容淡了下來，淡淡地「哦」了一聲。

邵晏來得不算很勤快，四皇子身邊時時刻刻少不了他。來過一次之後，至少也得隔上半個月以上才會來第二回。

這半年下來，邵晏一共來了不到十回，而且每次都是一個人來，吃了飯之後便會詢問寧汐是否有空相見。當然，得到的答案無一例外都是「沒空」。他也不生氣，最多失望的嘆口氣，便會結帳走人。然後，隔上一陣子再來。

對這樣的客人，孫掌櫃的印象想不深刻都不行，明眼人一看就知道是怎麼回事，分明是對寧汐有好感嘛！不然，也不會每次來都指名找寧汐了。

孫掌櫃興致勃勃地繼續說道：「那位邵晏公子當時一聽說妳不在，便追問妳去哪兒了，聽說妳休息兩日，便說今天再過來。哦，對了，他當時連飯都沒吃就走了。」

寧汐還是那副冷淡的樣子，隨意地點了點頭，卻並未接茬兒。

孫掌櫃熊熊燃燒的八卦之心沒能得到滿足，未免有些失望，卻也不好再多嘴，眼睜睜的看著寧汐和寧有方走了，心裡暗暗感慨不已。

寧汐生得一副好相貌，又有一手好廚藝，還沒到出閣的年紀，就有愛慕者找上門了。邵晏風度翩翩斯文有禮，又是四皇子身邊的親隨，將來前途不可限量；而容瑾，更是容府的三少爺，文采風流俊美無雙。不管寧汐將來跟了誰，都是一樁大好姻緣啊！

寧有方也在盤算著這樁事，等到了廚房之後，特地將別人都支開，只剩他和寧汐兩人。這才小心翼翼地試探道：「汐兒，那個邵晏到底是怎麼回事？妳什麼時候和他這麼熟悉了？」

寧汐耐心地解釋。「爹，除了上回宴請四皇子時，還有容瑾少爺帶朋友來鼎香樓時見過之外，我只遇見過他兩次，一次是在珍味齋，另一次是在隔壁的胭脂鋪子裡。最多就是打個招呼，連話都沒說過幾句，哪裡算得上熟悉。」

還不算熟悉，那邵晏總往鼎香樓跑做什麼？寧有方心裡暗暗嘀咕著，繼續試探。「那妳覺得他為人如何？」比起容瑾，邵晏的身分家世要差了一大截，就算再得四皇子器重，畢竟也只是個下人，倒也不至於高攀不上……

寧汐一聽就知道寧有方在盤算什麼，無奈地笑道：「爹，您別胡思亂想好不好？我和他根本就是八竿子打不著的路人。他為人怎麼樣，我一點興趣都沒有。」

寧有方想了想，還是覺得不對勁。「妳說得倒是輕巧，可人家未必是這麼想的吧！」

寧汐正色說道：「人家怎麼想，我管不著。反正我自己坦坦蕩蕩，一點別的心思都沒有。爹，既然您說到這個，我也不妨告訴您實話，今後不管我會嫁給誰，那個人絕不可能是邵晏，半分可能也沒有！」

她的語氣異常的堅決，甚至透露出一絲不自覺的悲愴和淒涼，唇角抿得緊緊的，眼眸裡依稀有水光閃過。

寧有方心疼不已，忙安撫道：「好好好，妳說什麼都好。既然妳沒這個心意，爹以後再也不問了好不好？嫁人的事，等過幾年再說。到時候妳喜歡誰就嫁給誰，爹絕不會攔著妳。」

寧汐這才察覺到自己的失態，忙平心靜氣，故作鎮靜的點了點頭。

只可惜，越想避開的人，越是陰魂不散，到了中午的時候，邵晏又來了。

第一百五十六章　陰魂不散

跑堂的匆匆地跑到了寧汐身邊笑道：「汐妹子，那位邵公子又來了，點了幾道菜，我這就把菜名報給妳聽……」

真是陰魂不散！早上剛提起他，中午就來了！

「不用說了。」寧汐忽然覺得說不出的煩躁，略有些不耐煩地打斷跑堂的話。

那個跑堂的愣了一愣，寧汐平日裡笑得甜甜的最是可愛，何曾見過她這般不耐煩的樣子？

寧有方聽到邵晏的名字，也不由得扭頭看了過來。

寧汐迅速地恢復鎮定，淡淡的說道：「煩勞你去替我說一聲，就說我以後只負責做女客的菜餚。要是想在鼎香樓吃飯，就讓別的廚子動手。要是願意，就留下來吃飯，不願意的話，去別家酒樓好了。」

這番話實在不算客氣，那跑堂的苦著臉，正想說什麼，卻見寧有方朝他點了點頭，立刻心領神會，一路跑著去了。

不消片刻，跑堂的便回來了。「邵公子說，一切都由寧姑娘安排。」也就是說，不管她是什麼態度，反正他是不會走了。

寧汐隨口嗯了一聲，心情實在不算好。邵晏的脾氣她很清楚，別看他溫和好說話的樣子，其實性子比誰都執拗。她已經拒絕得如此明顯，他卻還是不肯走，顯然不好打發……

寧汐低著頭，狠狠地將手中的魚頭剖開，嘴唇抿得緊緊的，眼眸裡滿是漠然，就像跟魚頭有仇似的。手起刀落一連切了三個魚頭，還是意猶未盡，又四處張望起來。

張展瑜無奈地笑了。「今天廚房裡一共就三條鰱魚，別找了。」本來還打算留著做糖醋魚的，可魚頭都被剁了，只能做些炒魚片之類的菜餚了。

寧汐這才留意到自己剛才做了什麼，訕訕地笑了笑。「今天做魚頭豆腐湯吧！」

也只能如此了。張展瑜點點頭應了。

寧汐打起精神，把切好的魚頭用蔥薑鹽醃漬片刻，又忙著準備些配料，等一切就緒了，才開始動手做起了這道菜。

等鍋熱了之後，先用薑片擦一下鍋，然後將切開的魚頭鋪在鍋底，等水分烘乾得差不多了先盛起來。然後再放油，將蔥薑爆香，再將魚頭放進鍋中，小心地煎至微黃。

張展瑜在一旁看著，忍不住讚了一句。「這魚頭煎得真是好，魚皮一點都沒破。」

煎魚不難，可能將魚皮保持完整一點都不破損卻是很難很難。寧汐之前用鍋將魚頭的水氣烘乾這個法子，張展瑜也會。不過，寧汐做來卻如行雲流水異常地流暢。

寧汐無暇說話，繼續專注著鍋中的魚頭，等火候差不多了，加水和料酒大火熬煮。再將用鹽水浸泡過的豆腐切成小塊放入鍋中，然後換到小火的爐灶上繼續慢燉。魚湯漸漸熬成了乳白色，散發出濃濃的香味。出鍋的時候用厚重的砂鍋盛好，然後倒些香油撒些胡椒，最後再撒些香菜末，這道魚頭豆腐湯就算完工了。

做好的魚頭豆腐湯色澤明潤，香氣撲鼻，令人垂涎欲滴。

這道菜實在耗費時間，寧汐一次做足了三份，其中兩份被端到了二樓的雅間。最後的一份，寧有方咳嗽一聲說道：「最後一份端給邵公子吧！」

寧汐有些不情願，卻也沒說什麼，任由跑堂的將最後一份砂鍋豆腐端走了。

一直忙碌到未時一刻，才算告一段落。寧汐用袖子擦了擦額頭的汗珠，坐在一旁的小凳子上，舒服得簡直不想起來了。

其他的廚子也都忙得差不多了，每天這個時候都是一堆人圍著飯桌，邊吃邊聊，分外的熱鬧。今天當然也不例外，周大廚探頭喊了聲，寧有方立刻笑著應了。

寧汐卻懶洋洋的不想動彈。「爹，你們先去，我待會兒再過去。」

寧有方正要追問幾句，周大廚卻催促得緊，只好叮囑寧汐一聲。「那妳記得快點過來。」

寧汐爽快地應了，可等寧有方的身影消失在門口，笑容立刻淡了下來，臉上露出一絲疲倦。身體的勞累倒還能忍，可心底的煩躁卻是揮之不去。

邵晏……

這個名字就像一根刺，深深的戳在她的心底，稍稍碰觸一下，就疼得鑽心。

前世的恩愛纏綿，只是一場淒涼的獨角戲。他能給的愛情，是那麼的自私狹隘，她被傷得體無完膚。重活一次，她絕不會重蹈覆轍了！

所以，她絕不會再心軟……

「寧汐！」一個溫潤的聲音低低的響了起來。

寧汐依舊怔怔的坐在小凳子上，嘴角浮起一絲自嘲的笑意。她今天果然很累了，竟然開始出現幻覺了。邵晏怎麼可能出現在這裡？

「寧汐！」那個聲音不屈不撓的從門邊響起，清晰得不能再清晰。

這一次，寧汐再也沒辦法騙自己，無奈的嘆口氣，站了起來，緩緩地轉身。

邵晏果然站在廚房門邊。他依舊是一身的白衣，清俊的眉眼舒展開來，嘴角噙著笑容，令人如沐春風，站在亂糟糟油膩膩的廚房裡，實在不相襯。

不知怎麼的，這一刻寧汐忽然想到了容瑾。容瑾也曾偶爾跑到廚房來，衣衫鮮亮容貌俊美的貴族公子往廚房裡這麼一站，倒是不算刺眼。

不知怎麼的，邵晏卻有種格格不入的感覺。

寧汐漫不經心地想著，淡淡地說道：「邵公子，你怎麼到這兒來了？廚房又熱又悶又髒，可不是邵公子該來的地方。」按理說，他早該吃完離開鼎香樓了才對。

邵晏凝視著寧汐，微微一笑。「妳不肯見我，我只好到這兒來。」

這幾個月裡，他來了好幾次，可除了第一次，她再也沒出來見過他。一開始，他以為是容瑾從中作梗，並沒放在心上。可一次又一次的避而不見，卻讓有耐性的他也沈不住氣了……

寧汐扯了扯唇角，眼中一絲笑意也沒有。「邵公子，我們不算很熟吧！你說這話，不覺得太過唐突了嗎？若是被別人聽見可就不好了。」

邵晏走了進來，隔了六尺遠停住了，彬彬有禮地道歉。「對不起，我只想見妳一面，沒有考慮到這些。」

果然是他一貫的說話做事風格，禮貌周到讓人無可挑剔，謙遜溫和讓人不好意思板著臉孔攆人，事實上，這也是邵晏最難纏的地方。

寧汐也不和他較勁，還是那副冷淡的樣子。「好了，你已經見過我，可以走了。」

邵晏沒有生氣，反而笑了。「可是，我還想和妳說幾句話，暫時不想走。」好久沒見她了，她果然一如記憶中的那般嬌美動人。那張潔白如玉的俏臉，不自覺地繃著，他卻越看越喜歡。

男女之間的感覺果然很微妙很奇怪，明明沒見過幾次，可這個女孩子在他的腦海裡卻越來越深刻。一開始或許只是有些興趣，可現在，他已經割捨不掉了……

對面的少女卻依舊沒給他好臉色。「我沒什麼可跟你說的。若是沒有別的事，我要走了。」然後看也沒看他一眼，就這麼從他身邊直直地走開。

邵晏忽然說了句。「妳為什麼這麼討厭我？」每次見面，她都是那樣的戒備和冷漠，迫不及待的想要逃開。到底是為什麼？

寧汐停住了腳步，頭也沒回地應道：「我不討厭你。」

她只是很惶恐很害怕，每當邵晏這個名字在腦海裡滑過，前世的一切就會迫不及待的湧上心頭。這種被回憶淹沒的可怕感覺，沒人能懂。

不，她不討厭他！她只是再也不可能喜歡他，更不想見到他！

邵晏的眸光一閃，緩緩地說道：「如果妳不討厭我，為什麼連見我一面都不肯？」他本就是為她而來，可她卻避而不見，這讓一向自信沈穩的邵晏也有些無奈了。

寧汐忽然笑了，轉過身來，定定地看著邵晏。「邵公子這話說得可真奇怪。我憑什麼一定要出去見你？我又不是戲院裡的戲子，更不是茶樓裡賣唱的歌妓，我只是個沒出師的小學徒罷了，本就該待在廚房裡做事。至於客人指名打賞，也不該由我出面去領。所以，我從來沒有躲著你避開你，只是，我想不出我們兩個有見面的理由和必要。」

好一個伶牙俐齒的小姑娘！能言善道的邵晏竟然也被噎住了，一時不知要說什麼。

寧汐很清楚邵晏的性子，他做事一向張弛有度，從不莽撞，更不做沒把握的事情。所以，接下來他會做的事，只有一個……

「是我唐突冒昧了。」邵晏不動聲色地賠禮。「我沒有別的意思，只是想和妳交個朋友而已。」

裝模作樣誰不會？寧汐微微一笑。「如果沒別的事，我就不送邵公子了。」對所謂交個朋友之類的話卻是置若罔聞。

邵晏無奈地笑了笑，正想說什麼，忽然聽到一個沈穩的年輕男子聲音響了起來。「汐妹子，妳怎麼到現在還沒去飯廳吃飯？我們都快吃過了，師傅特地讓我來叫妳過去。」

聲音裡包含的關切，邵晏當然不可能聽不出來，忍不住看了過去。

第一百五十七章　又是她！

那個年輕男子個子很高很結實，皮膚略顯粗黑，眼眸又黑又亮，長得端正俊朗。袖子高高的捲了起來，露出結實有力的胳膊，看來也是這裡的廚子。

寧汐顯然和他異常熟稔，見了他，原本淡漠的俏臉如春花般綻放。「好，我這就過去。」

邵晏心裡忽然很不是個滋味。他站在這兒半天了，寧汐連正眼看他都很少，更別說笑得如此嬌俏嫵媚了。

原以為容瑾是最強而有力的對手，可沒想到，寧汐身邊還有這麼一號人物……

張展瑜也在不動聲色地打量著邵晏，在看清那張溫潤如玉的俊美臉龐時，心裡掠過一絲莫名的煩躁不安。

容瑾已經是罕見的美少年，可這個叫邵晏的竟然絲毫不遜色，偏偏都對寧汐有些心思。在這樣出眾的少年面前，自己實在太過微弱渺小了……

好在寧汐對邵晏的態度並不熱情，甚至很冷淡。「邵公子，我要去飯廳吃飯，就不送你了，還請邵公子自便。」

邵晏好脾氣的笑了笑。「好，那我下次再來。」

寧汐微微皺眉，正想說「你下次別再來」了，轉念一想，鼎香樓是開門做生意的，總不好把客人往外攆，只得將到了嘴邊的話無奈地嚥了回去，隨意地點點頭，就和張展瑜一起走了。

她沒有回頭，所以不知道邵晏定定的看了她的背影許久，才嘆口氣離開了。

幾步便走到了飯廳門口，寧汐低低的叮囑張展瑜。「張大哥，邵晏來廚房的事，你就別告訴我爹了，免得他又胡思亂想。」

張展瑜不假思索地點頭應了，果然守口如瓶，在寧有方面前隻字未提。寧有方問起寧汐怎麼磨蹭了半天才過來，張展瑜只是敷衍的應了句。「可能是早上太勞累了，她一直坐在凳子上不肯動彈。」

寧有方不疑有他，並未追問不休，只是笑著叮囑道：「去看看桌子上還有沒有好吃的，要是沒有汐兒愛吃的，你就再去炒兩個菜。」

張展瑜爽快地應了，又去做了兩道寧汐愛吃的菜餚。

接下來的幾天裡，張展瑜總有意無意地留意著寧汐的一舉一動。邵晏來過之後，她的心情一定很不平靜吧！但寧汐卻是神色如常，說說笑笑很是活潑歡快，似乎一點都沒受影響。張展瑜這才稍稍放下心來。

至於寧汐心裡到底在想些什麼，當然只有寧汐自己最清楚。

過往的一切依舊歷歷在目，說不恨邵晏，那是騙人的，可是恨又能怎麼樣？繼續糾纏不清，只是更增添幾分痛苦而已。若想活得平靜自在，她就得離邵晏遠遠的。

所以，不管邵晏心裡在想些什麼，她的態度都是堅定漠然的。

這一天，三樓又被包了場。

當孫掌櫃樂顛顛的到廚房來找寧汐的時候，寧汐正忙著剝蝦仁。見孫掌櫃喜上眉梢的樣子，寧汐忍不住打趣道：「孫掌櫃，又有貴客來包場了嗎？」

包場賺得多，廚子們又清閒，更是酒樓名氣響亮的重要標誌。所以，每次看到孫掌櫃這副高興的樣子，廚子們就知道肯定又有貴客來包場了。

果然，孫掌櫃笑呵呵的直點頭。「可不是嘛？今天三樓的雅間被包場了，對方出手可真是大方啊！直接丟了一個金錁子給我。」

寧有方一聽，也笑了起來。「這樣出手大方的客人每天都有才好。」

可不是嘛？孫掌櫃連連點頭，然後笑著對寧汐說道：「汐丫頭，今天可要辛苦妳了。那位貴客派丫鬟吩咐了，說是今天的菜餚由妳來做。」

經歷過上一次張敏兒來找茬的事情之後，寧汐一聽到有客人指名自己做菜就有點彆扭，忍不住問道：「該不會又是張小姐來了吧！」

孫掌櫃笑道：「妳就放心好了，不是張小姐，也不是王小姐她們。不過，那個丫鬟不肯說自家小姐姓什麼，只說排行第五，稱呼一聲五小姐就行了。」

五小姐……寧汐的心裡怦然一動，立刻猜到了這位貴客的身分，肯定是蕭月兒來了！

「好，我現在就做準備。」寧汐二話不說答應了下來。

孫掌櫃見她答應得痛快，很是高興，特地叮囑了幾句。「汐丫頭，妳的手藝我是信得過的。不過，貴客既然來包場，又特地指名妳做菜，妳可要精心的做些好菜。」

寧汐抿唇一笑。「孫掌櫃，你就放心好了，我保證讓客人吃得舒心愉快。」

時隔兩個多月，蕭月兒竟然又跑到鼎香樓來了，顯然是念念不忘上次吃過的美味佳餚。今天，她可要好好的露一手，用廚藝徹底征服蕭月兒的胃。

孫掌櫃走了之後，寧有方特地問了句。「汐兒，要不要爹幫忙？」

寧汐自信滿滿的一笑。「爹，您放心好了，我能應付得來。」說著，就開始忙活起來。好菜費時費工，別小看了這一桌宴席，足夠一個廚子忙活半天，好在有許多食材都處理過了，不然，肯定更倉促。

寧汐想了想，又將原有的菜單改了大半。沒猜錯的話，蕭月兒肯定還是一個人來的。雖然蕭月兒是個吃貨……呃，飯量比較大，也不可能把所有的菜都吃完。所以，每盤菜的分量可以酌情減少一些。

還有，那些特別昂貴的食材做出來的菜餚，蕭月兒似乎並不特別喜歡，上一次便剩了許多，還不如做些精緻特別的可口小菜……

寧汐盤算了半天，總算將菜單定了下來，然後俐落地忙了起來。

冷盤六道，熱炒六道，燒菜四道，這些暫且不一一細說。除此之外，拔絲蘋果也是要有的，熱騰騰的山藥甜湯必不可少。還有一道蜜糖乳鴿，外酥裡嫩，香氣四溢，也是女孩子比較愛吃的一道菜。

最後的主食，做得也很費心思。

先將洗乾淨的糯米放進鍋中蒸至八分熟，再將泡好的蓮子、紅棗、葡萄乾蒸熟備用。然後拿來乾淨的玻璃碗，先抹上一層花生油，然後將糯米和蓮子、紅棗、葡萄乾均勻的攪拌，細細的鋪入碗中。再用勺子將中間挖出一小部分，將之前做好的豆沙放進去。

這豆沙也是寧汐閒來無事特地做的，甜軟適口，味道極好，而且特別的細膩，用來做餡料最好不過了。等這一切都準備好了，再用一個漂亮乾淨的平碟放在玻璃碗上，然後快速的將碗翻轉，放到鍋上蒸上一盞茶時間。

等掀開鍋蓋的一剎那，香氣頓時在廚房裡瀰漫開來。寧汐小心翼翼地將玻璃碗取走，碟子上的糯米飯成了圓溜溜的碗狀，漂亮極了。糯米的香氣，混合著蓮子、紅棗的甜香，還有豆沙的香氣，讓人忍不住嚥口水。

再放上一顆紅櫻桃在頂端做裝飾，大功告成了！

就連寧有方都笑著說道：「汐兒，待會兒再做一份，讓我也解解饞。」

寧汐樂得直笑，連連點頭，待糯米飯被端走之後，又俐落地做了兩份。食材都是現成的，做起來快得多，不一會兒就出了鍋。

寧汐笑咪咪的招呼著。「爹、張大哥，你們倆都忙了半天，快些過來歇會兒。順便吃點填填肚子。」兩人一起笑著應了，走過來拿起勺子，各自吃了起來。

甜而不膩，香濃適口。寧有方邊吃邊點頭。「汐兒，這豆沙餡做得很好。」

寧汐俏皮地一笑。「那是當然，我昨天下午花了半天的工夫才做了兩碗呢！」

豆沙做起來並不複雜，將泡好的紅豆煮熟，再打成泥，加入白糖就行了。不過，寧汐做豆沙卻費事多了。

先準備好一盆清水，在上面套一個篩網。將煮好的紅豆倒入篩網裡，細細的捏碎，最後，篩網裡剩下的就是紅豆皮棄之不用，盆中則是濃濃的紅豆沙水。接下來，就得用細紗布將豆沙水包起擠乾，最後再加糖和油炒乾。這樣做出來的豆沙雖然費事，可也非常細膩美味。

張展瑜聽著笑了起來，打趣道：「汐妹子，怪不得妳做的菜餚味道總是比我的好。」這樣費盡心思做出來的豆沙，怎麼可能不好吃？

寧汐甜甜地笑了，眼眸如寶石般閃閃發亮。她既有天分，又刻苦勤奮，廚藝突飛猛進也是理所當然的。

趙芸笑咪咪的走進了廚房，還沒等說話，就見寧汐笑著看了過來。「是不是那位五小姐喊我過去說話？」

趙芸啞然失笑，點了點頭。「是啊，五小姐吩咐我來喊妳過去。妳是怎麼知道的？」

寧汐的精神格外的振奮，笑咪咪地說道：「我今天做了這麼多拿手好菜，五小姐肯定吃得很滿意，打賞當然是少不了的。」

這番不客氣的自吹自擂，把在場的眾人都逗笑了。

寧有方調侃道：「閨女，看妳這架勢，再過兩年就要把妳爹我的風頭都蓋過去了。」

寧汐大言不慚地點頭。「那是當然。爹，您就等著吧！等我出師之後，客人來點菜可就先找我了。」

在眾人的笑聲中，寧汐精神抖擻的出了廚房，上了三樓的雅間。

第一百五十八章　交好

因為有了心理準備，所以寧汐在推門而入的時候，見到桌子上的菜餚去了大半並沒驚訝。在看到吃得飽飽懶洋洋的躺在椅子上的蕭月兒時，更是非常的鎮定。

一旁的丫鬟荷香顯然對蕭月兒懶散的行為十分不苟同，頻頻用眼神暗示蕭月兒要注意天家公主的形象。只可惜，蕭月兒一出了皇宮之後，就像出了籠的小鳥一般歡快自在，理都不理荷香哀怨的眼神。

寧汐抿唇一笑，笑著打了個招呼。「五小姐，好久不見了。」

蕭月兒的眼睛一亮。「妳還記得我？」時隔兩個多月，她竟然一眼就認出自己來了。

寧汐笑道：「您這樣慷慨大方又懂得美食的貴客，隔得再久我也不會忘了。」

這記馬屁拍得很到位，蕭月兒聽得渾身舒暢，眉開眼笑地說道：「以後只要有空，我一定再來。對了，妳今天做的那道糯米飯真是美味極了，裡面的豆沙餡又甜又軟又香。我本來已經吃飽了，可還是忍不住將糯米飯全吃光了呢！」說著，還舔了舔嘴唇，一副意猶未盡的表情。

寧汐啞然失笑，忍不住瞄了桌子一眼，那個裝著糯米飯的盤子果然很乾淨。

荷香忍不住嘟囔一句。「小姐，您吃得也太多了，肯定撐得很難受了。」

蕭月兒自然不肯承認自己真的吃撐了，略有些不耐地挑眉。「好了好了，再多嘴下次我可不帶妳出來了。」

荷香不敢再多嘴，眼觀鼻鼻觀心地站好。

蕭月兒這才滿意了，笑咪咪地對寧汐說道：「上次妳給我出的主意真是好，我回去之後，把食盒往我爹面前一放，他不但一句都沒罵我。還說，以後可以隔一、兩個月出來一次呢！」雖然出門的機會還是少得可憐，可對她來說，已經是意外的驚喜了。

寧汐不失時機的接道：「那恭喜五小姐了。對了，不知上次帶回去的飯菜，合不合妳爹的胃口？」

蕭月兒笑咪咪地應道：「我爹當著我的面吃了幾口，說很好吃，還特地問了是哪個廚子的手藝。」

寧汐的眼睛一亮。「真的嗎？」堂堂天子，竟然真的吃了她做的菜了！

「是啊，我爹一開始還不相信是一個沒出師的學徒做的，愣是以為我是在騙他。」蕭月兒一想起當時的情景，便忍不住笑了起來。「我說了好幾次，他才相信了，還說以後若有機會，也要親自到鼎香樓來吃一回呢！」

寧汐聽了這話，心裡別提多激動了。如果堂堂天子真的微服來鼎香樓吃飯，這可真是鼎香樓天大的榮耀了！只是，這樣的想法萬萬不能流露在臉上，畢竟，蕭月兒自認為隱瞞身分很成功，還是讓蕭月兒繼續有這樣的想法好了。

想及此，寧汐微笑著應道：「要是有這樣的機會，我可不敢獻醜。到時候讓我爹好好的露一手，做些拿手好菜端上來。」

蕭月兒想了想，笑著點頭。「也對，妳的手藝已經這麼好，妳爹的廚藝肯定更好。要是我爹真的來鼎香樓，妳可得讓妳爹好好準備準備。」說不定就會有一飛沖天的好機會呢！

寧汐含笑應了，心裡卻是悄然一動，一個念頭飛速地閃過，旋即又暗笑自己想得太多了。這不過是蕭月兒隨口一說罷了，堂堂天子總不會真的為一飽口腹之慾就私自出宮的吧！

蕭月兒吃飽喝足有了談興，笑著招手。「妳忙了半天，也累了吧！過來坐下，和我說說話。」難得遇到一個不知道自己身分又很談得來的同齡少女呢！

寧汐微微一笑，坦然自若地應了，走了過去，隔了一個椅子坐下了。

一次相遇是偶然，可這一次相遇卻是成心為之，不把握這樣的好機會簡直就是傻子。不管出於什麼考慮，和蕭月兒交好都是穩賺不賠的好主意。

最妙的是，她知道蕭月兒的身分，可蕭月兒對她是懵懂不知。一個無意，一個有心，說起話來當然很投機。

蕭月兒長期在宮裡待著，對民間生活知道得極少，寧汐便專挑這些來說，蕭月兒果然聽得津津有味。

荷香本想提醒蕭月兒和一個普通少女這麼接近實在於禮不合，可看著蕭月兒興致勃勃的樣子，哪裡還敢吱聲，只得暗暗祈禱著公主玩興早點過去，早些回宮為妙。

蕭月兒好奇地問道：「寧汐，妳學廚藝多久了？是不是從五、六歲開始就苦練廚藝了？」

寧汐莞爾一笑。「我學廚藝還不到兩年呢！」

蕭月兒頓時驚嘆了。「不是吧，才兩年妳就有這麼好的廚藝啊！妳可真是太厲害了。」

寧汐笑了笑，隨口問道：「五小姐，妳平日裡都做些什麼消遣？」

還沒等蕭月兒出聲，荷香便咳嗽一聲接了話茬兒。「我們小姐平日裡課程安排得很緊，琴棋書畫樣樣精通，還有專門的禮儀課程。」

也就是說，沒有所謂的什麼消遣。寧汐不無同情地看了蕭月兒一眼。「妳平時一定很辛苦。」天家公主，也不是那麼容易做的。

這句話可說到蕭月兒心坎裡了，頓時長長的嘆了口氣，訴起苦來。「是啊是啊，每天課程都排得滿滿的，連休息的時間都沒有。每門課程隔幾日就要考核一次，要是學得不好，我就得挨我爹訓了。」

頓了頓，又發起了牢騷。「尤其是教禮儀的崔女官……崔夫子，要求得特別嚴苛。坐立行臥，甚至吃飯喝水都得按著她的規矩來。稍微有一點不合她的意，我就有苦頭吃了。」

寧汐一怔，小心翼翼地試探道：「難道崔夫子敢動手罰妳？」早就聽說過宮裡教導禮儀的女官都很厲害，可總不至於連公主也敢罰吧！

蕭月兒哼了一聲。「她當然沒那個膽子。」不知想到了什麼，又苦了臉。「可我寧願她打我幾個手板子，也比整天抄那些女誡強得多，每次都抄得我手腳發軟。」

父皇雖然最疼愛她，可對她的要求和期許也特別高。崔女官得了皇上的特赦，管教起她來絲毫不手軟。

寧汐聽了這些，可真是同情蕭月兒了。世上果然沒有十全十美的好事，就連堂堂的明月公主也免不了有這樣那樣的不如意。

再一想到對面的少女如鮮花般凋零的命運，寧汐的憐惜之心大起，柔聲安撫道：「世事不如意十之八九，五小姐出身富貴，衣食優渥，比起大部分女孩子都要幸運得多。這些小事，也不算什麼。」

蕭月兒噘起了嘴巴。「這還不算什麼？我天天好忙碌好辛苦的。」

寧汐淡淡地一笑。「我每天卯時一刻起床，到了廚房之後就得開始做事，等客人都散了才有時間吃飯。若是那天客人特別多，就得忙到亥時才能回去。一天下來，手腳痠軟很正常，有時候連走路都沒力氣。」

她的口氣很淡然，就像在說一件和自己無關的事情似的。

蕭月兒聽得一愣，吶吶地說道：「妳……」

寧汐笑了笑，繼續說道：「我平日裡都是站著做事，想坐會兒都沒時間。還有，鐵鍋和刀具都很沈，我力氣小拿不動，只能用一套特地訂製的小號鍋具刀具，最多半個時辰，我的胳膊就痠了。不過，我不想讓我爹知道這些，所以從不吭聲。」

蕭月兒好奇地問道：「妳為什麼不讓妳爹知道？」

寧汐嘆了口氣。「因為他一定會很心疼我，他每天這麼忙這麼辛苦，我不想讓他再為我操心。」

蕭月兒的笑容一頓，忽地沈默了。

若論辛苦，世上沒一個人比她的父皇更辛苦。堂堂大燕王朝的天子，每天要處理的奏摺堆起來比一個人還要高。可雖然如此，每天再忙再累，父皇還是會撥出時間來過問她的生活和功課……

寧汐像是看出她的心裡在想些什麼，輕聲說道：「過了年，我就打算出師做廚子了。到時候，我爹一定很高興很驕傲。」

蕭月兒心裡一動，定定地看著寧汐，像是第一次見她似的，深深地看了幾眼。這個甜美可愛的女孩子，明明比自己還小一些，可說話卻極有條理處處蘊含深意。那雙黑白分明的眸子清澈如水，直直映進她的心底。

沒了笑容的蕭月兒，身上流露出異樣的威嚴和尊貴，大燕王朝最尊貴的明月公主的氣勢畢露無遺。

那樣的氣勢，寧汐只在四皇子的身上見過。

寧汐心裡微微一凜，臉上卻浮起了真摯的笑意。「若是我說話僭越，還請五小姐見諒。」要想在最短的時間裡獲得蕭月兒的好感，自然得用些手段。所以，剛才她才試探著說了那一些，現在就看蕭月兒是什麼反應了……

過了半晌，蕭月兒忽然笑了。「不，妳說得很好，我很喜歡和妳說話。」她也該好好反省一下，以後該對父皇再好一些才對。

寧汐心裡頓時一鬆，唇角含笑。「只要五小姐不怪罪我說話大膽就好。」

兩人對視一笑，友情默默地滋生。

第一百五十九章　舊事

蕭月兒和寧汐越聊越投機，大有相見恨晚的架勢。

對蕭月兒來說，能這麼輕鬆隨意的和同齡的女孩子坐在一起聊天，是很新奇的經驗。她身分尊貴無比，身邊親近的人都怕她敬她畏她，就連朝夕相處的荷香，也從不敢和她隨意聊天，更不用說這麼面對面坐一起了。

寧汐見蕭月兒滿臉笑容，索性放開了膽子，東扯西扯地逗她開心。「……我一開始學做魚的時候，可被嚇壞了。明明都是宰殺洗乾淨的，可一到油鍋裡，居然還會翻動，我被嚇得哇哇大叫。當時，所有廚子都被我嚇了一大跳……」

蕭月兒格格的笑開了。

荷香看了看天色，大著膽子催促道：「小姐，該回去了。不然，老爺肯定會著急了。」這次雖然是得了允許出宮，可太遲回宮總是不好的。

蕭月兒不高興的瞪了荷香一眼，不情願地點點頭。

寧汐識趣地站了起來，笑著說道：「五小姐，歡迎妳下次有空再來。」

蕭月兒依依不捨的看了寧汐一眼。「好，只要我有空，一定再來鼎香樓。對了，荷香，賞一個荷包……」

荷香正要掏荷包，就聽寧汐輕笑道：「五小姐肯讓我坐著聊天，已經是對我最好的賞賜了。」這句話發自肺腑，異常的真誠。

蕭月兒想了想，也笑了。「也是，我們已經是朋友了，金銀打賞太俗氣了，不要也罷。」

這輕飄飄的「朋友」兩個字，分量可比金銀重多了。寧汐按捺住心裡的激動，笑著說道：「我這就送妳下樓去。」

蕭月兒欣然點頭，親暱地走上前來，挽著寧汐的手親熱地往外走。她的手細嫩柔白，握在手中軟軟的很舒適。而寧汐的手，卻更纖長有力，掌心裡有薄薄的繭。

寧汐不用假裝也受寵若驚了。「五小姐，我身上都是油煙味，妳……」

蕭月兒笑咪咪地說道：「沒關係，我喜歡這個味道。」俏皮地湊到寧汐耳邊說道：「在家裡，崔夫子從不讓我吃飽的，每頓飯都只能吃很少。今天吃這一頓，足夠我回味半個月了。」

寧汐啞然失笑，很自然地回握住蕭月兒的手。

世事難料！真沒想到，她竟然會和蕭月兒交上朋友。不可否認，她確實著意想和蕭月兒交好才會想盡了法子套近乎。可這一刻，她卻真心的喜歡上了蕭月兒。

荷香跟在後面，顯然也為這一幕驚詫了。

蕭月兒並不是很好伺候的主子，偶爾冒出的任性更是讓人頭痛。她貼身伺候蕭月兒快三年了，還從未見過蕭月兒對一個少女這麼親暱過。而且，還是個只見過兩次的普通少女……

一頂華麗的軟轎停在後門口，有幾個孔武有力的男子正等在一旁，一個個神采奕奕身材健碩，顯然不是普通男子。肯定是派來保護蕭月兒的吧！

寧汐只當作什麼也沒察覺，笑著朝蕭月兒說道：「五小姐，下次再見。」

蕭月兒掀起轎簾，依依不捨地說道：「等過了年，我再來找妳。」年底年初，宮裡都是很忙碌的，她根本沒時間偷溜出來。

寧汐抿唇一笑，點頭應了。眼睜睜的看著轎子走遠了，笑容才漸漸收斂。這麼一個鮮活可愛的女孩子，為什麼會忽然暴斃而亡？

寧汐皺著眉頭，努力的回想前世聽過的一切。

如果記得沒錯的話，明年四月春暖花開之際，大皇子和三皇子會領著蕭月兒一起去郊外踏青遊玩。不知怎麼的，拉車的馬忽然受驚，結果馬車撞到了官道邊的樹上，然後一路翻滾了下去。旁邊的人救之不及，等反應過來的時候，蕭月兒已經傷及腦部失血過多而亡。

這個始料未及的意外，讓皇上無比的震怒傷心，更讓同行的三皇子百口莫辯。大皇子是蕭月兒的同胞兄長，最疼愛蕭月兒，而四皇子當時並未在場。這一場蹊蹺的意外，肯定和三皇子有些關係了。雖然到最後不了了之，可三皇子漸漸失了聖寵卻是事實。

以前寧汐從未想過這其中到底有什麼古怪，可經歷過了那一場腥風血雨之後，再想這一切，寧汐忽然有點毛骨悚然了。

不，不對！這不是個意外！分明是有人故意從中做了手腳，用來打擊最得寵的三皇子。這個人會是誰簡直不言而喻！

寧汐的腦海裡迅速的閃過了一張陰鷙的笑臉，身子陡然一顫，臉色一白，為那個可能心驚不已。

如果她聰明的話，就該選擇明哲保身，對即將到來的這一幕慘劇故作不知。不管蕭月兒會如何的慘死，都跟她無關不是嗎？她照樣做自己的小廚子，安分守己的過自己平靜的小日子……可是，她怎麼能忍心眼睜睜的看著這一幕發生？那個可愛的女孩子，那樣鮮活的生命，不該在大好年華凋零！

她的重生，已經改變了自己和家人的命運，為什麼不可以再改變蕭月兒的人生？

寧汐抿緊了嘴唇，眼眸裡掠過一絲堅定。她一定要想出辦法，讓蕭月兒避過這一次慘劇。到底該怎麼做，她一時還沒想好，不過，離明年四月還有一段時間，她一定可以想出法子來的。

寧汐默然良久，才轉身回了廚房。

有了心事，說話自然就少了下來，做事也有些漫不經心的。寧有方很快察覺出寧汐的異樣，湊過來問道：「汐兒，妳剛才去了這麼久，是不是三樓那位貴客為難妳了？」

寧汐打起精神，敷衍地笑道：「沒有的事，這位五小姐很喜歡我做的菜，還說以後有空會再來呢！」

寧有方聽了這話倒是很舒心。「那就好，待會兒我就和孫掌櫃說一聲，等過了年回來，就準備個單獨的廚房給妳。」

寧汐一怔，遲疑了片刻才說道：「不用了，我還是留在這個廚房好了。」她已經習慣了和寧有方待在一個廚房做事了。

「傻丫頭，」寧有方啞然失笑。「既然要做大廚，就得有大廚的樣子，哪有兩個大廚共用一間廚房的道理，還是單獨用一個小廚房方便些。到時候，妳喜歡怎麼佈置就怎麼佈置。」

寧汐不情願地點了點頭。

寧有方又朝張展瑜招手。「展瑜，你也過來。」

張展瑜一直豎著耳朵聽他們說話，聞言立刻笑著過來了，殷勤的喊了聲。「師傅，有什麼事吩咐我嗎？」

寧有方笑道：「等過了年，汐兒就要出師了，我看你的廚藝也磨練得不錯了，也可以出師了。我待會兒就去找孫掌櫃說一聲，讓他準備兩間廚房……」

張展瑜也是一愣，反射性地說道：「師傅，這太早了吧！」他一點心理準備都沒有。

寧有方挑了挑眉。「一直做學徒有什麼出息？我的手藝，你也學得差不多了。剩下的，不過是火候的把握，得靠平時慢慢磨練。」

張展瑜張了張嘴，終於什麼也沒說，默默地點了點頭。

寧有方倒是興致很高，立刻抬腳去找孫掌櫃商議此事去了。

張展瑜瞄了寧汐一眼，忍不住張口問道：「汐妹子，妳真的打算過了年就出師嗎？」

寧汐平靜地點頭。「是啊，我早就有這想法了。爹說的對，我們不能一直跟在他身邊，總得學著自己獨當一面。」雛鳥長大了，得自己飛翔，依賴心太重反而不好。

張展瑜何嘗不明白這個道理，只是……

他緊緊地盯著寧汐，眼裡閃過一絲灼熱，低低地說道：「可這麼一來，我們就得各自有一間廚房，不能待在一起做事了。」一不小心，心裡的那絲不捨流露了出來。

寧汐心裡一跳，飛快地看了張展瑜一眼。

張展瑜這才留意到自己說了什麼，面孔忽然脹紅了，吶吶地說道：「我、我是說，人多熱鬧，單獨一間廚房，只怕我會不習慣。我沒有唐突妳的意思，汐妹子，妳、妳別生氣……」結結巴巴說話都不利索了。

寧汐噗哧一聲笑了起來。「張大哥，你是怎麼了，今天說話怎麼怪怪的。我剛才也是這麼想的呢！人多熱鬧，乍然一個人單獨用一間廚房，我也肯定不習慣的。」

張展瑜臉上的熱度稍退，總算自然了一些，卻不敢再盯著寧汐看了，將目光移了開去。心裡暗暗告誡自己，不可以心急，她太小了，還是個孩子……

寧汐隨口問道：「你回去過年嗎？」

張展瑜自嘲地笑了笑。「回不回去都無關緊要。」留在這兒孤零零的，回去也沒什麼意思，二叔二嬸只怕都不會歡迎他。那絲落寞和寂寥，在那抹苦笑中表露無遺。

寧汐心裡升起一絲憐惜，柔聲說道：「要是不嫌棄的話，你就和我們一起過年吧！我家過年的時候人多，很熱鬧的。」

張展瑜心裡一動，眼裡忽然有了光彩。「這怎麼好意思，太打擾你們了！」

寧汐嬌嗔一笑。「這麼見外做什麼？在我心裡，你就像我大哥一樣。」

張展瑜笑了笑。只是大哥嗎？他想做的，可不僅僅是她的大哥啊……

第一百六十章　歸程

半個月眨眼即過，眼看著已經進了臘月的門。

鼎香樓的生意蒸蒸日上，一天好過一天，孫掌櫃越忙越有精神。每次寧有方和他提起歸程的事情，他都隨意地點點頭，壓根兒沒往心裡去。

等到了臘月初八這一天，寧有方特地熬了一大鍋臘八粥。臘八粥做法很簡單，就是將五穀雜糧摻入花生、栗子、紅棗、核桃仁、杏仁，用小火慢燉，最後加入紅糖，就成了熱呼呼的美味臘八粥。

寧有方做的臘八粥要講究多了，原料都是最好的，之前分別用水泡過，煮出來特別的有滋味。等客人散了之後，所有廚子圍坐在一起，美滋滋的吃了起來。

寧有方吩咐張展瑜。「你去喊孫掌櫃一聲，讓他一起過來喝臘八粥。」

張展瑜笑著應了，匆匆地跑了出去。過了片刻，便回來了，身後不僅跟著孫掌櫃，竟然還有一個久未出現的身影。

寧汐眼角餘光瞄到那個絳色的身影，反射性地扭頭看了一眼，正對上那雙黑幽幽的雙眸，心裡忽然浮起一絲莫名的悸動。好久沒見他了……

那雙眸子慢悠悠地掠過她的臉頰，似乎飛快地閃過一絲亮光，然後便若無其事地移開了視線。

眾廚子一見來人，很自覺地擱了筷子，紛紛起身打招呼。

寧有方更是首當其衝，笑得分外熱情。「容少爺今天怎麼有空過來了？」今天酒樓客人散得早，可現在也快近亥時了，容瑾還從未在這個時候出現在鼎香樓。

容瑾扯了扯唇角，淡淡地說道：「難得有空，就過來看看，沒想到趕上喝臘八粥了。」

他這麼一說，寧有方立刻笑了。「這兒人多口雜，說話不方便，還是到前樓找個雅間坐下慢慢喝吧！」

孫掌櫃連連點頭附和。「寧老弟說得是，我這就來安排。」

「不用這麼麻煩了，」容瑾出乎意料地拒絕了這個提議，隨意地瞄了一眼。「那邊不是還有空位置嗎？我就坐那兒好了。」

寧汐的笑容一僵，眼睜睜的看著容瑾向自己走了過來，然後泰然自若地在她身邊坐下。眾人的目光一起唰的看了過來，其中不乏有曖昧的眼神。

寧汐呼吸一頓，只覺得空氣忽然變得有些稀薄，讓人喘不過氣。

容瑾定定地看了過來，慵懶的聲音在寧汐的耳邊迴響。「寧汐，麻煩妳給我盛一碗臘八粥來，我肚子有些餓了。」

寧汐回過神來，故作鎮靜地點頭應了，趁著起身去盛臘八粥的空檔，使勁地深呼吸平復紊亂的心跳。又不是第一次見他，這麼緊張幹什麼？就像平時一樣，別胡思亂想了。

等心情平復了，寧汐才端著滿滿一碗臘八粥回到了桌邊，笑盈盈的放在容瑾面前。「容少爺，臘八粥來了，請慢用。」

有多久沒見到她的笑顏了？容瑾深深地凝視寧汐一眼，然後淺笑著道謝，優雅的拿起勺子攪了片刻，才舀起一勺緩緩地送入口中。

同桌的廚子們不自覺地停下了手裡的動作，一時之間，竟然連說話聲音都沒了。寧有方和孫掌櫃更是頻頻地看了過來。

寧汐笑著打破尷尬凝滯的氣氛。「容少爺吃慣了山珍海味，這樣普通的臘八粥不知合不合你的胃口？」

容瑾挑了挑眉，慢條斯理地應道：「很合我的胃口。」

明明口吻很正經，可她為什麼有種被調戲了的錯覺？寧汐臉頰微熱，好在燭火並不特別明亮，沒人看出她的臉上浮起的紅暈，藉著低頭喝粥的動作，總算掩飾了過去。

張展瑜眸光一閃，忽然笑著問道：「汐妹子，師傅說過幾天我們就啟程回去，妳的行李收拾好了沒有？」

寧汐笑著應道：「天天這麼忙，我哪有時間收拾行李，都是我娘替我收拾的。」

回去？容瑾微微皺眉，忽地插嘴問道：「你們要回哪兒去？」

張展瑜搶著答道：「就快過年了，當然是回洛陽。」

寧汐笑著接道：「我的堂姊年底就出嫁了，我還想趕著回去湊個熱鬧呢！」寧雅出嫁的大喜日子定在了臘月十八。若想趕著回去，最多再等個三、五天就該出發了。

容瑾面色如常，眼裡卻沒了笑意，瞄了笑容滿面的張展瑜一眼，只覺得那笑容說不出的刺眼，本來甜膩香糯的臘八粥，忽然也沒了滋味。

各懷心思地吃完了粥之後，容瑾很自然的和寧有方等人一起上了馬車趕回容府。

寧有方正和孫掌櫃商議歸程。「……孫掌櫃，我得趕著臘月十八之前到洛陽，算起來也只有十天左右的工夫了，路上就得耽擱三、四天……」這麼加加減減算起來，最多再待兩天就得出發了。

孫掌櫃一臉的為難。「寧老弟，不是我不同意你走，只是到了年底正是酒樓生意最好的時候，你這麼一走，鼎香樓可就沒了頂樑柱。」普通客人倒也沒什麼，可來來往往的達官貴人卻都很挑剔。若是寧有方走了，對生意肯定大有影響。

寧有方苦笑一聲。「我親侄女出嫁，我總不好不回去。」

孫掌櫃想了想，嘆口氣。「這樣吧，等臘月十二你再走。」多留一天也是好的。

寧有方點點頭。「只要能趕上時間就行。對了，你打算什麼時候關門休息？」到了年底，酒樓關門休息也是慣例了。一般來說，等過了正月十五才會再開門做生意。

孫掌櫃不假思索地說道：「等過了臘月二十二再關門。」

寧汐忍不住打趣道：「孫掌櫃，你今年還捨得回去嗎？」看這架勢，孫掌櫃簡直恨不得一直忙到年底才好。

眾人都被逗笑了。孫掌櫃也不生氣，嘿嘿地笑了起來。「當然是要回去的，趕著年三十之前到洛陽也就行了。」

容瑾一直默不出聲，此時忽地笑道：「從京城到洛陽路途遙遠，臨時找馬車也不方便，我回去吩咐府裡準備一輛馬車送你們。等過了年，再去接你們。」

寧有方一驚，連連推辭。「這怎麼好意思，不用麻煩了，我們自己回去就是了。」而且，寧有德一家也要一起回去，人多只怕更加不方便。

容瑾不由分說地揮揮手。「好了，不用再多說，就這麼定了。」

面對這麼強勢的容瑾，寧有方也沒了法子，無奈地笑了笑。

寧汐靜靜地看著容瑾，心裡掠過一絲淡淡的甜意，旋即將那抹異樣的情緒按捺了下去，暗暗告誡自己，別想多了，這對容瑾來說，不過是舉手之勞而已。

可越是努力這麼想，心底那個反對的聲音就越大——寧汐，妳別再自己騙自己了。容瑾這樣的貴族少爺，有什麼理由要討好一個微不足道的廚子，他分明是在默默的照顧妳不是嗎？

容瑾似是察覺到了寧汐的心緒紛亂，定定地看了過來。那雙漫不經心的眸子裡，掠過一絲淡不可察的溫柔，語氣也比平日柔和多了。「這麼遠的路途，別累著了。」

寧汐笑了笑，故作歡快地應道：「多謝容少爺關心，我會照顧好自己的。」她還是習慣那個高傲的容瑾更多一些，他這麼一溫柔，真讓人渾身都不自在，更不用說寧有方和孫掌櫃都在目不轉睛的盯著他們看呢！

容瑾微微勾起唇角，顯然看出了寧汐的不自然。不知怎麼的，心情忽然好了許多。

接下來的幾天，阮氏忙著將一應行李都收拾妥當，又特地送了個信給寧有德，約好了出發的時間。

寧有方又親自備了厚厚的年禮送到了于夫子的學館裡。以于夫子的習慣，本是最討厭學生提早離開學館。不過，寧暉的情況特殊，洛陽路途遙遠，總得提早走才行，也就點頭同意了。

寧暉興沖沖的收拾了行李和書本，跟著寧有方一起回了容府。

寧汐早就翹首企盼等候多時了，老遠就跑著迎了上來，扯著寧暉的袖子不肯鬆手。

這半年來，寧暉的蛻變顯而易見。那份青澀漸漸褪去，越發顯得沈穩，眼神明亮有自信，言談舉止間，更多了分儒雅的氣質。

寧汐笑嘻嘻地胡扯。「這是哪兒來的俊俏書生？等回了洛陽，沒出閣的大姑娘們眼睛都要看直了，到時候提親的媒婆非把我家門檻踏破了不可。」

寧暉哭笑不得地敲了寧汐一記。「得了得了，別拿我來取笑了。」他的心底還有個影子，哪裡有心思理會別的女孩子。

寧汐對他的那點心思知道得一清二楚，識趣地扯開話題，問起了他的課業情況。

寧暉笑道：「上個月的考核，于夫子給了我一個甲。」從一開始的丙，再到後來的乙和甲，他所付出的努力和汗水，只有自己最清楚。

寧汐由衷地嘆道：「哥哥，你真的好厲害。」

寧暉呵呵一笑，親暱的摟著寧汐往前走。「說到厲害，我可比妳差遠了。這麼年輕就能出師做大廚的，再也找不到第二個了。」

寧汐一點都不謙虛，連連點頭。「是啊是啊，我也這麼想的呢！」頓時把一家人都逗笑了。

第一百六十一章 容瑾式表白

臘月十二的早上，寧汐早早的起了床，簡單地收拾了一下，便隨著家人一起上了容瑾命人準備的馬車。

容府的馬車再普通也是寬敞奢華的，這輛馬車比平日所見還要大一些，裡面很寬敞，坐八、九個人綽綽有餘，一應陳設都小巧雅致，打開暗格，裡面竟然還有糕點茶水。

寧暉眼珠轉了轉，湊到寧汐的耳邊低聲問道：「妹妹，這又是容少爺特地為妳準備的？」

寧汐打死也不肯露半點心虛，瞪了回去。「別胡說八道，這是容少爺為我們全家準備的。」特地強調了「全家」兩個字。

寧暉悶笑出聲，調侃道：「是是是，是為我們全家準備的好吧！說起來，容少爺可真是體貼，居然連這樣的小事都考慮得周到。」

寧汐一本正經地點頭。「是啊，以後見到可得好好感謝感謝人家……」

話音未落，馬車外忽然響起了容瑾熟悉的聲音。

寧暉饒有興味的笑道：「看來，不用以後再道謝，妳現在就有機會表達感謝之意了。」

瞧瞧，居然還來送別了！

寧汐竭力做出鎮定的樣子，可臉頰卻忍不住微微發燙。

片刻之間，容瑾的聲音已經到了馬車邊。「……寧大廚，我正好有事要出去，和你們順路，就順便送你們一程好了。」

「這哪裡敢當。」寧有方受寵若驚，連連陪笑。

容瑾淺笑出聲。「順路而已，有什麼不敢當的。」

寧暉忍住笑意，咳嗽一聲，撩起車簾，笑著朝容瑾打個招呼。「容少爺！」寧汐躲不過去，只好也朝容瑾笑了笑。

騎著駿馬的絳衣少年在晨曦中微微一笑，那份風華簡直令天地失色。明亮的雙眸定定的落在寧汐的俏臉上片刻，然後才看向寧暉。「于夫子待你如何？」

一提于夫子，寧暉立刻收起了嬉笑的神色，一本正經地應道：「于夫子學問淵博，對我們要求極為嚴格。我這半年來，獲益良多！」得遇良師，是他的幸運。這筆功勞，自然要記到容瑾的頭上。若是沒有容瑾從中介紹，只怕于夫子絕不會收了他這個學生。

所以，寧暉很真摯的道謝。「容少爺，真要多謝你為我介紹這麼一個好夫子。若日後我能有幸考中舉人，一定不忘你的恩情……」

若是換了別人，容瑾只怕早就不耐煩這麼磨磨唧唧的了，可誰讓對方是寧汐的親哥哥呢！所以，他用了比平日多兩倍的耐心應道：「不用這麼客氣，雖然是我介紹于夫子給你，可讀書這回事是要自己努力下功夫的。不然，夫子再好也沒用。」

這話聽著真是順耳，寧暉笑著連連點頭。

寧汐的唇角浮起一朵微笑，看向容瑾的目光柔和了起來。

容瑾面上不動聲色，心裡卻舒暢極了，很自然的和寧暉隔著窗子閒聊起來。馬車啟動了之後，他隨意地策馬前行，正好和馬車保持速度一致。

不一會兒，寧汐也忍不住插嘴了。「容少爺，快過年了，容將軍他們會回京城嗎？」平時在邊關戍守也就罷了。可現在已經快過年了，怎麼也該回來一起過年才對吧！

容瑾淡淡地一笑。「這個不好說，我爹和二哥已經兩年沒回來了。」鎮守邊關的將軍自然不能擅離職守。想回來，也得有皇命才行。

寧汐試探著問道：「那你會惦記他們嗎？」他根本不是真正的容瑾，對家人的感情也不會深厚到哪兒去吧！

這話裡的試探之意從何而來？容瑾瞄了寧汐一眼，似笑非笑的反問：「妳說呢？」

寧汐咳嗽一聲，笑嘻嘻的說道：「這麼久沒見，你一定很想他們。換了是我，別說是兩年沒見，就算兩個月沒見，我也會想得不得了呢！」

「這也沒辦法，不是我想見就能見的。」容瑾慢悠悠地笑了。

寧暉聽著兩人的對話，心裡總有點怪怪的感覺，可到底怪在哪裡，一時半會兒也說不清楚。

好在馬車很快的到了寧有德的家門口，寧有德和徐氏都已準備妥當等候多時了，忙搬著行李上了馬車。寧有方和阮氏都忙著下車寒暄，寧暉俐落的跳下了馬車，幫著搬東西。

寧汐本也想下去，可容瑾忽然喊住了她。「寧汐！」那聲音有些沙啞，透露著一絲絲曖昧的情愫。

寧汐的心漏跳了一拍，低低的嗯了一聲，竟然不敢直視容瑾。

容瑾的眼底閃過一絲笑意，聲音壓得更低了。「我等妳回來。」

寧汐啞然，怔怔地看著容瑾，這……算是容瑾式的表白嗎？她該怎麼辦？拒絕不是，答應更不是……

「好好保重！」容瑾淺淺地笑開了，眸子裡滿是神采飛揚的愉悅。

寧汐心裡一團紊亂，胡亂點了點頭，鬼使神差地竟然回了一句。「你也好好保重。」等說完之後，才意識到自己說了什麼，白玉般的臉頰浮起兩抹紅暈。

她該做出淡然的樣子才對，這麼花癡一般的應答算什麼。真是……說出的話潑出的水，想後悔也來不及了。

容瑾深深地凝視寧汐一眼，才張口說道：「我還有事，就不多送妳了。」說得很清楚，是「送妳」！

眼看著徐氏領著寧慧已經上了馬車，寧汐實在不願讓她們見到自己和容瑾親暱說話的樣子，匆匆的瞪了容瑾一眼。「既然有事，還不快走，總在這兒磨蹭做什麼。」

這語氣實在不算客氣，容瑾卻絲毫沒有被冒犯的感覺，甚至莫名的覺得愉快，笑著點點頭，便策馬走了。

寧汐看著那個熟悉的身影消失在眼前，心裡總算鬆了口氣。一回頭，卻見徐氏正誇張地瞪大了眼睛，一會兒摸摸這個，一會兒碰碰那個，嘴裡喃喃地說著。「我這輩子還沒坐過這麼豪華的馬車……」

寧汐噗哧一聲笑了起來。

徐氏卻還沒回過神來，一個勁兒的讚個不停。阮氏也覺得面上有光，一臉的笑意。

寧慧關注的卻不是這些，她怔怔的看著遠去的容瑾，剛才雖然只是匆匆的見了一眼，可那張俊美無匹的面孔，那份出眾的風華，卻讓人印象深刻極了。想忽略根本是不可能的。

「七妹，他是誰？」寧慧心神不寧地問道。

寧汐輕描淡寫地應道：「他是容府的三少爺。」

什麼？寧慧一愣，反射性的看向寧汐。「什麼？他就是那個容三少爺？」那個名滿京城的美少年容瑾？

寧汐聳聳肩。「不是他還有誰，還有哪個男子能長成這樣？」

這倒也是！寧慧想了想，也笑了，莫名地嘆了口氣。「七妹，妳可真是好運氣，竟然有這樣的貴人看中了妳……」

「五姊，妳別胡說。」寧汐一點都不心虛地撇清。「我之前就跟妳說過，只是暫時借住在容府而已，我和容少爺一點都不熟。這話可不能亂說，要是被有心人聽見，我以後可沒臉見人了。」

寧慧卻羨慕不已地說道：「要是我能有這樣的好運氣，不管別人說什麼，我也心甘情願。」

寧汐忍不住翻了個白眼。「五姊，我剛才說的話妳沒聽見嗎？我和容少爺半點都不熟。」

寧慧似笑非笑地反駁。「哦？真的一點都不熟嗎？那他怎麼會特地送你們到這兒來？」而且，容瑾和寧汐說話的樣子，分明「很熟」吧！

寧汐咳了咳。「只是順路而已。」這樣的藉口實在沒有力度，別說寧慧了，就連寧汐自己都覺得說服不了自己。

果然，寧慧立刻瞪了過來。「喂，妳別當我傻子好不好？」

兩人的說話聲已經引來了徐氏等人的注意，就見徐氏好奇地伸長了脖子問道：「妳們兩個在說誰？」

「沒說誰！」寧汐快速的接過話茬兒。「就是隨便聊聊。」連連朝寧慧使眼色，千萬別亂說！

寧慧眨眨眼，總算講點姊妹義氣，很配合地笑道：「是啊，我和七妹在討論未來的姊夫是什麼樣子呢！」哼，寧汐可別想這麼糊弄過去，總有機會拷問她的。

徐氏的注意力立刻被吸引了過來，興致勃勃地說道：「這個李家家底很殷實，雅丫頭嫁過去可就享福了。」

阮氏也笑道：「是啊，雅丫頭也是有福氣的。」

寧汐可聽不下去了，忍不住插嘴道：「那也得看看人品如何。家底再殷實，可要是對二姊不好，也沒什麼用。」

阮氏嗔怪的瞪了她一眼。「別胡說，等回去之後，都揀好聽的說知不知道？」這樣的話要是讓王氏聽見了，不生氣才是怪事。

寧慧忙笑著打圓場。「等回去之後，我們保准都揀好聽的說。三嬸，您只管放心。」

寧汐不情願地應了一聲。

說得再好聽又有什麼用。只有她清楚，那個李君寶實在不是什麼良人。前生寧雅嫁到李家之後，壓根兒就沒過一天舒心的日子。

好在這一世寧雅出嫁延遲了一年，避過了沖喜不成反而成喪門星的苦楚。而且，寧雅在鋪子裡幫著做事，比原來也活潑開朗堅強多了，應該不會再像前世那般軟弱可欺了吧！

第一百六十二章　拷問

路途勞頓不必細說，總之，進了洛陽城門的那一刻，寧汐深深地鬆了口氣。終於回家了！

當華麗的馬車駛入並不寬敞的巷子裡時，頓時引來了眾多好奇的目光。

寧大山也不例外，好奇地出來張望，直到那輛馬車在自家的門口停了下來，才幡然醒悟過來，連忙高聲嚷道：「老二，老大、老三他們都回來了。」

聽到這熟悉的大嗓門，寧汐只覺得無比的親切，笑嘻嘻地撩起車簾朝寧大山做了個鬼臉。「祖父，我的耳朵都快被您震聾了！」

寧大山哈哈笑了起來，整條巷子的人幾乎都聽到了他豪邁的笑聲。

寧有德等人忙著搬行李，一時也顧不上寒暄說話。

寧大山則上下打量著寧汐和寧慧，眼裡滿是自得和驕傲。「慧丫頭和汐丫頭都越長越漂亮了。」

寧汐噗哧一聲笑了。「祖父，您可別這麼誇了，哪有這麼誇自己孫女的，要是讓別人聽見了，非取笑你不可！」

寧大山不以為然地挑眉。「我說的本來就是實話，誰在我都這麼說。」

寧慧掩嘴笑個不停，親熱的依偎在寧汐的身邊。一個嫻雅端莊，一個嬌俏動人，果然是一對惹眼的姊妹花。

寧敏笑嘻嘻地迎了出來，攥著兩人的手不肯放。「五姊、七妹，妳們兩個總算回來了。再過三天就是姊姊出嫁的大喜日子了，我真擔心妳們趕不回來呢！」

寧汐笑道：「這樣的喜事，我就算是走也要走回來。」

笑鬧幾句之後，寧敏的注意力被那輛豪華氣派的馬車吸引了過去，眼裡滿是驚嘆。「妳們就是坐這輛馬車回來的嗎？好氣派好漂亮，這馬車是哪兒來的？」

寧慧咳嗽一聲，調侃道：「這個問題，妳可得好好拷問拷問七妹了。」這一路上，她明裡暗裡不知拷問了多少次，可寧汐的嘴閉得比河蚌還緊，愣是什麼都問不出來。寧慧被挑起了好奇心，越挫越勇，繼續追問不休，等待著機會就要往上拉扯兩句。

寧敏疑惑地看了過來。

寧汐輕描淡寫的應道：「這是容府的馬車。」

容府？寧敏心裡一動，好奇地追問：「七妹，容府居然還特地派馬車送妳們回來嗎？」

一個比一個難纏……寧汐心裡暗暗嘆氣，面上卻一本正經地應道：「是啊，我們這大半年就借住在容府，也算半個客人了。容少爺見我們要回洛陽，這才慷慨地派了馬車送我們回來。」

寧慧笑咪咪地補充道：「容少爺年紀輕輕，尚未婚配，是京城風頭最勁的貴公子。」這一句才是重點好不好！

果然，寧敏的眼睛立刻亮了，八卦之心熊熊燃起，迫不及待地問道：「真的嗎？他長得什麼樣子，有多大了……」巴拉巴拉問了一大通。

寧汐顧左右而言他。「別總在門口站著了，我得先進去收拾行李了。」說著，就腳底抹油溜之大吉。

寧敏和寧慧反應過來的時候，寧汐已經逃之夭夭沒人影了。

寧敏跺跺腳，噘著嘴巴抱怨。「真是小氣，一句都不肯多說。」分明是心虛了，不然，寧汐幹麼躲得這麼快。

寧慧無奈地笑著嘆口氣。「妳這算什麼，之前我盤問了一路，她一個字都不肯多說呢！」

寧敏輕哼一聲。「接下來時間多得是，她躲得過初一躲不過十五，總有機會逮住她的，到時候看她怎麼躲。」

寧慧忍住笑意連連點頭。

等安頓下來之後，天色也快晚了。寧大山興致極高，親自下廚做了桌好菜。寧家上上下下十幾口圍坐在大圓桌前，雖然擁擠，卻也十分熱鬧。

即將出嫁的寧雅，羞答答的坐在一邊，連飯菜也沒吃幾口。

寧汐頑皮之心大起，故意扯了扯寧雅的袖子。「二姊，難道今晚的飯菜不合妳的胃口嗎？妳怎麼到現在也沒吃幾口？」

寧雅紅著臉，小聲應道：「我、我不餓。」這也是王氏特地叮囑過的。從今天起要儘量少進食，到了出嫁當日，連口水都不能喝。不然，新嫁娘到了夫家第一日可就難看了。

這樣的俗禮，未出閣的女孩子當然是不知道的。寧慧和寧敏也跟著起鬨了幾句，把寧雅鬧了個大紅臉。

王氏笑吟吟的說道：「好了好了，妳們幾個別鬧了。等輪到妳們的時候，妳們就都懂了。」

寧汐年齡還小，聽了這話沒什麼反應。可寧慧卻是訂了親的，俏臉頓時飛起一片嫣紅。

寧雅也顧不得羞澀，好奇的問道：「五妹，聽說妳的親事已經定下了，對方什麼模樣妳可曾見過？」

寧慧連連搖頭，耳際火辣辣的。

徐氏接過話頭。「見是沒見過，不過，媒婆當時拿了畫像給我看過了。長得眉清目秀，一表人才。家裡開著雜貨鋪子，慧丫頭嫁過去肯定有好日子過的。」語氣裡不乏炫耀。

王氏不甘示弱，立刻笑道：「我家那個姑爺長得才叫俊俏，前兩次還特地跑到我們包子鋪裡，當時可惹了好多人過來。」

這有什麼好攀比的！寧汐心裡嘀咕不已，暗暗慶幸自己年齡還小，這樣的話題總之扯不到她的身上來。

這個念頭剛一閃過，就聽阮氏接過了話茬兒。「大嫂二嫂，妳們可真是好福氣。也不知道我家汐丫頭將來能找個什麼樣的人家……」

徐氏酸不溜丟地來了一句。「汐丫頭生得這麼標緻，將來可不愁找不到好人家，那個容少爺不就挺好的嗎？」

阮氏嘆口氣。「大嫂，這話可不能亂說，這樣的親事我們哪裡攀得上？」

王氏的耳朵立刻豎得老長。「等等，這位容少爺是從哪兒冒出來的？」

徐氏瞄了寧汐一眼，笑吟吟的應道：「這些我也不清楚，妳還是問問汐丫頭自己吧！」

不是吧！這就扯到她身上來了？寧汐哭笑不得，唯恐王氏真的問出口，連忙起身說道：「我吃飽了，先回去歇會兒。」又準備施展三十六計中的「走為上策」。

只可惜，這次可沒那麼輕易脫身了。寧敏眼疾手快，一把扯著寧汐的衣襟，口中嚷道：「我也吃飽了，咱們倆一起回屋。」

寧雅和寧慧很有默契地對視一笑，也跟著起了身，一路擁著寧汐進了屋子，然後圍著寧汐坐了下來，擺明一副拷問到底的架勢。

寧汐看著三人不懷好意的笑容，只覺得頭皮發麻，心裡暗暗叫苦，暗暗盤算著今晚怎麼脫身。

寧慧見過容瑾一面，繪聲繪色地形容了半天。「……妳們可不知道，我長這麼大，還從沒見過那麼俊俏的公子哥兒，他的容貌簡直無可挑剔，完美無缺。沒人比他更適合穿著那麼鮮亮的衣服，還騎著神駿的紅馬……」神情那個陶醉啊！

寧敏聽得心裡癢癢的。「真有這麼好看嗎？」

寧慧擠眉弄眼地努努嘴。「妳問問七妹不就知道了？」唰地一聲，三雙眼睛一起看了過來。

寧汐想顧左右而言他的糊弄過去。「這麼晚了，我坐了幾天的馬車真的很累了。五姊，妳肯定也累了……」

寧慧笑吟吟地說：「我一點都不累。七妹，妳別藏著掖著了，這裡又沒外人，就說給我們聽聽嘛！」

寧敏連連點頭，一臉的好奇。「對啊對啊，聽說妳還住在容府裡，妳和那位容少爺見面的機會一定很多吧！」

寧雅倒是含蓄多了，可目光裡也滿是好奇。

寧汐無奈地聳聳肩。「我每天早出晚歸，天天在廚房裡悶頭做事，和容少爺根本沒有見面的機會。」

哼，這樣的鬼話誰信！

三人不約而同的輕哼一聲，寧敏性子最是浮躁，噘著嘴巴說道：「七妹，妳到底還把不把我們幾個當姊姊，不過是問妳幾句，瞧妳吞吞吐吐支支吾吾的樣子。要是以後真的有幸攀了高枝，是不是不打算理我們了？」

這樣的指控可太嚴重了。寧汐可不敢惹了眾怒，立刻陪笑著解釋。「幾位姊姊別生氣，我心裡一直當妳們是親姊姊，怎麼可能有那樣的想法。」

寧敏乘勝追擊。「既然這樣，那妳就說給我們聽聽，妳和那位容少爺到底是怎麼回事？」

寧慧也連連點頭。「就是就是，再不老實交代，我們可就都生氣了。」

寧雅倒是溫柔多了。「七妹，妳有這樣的好運道，我們都替妳高興，現在這麼刨根問底，也是關心妳。」

寧汐苦笑一聲，長長的嘆口氣。「妳們真的都誤會了，我和容少爺真的沒什麼……」在眾人鄙夷的眼神裡，迫不得已的透露一點點實情。「他有時倒是會來鼎香樓，指名讓我做幾道菜，別的真沒什麼了。」

哇！這還沒什麼？那位容少爺分明是醉翁之意不在酒嘛！

寧雅算是過來人，自然懂這其中的滋味，抿唇笑了起來。不知是不是想到未婚夫君，眼裡閃過一抹柔情。

寧敏眼裡閃著興奮的光芒，雙手捧心做出花癡狀。「要是讓我也遇見這麼一個如意郎君該有多好。」

眾人都被逗笑了。

寧慧打趣道：「六妹，妳別急著找如意郎君，等二姊出嫁了，很快就輪到妳了。」

寧敏倒是沒臉紅，振振有詞地說道：「可是，我也很想像七妹那樣，遇到一個英俊瀟灑風度翩翩的少年郎。」等媒婆上門提親，多無趣啊！

在哄笑聲中，寧汐無奈地再次申明。「我和容少爺真的沒什麼，平時很少見面，連話也沒說過幾句的。妳們真的想多了！」

只可惜，眾人一點反應都沒有，兀自興致勃勃地討論起了那位素未見面的容三少爺。聽到後來，連寧汐都快懷疑自己是不是真的和容瑾暗通款曲、姦情滿滿了……

去去去，這都是什麼形容詞！寧汐用力地搖搖頭，將那絲不該有的悸動揮開，鄭重地說道：「不管容少爺怎麼想，總之，我絕不會做小妾。」

討論得熱切的三人頓時靜默了下來，總算想到了門當戶對這類問題。

寧汐淡淡地說道：「容少爺出身尊貴，又是出了名的才子。明年春闈，考中進士之後就會入仕途。我不過是個卑微的廚子，哪裡攀得起這樣的高枝？」

寧敏想了半天，才弱弱地反駁。「或許，他很喜歡很喜歡妳，願意娶妳為妻……」話到一半，自己都說不下去了。

寧汐自嘲的一笑。「六姊，這樣的事只有在戲文裡才可能發生。」她可沒這個奢望。

寧慧惋惜地嘆口氣。「要是容少爺出身普通些，倒是還有些可能。」偏偏容府的門第太高了，平民百姓哪裡高攀得起。不要說正妻，就算是做小妾都算是幸運了。

寧敏的眼珠轉了轉，嘟囔著說道：「其實，要是容少爺真心喜歡妳，嫁過去做小妾也是可以的，只要對妳好就行了嘛……」

寧汐忽地笑了，眼裡掠過一絲堅決。「不，我這輩子絕不會做妾。要嘛不嫁，要嘛，就嫁一個真心真意對我的男子，這輩子只對我一個人好！」

三人都安靜了下來，就連最嘰嘰喳喳的寧敏也沒了聲音。

——未完，待續，請看文創風095《食全食美》4

輕鬆好笑、令人噴飯之宅門大家／

棠茉兒

肥妃不好惹

文創風 089 上

這個王妃實在當得很憋屈，
王爺討厭她、妃妾排擠她、下人不甩她，
不過這些都不打緊，
眼下最急的是——
她得盡快減肥成功才行！

穿回古代、還成了皇長子睿親王的王妃，這些離譜的事她都能勉強接受，
但……她上輩子究竟是造了什麼孽，做什麼這樣嚴懲她啊？
這位叫若靈萱的王妃右邊眼瞼上有個紅色胎記，像被人打了一拳似的，
而且不僅醜，還長得肥……是很肥！人要吃肥成這樣，也實在太過分了些，
有這副肥到走幾步路就喘的身子，她還能成啥事啊？
別說王爺夫君厭惡她、整個王府中沒人將她這王妃放在眼裡，
就連她自個兒攬鏡自照，都很想一把掐死自己算了！
難怪連她底下的幾個小妃妾們都不怕她，還害她掉入湖中，丟了性命，
看來，當務之急得先努力減肥才成，否則她逃命都逃不遠了，能奈對方何？
接著她得要好好露兩手，讓所有人知道，她可不是當初那隻任人欺侮的病貓！

文創風 090 中

古代的妻妾爭鬥
對她而言雖然是沒啥可看性及威脅性，
但一不小心誤入陷阱的話，
可也是會被折磨得掉一層皮呢！
瞧她，不僅是皮，連肉都掉了好幾圈……
嗯？這也算是因禍得福吧？

蛤？林側妃吃了她代人轉交的糕點後，就中毒暈死過去了？
由於糕點是林側妃的親姑姑林貴妃送的，沒道理害自個兒的姪女，
所以她堂堂王妃倒成了唯一的加害者，理由不外是妻妾間的爭寵吃醋，
呿，這簡直是笑話！一來，她若要下毒，會親自出馬讓人有機會指證嗎？
這種搬不上檯面的小兒科手段，根本是在侮辱她若靈萱的智慧嘛！
二來，她壓根兒不愛王爺夫君，喜歡的另有其人，哪來的因妒生恨啊？
他高興愛誰就去愛誰，她求之不得，最好他能答應和離，那就再好不過了，
偏偏這裡不是她說了算，他要關押她候審，她也只能乖乖就範，
慘的是，林貴妃趁王爺外出時，派人來帶她進宮「問話」，對她大動私刑，
嗚～～她該不會莫名其妙命喪宮中吧？她這也太坎坷了點吧？

文創風 091 下

古代生活太乏味，
她不找點事來做做可要無聊死啦！
唔，如今呢是肥也減了，
妃妾們的迫害事件也一一解決完，
接下來不如邊開店調劑身心，
邊挑選下一任夫婿好了……

若靈萱萬萬沒想到，自個兒瘦下來、臉上的紅疤又治好後，竟會美成這樣！
這下可好，不僅夫婿君昊煬看她的眼神愈來愈曖昧兼複雜，
就連小叔君昊宇對她的愛意也是愈來愈藏不住，害她一時左右為難，
沒想到老天像是嫌她不夠忙似的，連皇叔君狩霆也來插一腳，對她頻頻示好！
唉唉，她以前又肥又醜時就遭人排擠陷害了，再這麼下去還焉有命在？
嘖，不管了不管了，她決定先把感情放兩邊，賺錢擺中間，
倘若能在古代開間肯德基及麻將館，讓百姓們嚐嚐鮮，有得吃又有得玩，
到時銀子肯定會大把大把地滾進來，唉唷喂，光想她都快開心地飛上天啦！

天才廚藝美少女遇上天下最挑剔刁嘴的美少年

重生的試煉．穿越的新鮮
人情的溫暖．溫柔的情意
精緻烹煮的美食佳餚，佐以專一的愛情調味，
引得你食指大動、會心一笑……

文創風 061 3

在展現聰明才智，成為姬五的士隨他出齊地後，孫樂發現了一個秘密——
他俊美無儔，氣質出眾，外人看來宛若一謫仙，卻原來極怕女人啊！
由於他生得一張好皮相，姑娘家見了他就像見到塊令人垂涎的肥肉似的，
不論美醜，一律對他熱情主動、趨之若鶩得很，令他招架不住，
基本上，他會先全身僵硬、正襟危坐，接著就滿頭大汗、困窘無措，
通常要不了多久，他就會明示暗示地要她速速出手相救，
即便是名揚天下、大出風頭後，他也一如既往的不喜歡與人交際，
而跟在他身邊的她，就算低調再低調，才智與醜顏仍是漸漸傳開來，
便連天下第一美人雉才女都當眾索要她，幸好他極看重她，嚴辭拒絕了，
她既心喜於他的相護，又不解雉才女的舉動，此事頗耐人尋味哪……

文創風 063 4

猶記當初秦王的十三子曾對孫樂說，她雖是姑娘，卻有丈夫之才、丈夫之志，
因看出她才智非凡，所以問她有無興趣追隨他，他必以國士之禮待她，
這番話著實說得情真意摯啊，偏偏她沒那麼輕易便以命相隨，
要知道，這是個人命如草芥的世道，她不過一名小女子，沒啥偉大志向，
倘若能得一處居所安然自在地過了餘生，她便也別無所求了，
然則那問鼎天下、惹得各侯王欲除之的楚弱王卻逼得她不得不大展長才，
原因無他，楚弱王便是當年與她同住姬府、感情極佳的男孩弱兒！
當時那個說要她變好看點才好娶她做正妻的男孩，如今已是一國之王，
不論多少年過去，他待她仍一如往年的好、不嫌她醜，欲娶她之心更堅定，
雖不確定自己的心意，但她卻為他扮起男子，當起周遊列國的縱橫客……

文創風 064 5 完

這回為了姬五想救齊國一事，她孫樂重操舊業出使各國當說客，
結果齊國是順利得救了，她卻徹徹底底得罪了趙國，
趙國上下認為她以女子之身玩弄天下之士，更兩番戲趙，罪無可逭，
那趙侯更是發話了，凡她所到之處，他必傾國攻之！
這不，她前腳才剛踏入越國城池，越人即刻便求她離開，想想她也真有本事，
然則此時出城便是個死，於是她率眾住下，沒幾日，趙果發兵十萬欲滅她，
正當兵臨城下、千鈞一髮之際，弱兒帶大軍前來相救，更令趙全軍覆沒！
驚險撿回一命後，她不得不正視一個困擾已久的問題——
一個是溫文如玉的第一美男姬五，一個是問鼎天下的楚國霸王弱兒，
兩位人中之龍都極喜愛她，她也該仔細想想，誰才是她心之所好了呀……

《無鹽妖嬈》5，首刷隨書附贈1~5集超美封面圖5合1書卡，
可珍藏，亦可自行裁切成5張獨立的書卡使用喔！

國家圖書館出版品預行編目資料

食全食美 / 尋找失落的愛情著. --
初版. -- 臺北市 ： 狗屋, 民102.06-民102.07
冊 ； 公分. --（文創風）
ISBN 978-986-328-080-4（第3冊：平裝）. --

857.7　　102009599

著作者　尋找失落的愛情
編輯　王佳薇
校對　黃薇霓　黃亭蓁
發行所　狗屋出版社有限公司
地址　台北市104中山區龍江路71巷15號1樓
電話　02-2776-5889～0
發行字號　局版台業字845號
法律顧問　蕭雄淋律師
總經銷　知遠文化事業有限公司
電話　02-2664-8800
初版　102年6月
國際書碼　ISBN-13　978-986-328-080-4
原著書名　《十全食美》，由起點女生網（www.qdmm.com）授權出版

定價250元
狗屋劃撥帳號：19001626
網址：love.doghouse.com.tw　E-mail：love@doghouse.com.tw